Marie de SaintChlaire

Als ob die Vögel zwitschern

Band 1

In allen diesen Geschichten taucht immer wieder der gleiche Mann auf: Josef.

Was ist dran an diesem Josef?

Verschiedene Frauen und Mädchen erzählen über ihre Erlebnisse, Hoffnungen, Sehnsüchte mit ihm.

Marie de SaintChlaire lebt in Hamburg.

Marie de SaintChlaire

Als ob die Vögel zwitschern

Band 1

Erotische Kurzgeschichten
um einen jungen Mann

erzählt von verschiedenen Frauen.

Erotik

Bibliografische Information der Deutschen Nationalbibliothek: Die Deutsche Nationalbibliothek verzeichnet diese Publikation in der Deutschen Nationalbibliografie; detaillierte bibliografische Daten sind im Internet über dnb.dnb.de abrufbar.

Impressum

Herstellung und Verlag: BoD – Books on Demand, Norderstedt

ISBN: 9783754334249

Für Schatzi

Inhalt

Carola, ich und ...

2008

Regen. Regen. Regen.
Am Ende der Welt.
Fernab der Zivilisation.

Und Carola war nicht hier.
Allein.
Wochenende.
Und ich kenne hier niemanden.

Carola hatte diese Idee gehabt. Wir beide brauchten ein Praktikum für unsere Ausbildung. Erzieherinnen wollten wir werden.

In unserer Nähe oder in der Ferne, waren nur hier Praktikumsplätze zu bekommen: In einer Dorf-ähnlichen Einrichtung für behinderte Kinder.
Vor zwei Tagen kamen wir hier an, bewohnten so etwas wie ein Doppelzimmer mit Bad, aber über das Wochenende verschwand sie schon wieder nach Hause. Ich blieb hier, weil ich keine Lust gehabt hatte, nach zwei Tagen auch schon wieder nach Hause zu fahren.

Gleich am ersten Tag, am ersten Abend, fanden wir uns beide auf einer Fete wieder: Dicht gedrängt saßen wir zusammen mit vielen anderen Praktikantinnen und Zivildienstleistenden auf dem Fußboden des Gemeinschaftsraums, tranken dies und das. Es war laut, und man konnte sich praktisch nicht unterhalten. Aber direkt neben uns saß ein Junge, der nett zu sein schien.

Irgendwann war er weg.

Wie hieß er noch mal?

Ich saß am Fenster, schaute nach draußen. Da hinten war der Wald. Es regnete immer noch.

Wie hieß er?

Grübeln.

Irgendetwas mit J.

Jedenfalls fanden Carola und ich ihn ganz nett.

Irgendetwas mit J.

Julian? … Nein.

Jonas? … Nein. Aber ein o war drin in seinem Namen.

Er hatte gesagt, dass er auch in diesem Wohnblock wohnte.

„Ich könnte!", dachte ich mir. „Ja, ich könnte mal gucken, ob an irgendeinem Türschild ein Name mit J steht."

Ich lief die Flure rauf und runter, und fand nur ein Türschild mit einem Jungennamen, der mit einem J anfing: Josef.

Ja, das war er!

Ich klopfte.

Nichts.

Horchen an der Tür.

Immer noch nichts.

Jetzt war ich ein wenig deprimiert.

Jemand anderes kam den Flur entlang geschlendert. Ich wollte schon fragen. Aber nein. Wozu? Dieser Jemand grüßte, ich auch.

Dann stand ich wieder allein vor der Tür, hinter der sich nichts tat.

Unschlüssig.

Sollte ich vielleicht einen Zettel schreiben?

Aber was wollte ich darauf schreiben? Dass mir langweilig ist?, dass ich ein wenig Gesellschaft schön fände?

Länger hier rumstehen wollte ich auch nicht, drehte mich um, um zurück in mein einsames Zimmer zu gehen. Als ich gerade das Treppenhaus durchquerte, grüßte mich wieder jemand …

War das nicht?

„He, warte doch!", rief ich ihm hinterher. Er hatte schon fast seine Tür erreicht, drehte sich zu mir, und lächelte.

Er kam offensichtlich gerade von seinem Dienst, oder? Seine Jacke war nass vom Regen. So, beim zweiten Sehen, und vor allem bei Helligkeit, denn auf der Fete war es ziemlich dunkel, sah er noch besser aus, als ich es in Erinnerung hatte.

An seinem verdutzten Gesicht merkte ich, dass er nicht sofort schaltete. Aber mit der Verzögerung einer Sekunde: „Ja! Ich erinnere mich. Komm rein. Ich wollte mir gerade einen Tee machen. Draußen ist es ungemütlich."

„Danke."

Und damit trat ich in sein Zimmer: Nur eine Couch und ein Teppich; in einer Nische: das Bett auf dem Boden.

Ja, so etwas sah man zu der Zeit damals häufig. Karge Einrichtung, aber trotzdem gemütlich, denn auf dem Teppich lagen mehrere Kissen, auf oder mit denen man es sich bequem machen konnte.

Während er sich umzog, hatte ich mich schon auf seinen Teppich gesetzt, und wartete. Er kochte in seinem Vorraum, den hier wohl viele Zimmer hatten, einen Tee, und servierte ihn auf einer Steinplatte: Schönes Kännchen, schicke Teeschälchen, und dazu ein paar Kekse.

Josef fragte noch nicht einmal, warum ich hier war, goss mir ein, legte sich seitlich neben mich, und genoss seinen Tee.

Tja, jetzt saß ich hier.

Wir sprachen erst gar nichts, tranken einfach nur diesen Tee, der übrigens ziemlich gut schmeckte. Ich aß seine Kekse, und war im Augenblick erleichtert, nicht allein zu sein.

Das war alles.

Normalerweise ist so eine Situation seltsam,

peinlich, ungemütlich, selbst wenn man sich schon eine Weile kennt. Aber nicht mit diesem Josef. Er lächelte mich nur an, und trank dabei seinen Tee.

Ich lächelte zurück.

Eine ganze Stunde lang, glaube ich.

Dann verabschiedete ich mich, und verschwand wieder.

Nun jedoch saß ich schon wieder allein in unserem Zimmer, fühlte mich aber ein klein wenig besser.

Ich sah nach draußen, der Regen hatte aufgehört. Alles war nass. Spazieren gehen war immer noch nicht möglich.

Ein Blick zur Uhr: Bald könnte ich in die Kantine zum Abendbrot gehen.

Dort traf ich den Josef wieder.

Er saß mit einem anderen Mädchen zusammen an einem Tisch. Als er mein Zögern bemerkte, zwinkerte er mir zu, winkte mich heran, und ich setzte mich dazu.

Sie hieß Sabine. Mehr erfuhr ich nicht, denn sie war mit ihrer Mahlzeit fast fertig, nickte mir zu, hauchte Josef einen Kuss auf die Wange, nahm ihr Tablett, und war auch schon weg.

Beim Essen erzählte Josef, dass er hier seinen Zivildienst ableistete, dass es ihm Spaß machte, hier zu arbeiten, er hier schon mehr als seine halbe Dienstzeit durch hatte, und es ihm nichts ausmachte, dass diese Einrichtung so weit abgelegen war, dass er es vielmehr genoss.

„Was machst du, wenn du frei hast?", wollte ich wissen.

„Lesen, spazieren gehen, nichts tun."

Ich erzählte ihm, dass ich nur hier war, weil meine Freundin Carola und ich nichts anderes gefunden hatten, dass aber mein Eindruck von dieser Einrichtung war, dass sie quasi am Ende der bekannten Welt läge, dass ich noch niemanden außer ihn kenne, und mich ein wenig vor der Einsamkeit fürchte, und dass Carola leider auch nicht da war.

„Kennst du viele Leute hier?", wollte ich wieder wissen.

„Ja, alle", war seine knappe Antwort, und ich wusste mittlerweile, dass hier sehr viele Freiwillige und Festangestellte arbeiteten. Und dann waren da ja noch die Kinder, um die es hier ging.

„Was machst du nach dem Abendessen?", fragte ich erneut.

„Ich habe noch keine Pläne."

„Darf ich dich dann wieder besuchen?", fragte ich.

„Wenn du es nicht langweilig findest."

Also ging ich gleich nach dem Abendessen mit auf sein Zimmer.

Wieder lagen wir auf seinem gemütlichen Teppich, und ich platzte gleich mit meiner mich am meisten beschäftigenden Frage heraus: „Hast du eine Freundin?"

„Nein."

Pause.

Ich stierte ihn an, weil ich wissen wollte, wie er darauf reagierte.

Nichts.

Keine besondere Reaktion.

Aber er wusste doch hoffentlich, warum ein Mädchen einem Jungen so eine Frage stellt, oder?

„Wie alt bist du?"

„Siebenundzwanzig."

Ich selbst war erst neunzehn.

„Wie kommt das?", fragte ich.

„Dass ich schon so alt bin?"

„Ja?!"

„Weil ich schon studiert habe."

„Aha. Und was?"

„Kunst."

„Warum hast du nicht gefragt, wie alt ich bin?"

„Du bist wahrscheinlich achtzehn oder neunzehn."

„Stimmt. Wie hast du das erraten?"

„Fast alle Praktikantinnen, die hierher kommen, sind in diesem Alter."

Pause.

„Wie viele Freundinnen hattest du schon in deinem Leben?"

„Das käme auf die Definition an."

„Das verstehe ich nicht."

„Meinst du zum Beispiel: Feste Freundin?"

„Ja. … Zum Beispiel."

„Bis jetzt noch keine."

„Heißt das, du hattest noch keine feste Freundin?, aber andere?"

„Ja."

„Was ist mit der Sabine vom Abendessen?"

„Jedenfalls ist sie nicht meine Freundin."

„Und warum hat sie dich geküsst?", wollte ich wissen.

„Es könnte ein Gruß gewesen sein."

Pause.

Was bedeutete das alles?

Kurze Liebschaften? Techtelmechtel? One Night Stands? Auf alle Fälle keine festen Freundschaften.

Ich dagegen hatte noch nie einen Freund gehabt. Ich hatte noch nicht einmal sexuelle Erfahrungen. Wie konnte ich mich mit einem Jungen, eigentlich sogar schon: junger Mann, über solche Sachen unterhalten? Er beantwortete mir sogar meine Fragen. Was dachte über mich?

Dachte er vielleicht, dass ich ihn gerade anbaggerte?

„Also hattest du nur kurze Freundschaften", dachte ich laut, und er schien zu wissen, dass er nicht antworten musste, weil ich nur ein Résumé gezogen hatte.

„Hattest du schon mal zwei Freundinnen auf einmal?"

„Ja."

„Oh! ... Wussten sie voneinander?"

„Ja."

„Waren sie an verschiedenen Orten?"

„Nein."

„Sie waren gleichzeitig beide bei dir?"

„Ja."

„Unglaublich."

„Waren es auch schon einmal mehr?"

„Ja."

„Wussten die voneinander?"

„Nein."

„Wie kommt das?"

„Was meinst du damit?", wollte er wissen.

„Ach!, die letzte Frage war rhetorisch."

Deshalb ruhte das Gespräch mal wieder für einen Augenblick. Und außerdem konnte ich mir die Antwort selbst geben, denn ich spürte ja seine Ausstrahlung, die mich schon in den Bann gezogen hatte.

Nun fragte ich mich, ob ich das Zimmer verlassen konnte, ohne mich vorher von ihm verführen zu lassen.

„Aber ich bin doch noch Jungfrau!", blitzte es mir durch den Kopf. „Will ich das denn wirklich unbedingt? Ja, und wenn nicht jetzt, dann morgen, oder übermorgen. Aber unbedingt, solange ich hier arbeite."

„Ich bin noch Jungfrau", sagte ich.

„Aha."

„Darf ich heute Nacht hier bei dir schlafen, und du versprichst mir, dass du nichts machen wirst, was etwas an dieser Tatsache ändert?"

„Selbstverständlich."

„Aha. Was genau würdest du dann machen?"

„Was du willst."

„Heißt das, ich könnte mich einfach zu dir legen, und mich an dich kuscheln?"

„Sicher."

„Dann will ich das."

„Abgemacht."

„Was brauche ich dafür?"

„Deinen Schlafanzug. Es sei denn, du willst nackt neben mir liegen. Vielleicht noch deine Zahnbürste."

„Hast du Kondome?"

„Wofür? Du willst doch Jungfrau bleiben."

„Stimmt. Das hatte ich schon vergessen."

„Bist du sicher, dass du hier schlafen willst?"

„Ja. Unbedingt. Wollen wir gleich anfangen?"

„Es ist erst acht Uhr. Bist du denn schon müde?"

„Nein."

„Na, siehst du!?"

Ich fand das alles spannend. Und jetzt war mein Tatendrang entfacht.

„Was könnten wir jetzt schon machen, ohne meine Jungfrauschaft zu gefährden?"

„Meinst du jetzt: Was könnten wir machen, außer zu reden? Oder wollen wir zum Beispiel Schach spielen?"

„Du weißt schon, was ich meine. Du könntest mir etwas beibringen."

„Aha. Hast du bestimmte Vorstellungen, was das sein könnte?"

„Du bist ein Schelm. Wie viele Jungfrauen hattest du schon?"

„Bis jetzt war noch keine so Ehrliche wie dich."

Ich überlegte kurz.

„Okay", sagte ich nun entschlossen, „ich hole schnell meinen Schlafanzug für alle Fälle, und meine Zahnbürste. Die Tür lasse ich einen Spalt auf."

„Gut. Dann bis gleich."

Schnell rannte ich durch den Flur, durch das Treppenhaus nach oben, kam mir dabei vor, etwas Verbotenes zu unternehmen, holte meine Sachen, und war schon wieder auf dem Weg nach unten.

Nichts hätte mich aufhalten können.

Ich wollte mich ins Abenteuer stürzen. Und dieser Sog war so unbändig!, er war nicht aufzuhalten.

Durch die angelehnte Tür trat ich wieder in sein Zimmer: Josef lag immer noch in der gleichen Stellung auf seinem Teppich, und lächelte mich an, als ich mich wieder dazu legte.

„Hast du mittlerweile einen Plan?", wollte ich wissen.

„Du könntest dich ausziehen."

„Dann wäre ich ja nackt!"

„Du könntest mich ausziehen", schlug er vor.

„Das geht mir zu schnell. Ich denke, es ist erst acht Uhr."

„Dann mach du einen Vorschlag!"

Ich überlegte, und weil mir nichts Besseres einfiel, sagte ich: „Wir könnten ein Ratespiel spielen. Immer wenn einer von uns eine Antwort nicht weiß, muss er ein Kleidungsstück ablegen."

„Das würde aber bedeuten, dass du oder ich am Ende eventuell noch alles anhat, und der Verlierer nichts mehr."

„Wäre das nicht lustig?", entgegnete ich.

„Ja, doch! Ich koche mal einen Tee."

Und weil ich nicht allein auf seinem Teppich zurückbleiben wollte, lief ich wie eine Klette hinter ihm her.

„Das stört dich doch nicht, oder?", fragte ich.

„Nein, überhaupt nicht", grinste er.

Ich fand ihn süß, verführerisch süß.

Und als ich ihn an seinem Waschbecken hantieren sah, fragte ich: „Sollten wir uns für unser Liebesspiel vorher waschen?"

„Gegenseitig? Oder jeder für sich?"

„Was schlägst du vor?, du bist doch der Erfahrene."

„Da bin ich mir nicht sicher! Mittlerweile habe ich den Eindruck, dass *du mich* verführen wirst."

„Oh, danke für das Kompliment."

Ich stand hinter ihm, und überlegte, was ich nun tun sollte. Er zog mich einfach so magisch an, also umarmte ich ihn von hinten, denn er war ja mit seiner Teezubereitung beschäftigt, und konnte sich nicht wehren.

Und das war wie ein elektrischer Schlag, tat zwar nicht weh, aber es sprang auf alle Fälle so etwas wie ein Funke über, und zwar von ihm zu mir.

Ganz langsam drehte er sich zu mir, unsere Lippen fanden von allein zueinander, dockten zielsicher an, und ich schmolz einfach dahin.

Ich hatte schon vorher einmal einen Jungen geküsst, nein, er hatte mich geküsst. Aber dies nun war ganz anders. Es passierte etwas: Es löste ein Verlangen in mir aus. Ein unerklärlich starkes Verlangen, dem ich nichts entgegen stellen konnte.

Ich glaube, mir wurde sogar ein wenig schwindelig.

Dieser berühmte Satz: *Ich bin wie Wachs in deinen Händen*, blitzte mir durch meinen Kopf, während ich merkte, wie meine Zunge in seinen Mund schlüpfte, nach seiner Zungenspitze suchte, sie fand, und dann wurde es noch gefährlicher.

Jetzt war ich nur noch weiches Wachs. Er hätte nun mit mir machen können, was er wollte. Hätte er nun zu mir gesagt: Zieh dich mal aus, hätte ich noch nicht einmal mehr gefragt, warum.

Er aber fragte nach einer Weile: „Soll ich den Tee noch fertig kochen, oder stört das deine Pläne?"

Als ob mich jemand aus dem tiefsten Schlaf geweckt hätte, versuchte ich erst einmal, in die Wirklichkeit zurückzukommen, und als ich realisierte, was er gerade gefragt hatte, sagte ich: „Mach mal, wahrscheinlich haben wir irgendwann Durst. Hauptsache ich kann hierbleiben."

Während er also den Tee aufgoss, klammerte ich mich an ihm fest, und nahm mir vor, ihn nie wieder loszulassen.

Als er damit fertig war, fragte er – wesentlich abgeklärter als ich: „Willst du dich zuerst waschen, und ich warte solange auf dem Teppich, und wasche mich nach dir?"

„Dann müsste ich dich loslassen. Das geht nicht."

„Verstehe."

„Also, wie machen wir das?", wollte ich wissen.

„Du sagst, du bist noch Jungfrau. Hast du schon mal einen Jungen gewaschen? Weißt du, worauf es ankommt?"

„Ja", log ich.

„Auf welchen Teil meiner Frage bezieht sich deine Antwort?"

Er durchschaute mich.

„Nein, ich habe noch keinen Jungen gewaschen, weiß aber, worauf es ankommt."

„Gut, dann guckst du mir einfach zu. Ich zeige es dir. Danach gucke ich dir zu. Ist das in Ordnung?"

„Oh ja. Das finde ich gut."

Vor allem deshalb, weil er mich nicht eine Lügnerin nannte. Jetzt wurde es total spannend!

Hier muss ich einmal zum besseren Verständnis einfügen, dass ich aus einer Familie komme, in der mir sexueller Kontakt zu einem Jungen absolut verboten ist.

Nicht etwa mit direkten Worten, sondern unterschwellig. Ich weiß es einfach, weil darüber nur geschwiegen wird, als ob das ganze Thema gar nicht existiert. Deshalb habe ich zwar schon einmal meinen Bruder nackt gesehen, aber da waren er und ich noch kleine Kinder.

Hier, jetzt endlich, gab es niemanden, der mich in irgendeiner Weise kontrollieren konnte.

Ich durfte!!, was ich wollte.

Endlich wollte ich alles wissen!

Schließlich war ich schon neunzehn Jahre alt. Wie sieht das denn aus, wenn meine Freundinnen über ihre sexuellen Erlebnisse reden, und ich selbst habe noch nicht einmal einen Penis gesehen, geschweige denn angefasst.

Diese Organe kannte ich nur aus dem Biologiebuch, und die sahen nicht schön aus.

Josef zog sich seine Jeans aus, und auch seinen Slip: Faszinierend! Ich war begeistert!

Nun stellte er sich vor das Waschbecken, seifte sich seinen Penis ein, schob dafür auch diese Vorhaut zurück, von deren Existenz ich selbstverständlich wusste, seifte sich sogar seinen Po ein, und dann spülte und wusch er alles sauber.

Ich war versucht, ihm dieses Ding aus seiner

21

Hand zu nehmen, und es auch einmal zu probieren, und wenn es nur war, um zu zeigen, dass ich alles verstanden hatte.

„Toll!", flüsterte ich gebannt. „Sind alle Penisse so schön?", streckte meine Hand vor, und umfasste ihn einfach: Herrlich!

„Das weiß ich nicht. Ich finde es allerdings gut, dass er dir gefällt."

„Das kann man wohl sagen!"

Mir war gar nicht bewusst, dass ich ihn immer noch festhielt.

„Äh, … jetzt du bitte!", forderte er mich auf.

„Oh! … Ja, natürlich, sonst werden wir nicht fertig."

Also streifte ich mir auch meine Jeans nach unten, meinen Slip danach, und stellte mich, wie er vor mir, vor das Waschbecken, und wollte mich waschen.

„Du guckst jetzt zu?", fragte ich.

„Geht es dir gut? Ich kann auch solange wegsehen."

„Oh, nein. Was musst du nur von mir denken. So war es ja abgemacht. Normalerweise bin ich nicht so."

„Jedenfalls bist du echt süß!"

„Danke."

„Und sehr schön."

„Danke."

Jetzt küsste er mich, nur das lenkte mich wieder ab. Deshalb riss ich mich zusammen, und wusch mich. Auch wenn er zuguckte. Dann aber merkte ich, dass es schön war, dass er mir dabei zusah, und fing an, es zu genießen.

Als ich mich abgetrocknet hatte, wäre seine Chance dagewesen, mich gleich zu überwältigen. Das aber tat er nicht, sondern fragte: „Wollen wir uns unsere Hosen wieder anziehen? Wie sehen deine weiteren Pläne aus?"

„Ich bin mir nicht sicher, ob ich überhaupt welche gehabt hatte. Aber jetzt, wo du fragst, fände ich es schade, wenn du deinen Penis wieder verpackst. Wenn wir uns jetzt auf deinen Teppich legen, und uns weiter unterhalten, könnte ich ihn immer wieder angucken."

„Okay! Wir nennen es *Teetrinken unten ohne*."

„He, das ist witzig! Wir können uns gegenseitig bewundern. Du findest meine Muschi doch auch gut, oder?"

„Um diese Frage abschließend beantworten zu können, würde ich gern mal einen Blick darauf werfen. Ist das denn erlaubt?"

„Oh, ja! Darauf hatte ich gehofft."

„Wirklich?", fragte er.

„Ja, lass uns anfangen."

„He! Du bist unheimlich süß. Und wunderschön!"

„Danke. Ich finde dich auch toll."

Sehr sogar!, hätte ich beinahe noch hinterher geschickt, hielt mich aber zurück, denn ich wusste noch nicht viel von diesem Josef, außer dass ich seinem Charme längst erlegen war.

So!, nun lagen wir wieder auf seinem flauschigen, gemütlichen Teppich, in Reichweite stand der Tee, und Josef goss uns ein. Mittlerweile wurde es dämmerig, und er zündete zwei Kerzen an.

Romantisch!

Absolut!, auch wenn hier alles ein wenig karg war. Es war mein erstes Erlebnis mit einem echten Mann, in der Realität, und nicht nur in meiner Fantasie.

Teetrinken unten ohne.

Gebannt sah ich auf seinen Penis, nichts versperrte mir die Sicht, und ich durfte dort unverwandt hinsehen, es musste mir noch nicht einmal peinlich sein.

Ich hatte eine Idee!

Denn vorhin, als ich ihn angefasst hatte, erigierte er sofort, aber nun hatte er – glaube ich – Normalgröße, war aber trotzdem größer – glaube ich - , als andere. Denn meine einzigen Vergleiche waren die, die ich aus den Erzählungen meiner Freundinnen kannte, und die hörten sich irgendwie kleiner an.

Nun wollte ich ihn beim Teetrinken anstarren, und sehen, ob ich ihn aus der Reserve locken könnte, ob er also meinem Blick standhalten konnte, oder ob er wieder größer würde.

Josef machte gar nichts. Er trank in Ruhe seinen Tee, genoss ihn, guckte mich aber trotzdem dabei an. Ich glaube, er freute sich, dass ich hier war, denn er hatte mir schon mehrere Komplimente gemacht, und kein Kompliment bleibt ohne Wirkung.

Ich fand das alles so toll!
Eine richtige Hochstimmung, auch wenn ich gelassen aussah, hoffte ich.
Mir gegenüber lag der Josef, ruhig und schön. Und ich stierte seinen Penis an.

Tatsächlich! Er zuckte. Oder interpretierte ich nun schon etwas in meine Beobachtung hinein? So, wie die Buchstaben anfangen zu tanzen, wenn man lange genug darauf sieht.
Nein, er bewegte sich wirklich, und wurde größer.
„He, das ist ja toll!"
„Das ist ein sicheres Zeichen, dass er dich mag."
„Du scheinst mir ein Witzbold zu sein."
„Weißt du noch, was du mir versprochen hast?", fragte er.
„Ja, selbstverständlich. Und ich halte meine Versprechen. Aber erst einmal muss ich meine Frage von vorhin wiederholen: Falls es zum Äußersten kommt, hast du denn Kondome? Ich möchte nicht gleich bei meinem ersten Mal schwanger werden. Und ich weiß aus dem Sexualkundeunterricht, dass schon der erste Tropfen gefährlich sein kann."
„Da hat du aber gut aufgepasst. Mach dir keine Sorgen, ich bin sterilisiert."
„Wirklich? Warum?"
„Das ist eine traurige Geschichte, die ich lieber

ein andermal erzählen möchte, sonst würde ich selbst wieder traurig."

„Okay. Ich entnehme daraus, dass es nicht deine Entscheidung gewesen war, sondern die eines anderen."

„Da bist ziemlich schlau."

„Aber du wirst es mir erzählen, ja?"

„Ja. Für den Augenblick weißt du, dass du dir keine Sorgen machen musst."

Jetzt sah ich ihm an, das die Traurigkeit schon vor der Tür stand, und wollte sofort helfen. Deshalb fragte ich: „Wie möchtest du gucken?"

„Komm, setz dich auf meinen Bauch, und lehn dich an meine Beine."

„Das hört sich ziemlich spannend an. Kannst du dein T-Shirt ausziehen?"

Das machte er. Ich legte ihm ein Kissen unter seinen Kopf, setzte mich auf seinen Bauch, und lehnte mich mit einem weiteren Kissen an seine angewinkelten Beinen.

Nun fühlte ich mich schon ein wenig lockerer. So eine Situation hatte ich mir heute Mittag noch nicht einmal vorstellen können, und nun war ich dabei, mir meine Muschi ansehen zu lassen, hatte allerdings noch meine Hand davor, um sie abzudecken.

„Du müsstest noch ein wenig vorrücken, und vielleicht deine Hand wegnehmen, denn sonst kann ich nichts sehen", sagte er.

„Okay", antwortete ich unsicher.

Bei der Frauenärztin wurde mir ja auch darein geguckt, sogar noch ganz anders. Also: Vorrücken und Hand weg!

Meine Muschi war nur noch eine Handbreit von seinem Gesicht entfernt, ich saß bequem, und beobachtete seine Augen.

Im Gegensatz zu ihm trug ich noch mein T-Shirt, was er aber akzeptierte. Zuerst sah er mich an, das heißt, mein Gesicht, dann zog ihn wohl der Anblick meiner Muschi so magisch an, dass ich sogar eine Veränderung in seinem Blick bemerkte: Verklärung!, oder?

Und weil nichts weiter geschah, fragte ich: „Na? Wie ist dein Urteil?"

„Sie ist die Schönste, die ich je gesehen habe. Hinreißend! Wunderschön!"

Er wollte sich vorbeugen, ich aber stieg schnell ab, und legte mich wieder neben ihn. Sein Penis war wohl zu dem gleichen Urteil gelangt, denn der sah jetzt ziemlich groß und fest aus.

Irre! Das ich das erreicht hatte!

„Ich möchte jetzt einen Tee", bat ich.

Josef drehte sich um, goss für uns beide Tee ein, und wir bliesen beide über die Schälchen, weil der Tee heiß war, und grinsten uns dabei an.

Verschwörung?

Das Wissen zweier Menschen um ein Geheimnis?!

Toll! Ich fühlte mich wie jemand.

Dann kam schlagartig die Erkenntnis!

„Wieso *die* Schönste? Wie viele hast du denn schon bewundert?"

„Keine Ahnung, aber mein Urteil steht fest."

„Oh, danke."

Aber zufrieden war ich damit nicht.

„Bist du so etwas wie ein Gigolo?"

„Was tut ein Gigolo deiner Meinung nach?", wollte er von mir wissen.

„Ich glaube, das ist einer, der reihenweise Freundinnen hat."

„Falsch!", sagte er. „Der Definition nach, ist ein Gigolo jemand, meist ein jüngerer Mann, der sich von älteren Frauen aushalten lässt. Was immer das bedeutet."

„Oh. … Aha. Damit kann ich nichts anfangen. Aber ich nehme dein Urteil über meine Muschi an. Danke."

„Weißt du?, du bist äußerst süß!"

Ich nahm auch das entgegen, versuchte, keine Miene zu verziehen, da fiel mir plötzlich ein, dass ich ja gerade vor irgendetwas geflüchtet war.

„Als du dich gerade vorbeugen wolltest, … was hattest du da vor?"

„Ich hätte deine Muschi gern einmal geküsst."

„Ach so. … Wie bitte? … Oh!"

Das ließ ich erst einmal sacken, und dann kam mir die Erkenntnis: Wahnsinn!

Eine meiner Freundinnen schwärmte von so

etwas, aber alle anderen konnten nicht mitreden.

„Wie fühlt sich das denn an?"

„Weißt du?, du bist nicht nur süß, sondern auch witzig, und vor allem schön! Wie soll *ich* das denn wissen?"

„Und warum wolltest du das?"

„Langsam frage ich mich, warum so ein süßes Mädchen wie du, keinen Freund hat. Bist du ganz sicher, dass du nicht mindestens dreißig Verehrer hast, die alle nach dir lechzen, und fragen, wer das Rennen um deine Gunst gewinnt?"

„Das war auch witzig. Ich erzähle es dir gleich. Also, wieso wolltest du meine Muschi küssen."

„Wieso hast du mich vorhin am Waschbecken geküsst? Kannst du das beantworten?", fragte er.

„Das war so etwas wie ein physikalisches Gesetz der Anziehung. Ich habe nichts gemacht."

„Na siehst du! Immerhin hast du eine Erklärung. Jetzt wende dieses Gesetz auf meine Lippen und deine Muschi an, und du weißt Bescheid."

„Meinst du?"

„Ja. Und jetzt erzähle, warum du alle Verehrer abwimmelst."

Nun versuchte ich diesen komplizierten Sachverhalt so kompakt zusammen zu packen, dass daraus keine lange Geschichte wurde.

„Bei uns Zuhause … ich soll mich bis zur Ehe rein halten."

„Das tut mir leid", entgegnete er, „wollen wir dann lieber hier abbrechen?, oder bist du kein freier

Mensch, der sein Leben selbst bestimmen will?"

„Nein, auf keinen Fall abbrechen! Ich habe mir vorgenommen, hier fern der Heimat, Erfahrungen zu sammeln. Bis hierhin reichen die Gedanken meiner Familie nicht."

„Da hast du recht", entgegnete er wieder, „und wer will ein Jungfernhäutchen suchen? Niemand hat meiner Meinung nach je eines gesehen. Das ist alles Einbildung, und vor allem: Unterdrückung. Heirate einen netten modernen Jungen. Aber frage ihn vorher, ob er noch Jungfrau ist. Da wird es nämlich kompliziert: Manche Männer fordern etwas von manchen Frauen, was sie selbst nicht einhalten wollen. Finger weg von denen!"

„So habe ich das noch nie betrachtet", musste ich zugeben, „aber was sage ich, wenn dieser junge Mann nett ist, und nach meinen sexuellen Erfahrungen fragt, aber selbst zugibt, noch keine zu haben."

„Finger weg!", war Josefs Antwort.

„Wahrscheinlich hast du recht", sagte ich leise, und mehr zu mir selbst, als zu ihm. Er hatte wohl wirklich recht.

Ich deutete auf meine Teetasse, er schenkte mir nach.

Mir fiel etwas ein, das meine Freundin, die mit der Muschi-Kuss-Erfahrung, erzählt hatte. Sie musste nämlich ihrem Freund danach immer den Penis lecken. Und nicht nur das, sie sollte ihn richtig in den Mund nehmen, was ihr keine Freude bereitete. Sie fand diesen Teil dieses speziellen

Liebesspiels immer ekelig.

Wie aber sollte ich dem netten Josef diese Frage so verpacken, dass er nicht gleich dachte, ich wüsste Bescheid?

„Also", begann ich, guckte ihn über den Rand meiner Teetasse an, nahm wahr, dass da vorn sein Penis in meine Richtung deutete, war mir selbst meiner partiellen Nacktheit gerade nicht bewusst, und ließ meinen Gedanken freien Lauf, „kann ich davon ausgehen, dass der Kuss auf die Muschi etwas Besonderes ist. Dadurch würde noch nicht einmal meine Jungfrauschaft beeinträchtigt.

Womit revanchieren sich normalerweise deine Freundinnen."

Als Josef endlich meinen komplizierten Satz verstanden hatte, lächelte mich breit an.

„Damit, dass es nicht bei einem einzigen Mal bleibt."

„Nein!, ich wollte wissen, ob ich dafür dann deinen Penis in meinen Mund nehmen muss!", stellte ich klar.

Er guckte mich lange an, sagte aber nichts, so dass ich schon befürchtete, ihn beleidigt zu haben. Ich hatte Angst, dass er mich gleich vor die Tür setzen würde, und überlegte, wie ich vorher noch schnell meine Hose, meinen Slip, und die anderen Sachen greifen wollte, da ich dieses Zimmer ja wahrscheinlich nie wieder betreten dürfte. Jetzt endlich öffnete sich sein Mund, und ich war auf alles gefasst.

„Nein."
Das war seine ganze, komplizierte Antwort.

Jetzt war ich wieder am Zug. Und ich war mir sicher, dass das Nächste, was ich sagen würde, über meinen Einstieg in die Welt der sexuellen Abenteuer entscheiden würde.

„Dann flehe ich dich nun auf Knien an, mir meine Muschi zu küssen!", musste dabei allerdings grinsen, weil ich noch nicht einmal bis zum Ende des Satzes ernst bleiben konnte.

„Dann bin ich jetzt wirklich beruhigt", sagte Josef. „Willst du das alles in deinen Memoiren unterbringen?"

„Wer weiß? Soll ich mich wieder auf deine Brust setzen? Weil, ... dein Bauch ist mir wegen der vielen Muskeln zu hart!", grinste ich weiter.

Das hatte ich ja noch gar nicht erwähnt, weil es die ganze Zeit so spannend war: Josef sieht aus wie ein Athlet aus dem Bilderbuch.
Eine wahre Augenweide.
Vielleicht kommen auch deshalb manche Mädchen wieder, weil sie ihn so schön finden, den Josef.

„Wenn ich dir einen Tipp geben darf, würde ich dir eine gemütliche, entspannte Haltung auf der Couch, oder sogar auf dem Bett vorschlagen", lehrmeisterte Josef.

„Okay!", antwortete ich kurz, und lag schon in

seinem Bett. Das wollte ich sowieso.

Und nun lag ich hier. Allerdings befürchtete ich einen Spruch, der in etwa sagte: Wieso mussten wir so lange schwafeln? Redest du immer so viel? Machst du immer alles so kompliziert?

Nein, es kam gar kein Spruch.

Ich schloss einfach meine Augen, spreizte ein wenig beschämt meine Beine, und dann spürte ich ein unbeschreiblich, zuckersüßes Gefühl, das mit Küssen nur wenig gemeinsam hat.

Denn dieses Berühren mit seinen Lippen, und seiner Zunge, löste in mir ein Gewitter von lieblichen Explosionen aus, die nur schwer in Worten auszudrücken sind.

Natürlich fühlte und ortete ich, was er machte, und auch womit, denn er benutzte nicht etwa seine Hände, sondern ausschließlich Lippen und Zunge.

Aber ähnlich dem elektrischen Schlag, den ich vorhin gespürt hatte, als ich ihn küsste, war es auch hier. Ich kann mir richtige Funken vorstellen, aber auch Sterne in allen Farben, und Blumen, die in mir drin waren.

Und als ich vor lauter Quieken, Japsen und Hecheln nicht mehr konnte, nahm er mich in seine Arme, hob mich an, und legte mich wieder vorsichtig an einer anderen Stelle seines Bettes ab, und legte sich hinter mich, drückte mich sanft an sich heran, und hielt mich einfach fest.

Ein ganz wunderbares Gefühl!

Ich lag in den Armen eines Helden, war durch

seinen Kuss nun unbesiegbar, und vor allem: Dies war meine erste echte sexuelle Erfahrung. Und die war gleich ein Volltreffer.

Nach gefühlten zwei Stunden lagen wir immer noch in der gleichen Stellung. Weder Josef noch ich hatten uns auch nur einen Millimeter bewegt.

Direkt vor meinen Augen zeigte der Wecker zweierlei an: Es war erst kurz vor zehn, und die Weckzeit stand auf sechs Uhr.

Ich war mir nicht sicher, ob Josef vielleicht schon schlief. Wenn er um sechs aufstehen würde, hieß das, dass er morgen Dienst hatte, und auch seinen Schlaf brauchte.

„Josef?"

Ohne die geringste zeitliche Verzögerung: „Ja, du wunderschönes Erdenkind?"

„Schläfst du schon?"

„Ich glaube nicht."

„Bin ich jetzt unbesiegbar?"

„Ja, auf alle Fälle. Fühlst du dich stark?"

„Ich glaube, ich habe sogar Superkräfte", sagte ich.

„Ungefähr so wie Superwoman?"

„Ja, genau so fühle ich mich", antwortete ich.

„Aber du willst jetzt hoffentlich nicht die Welt retten, denn dann müsste ich dich freigeben, Süße."

„Heißt das etwa, dass du mich magst?"

„Glaubst du denn, dass ich so einen Kuss an jede X-Beliebige verteilen könnte?"

„Nein, das glaube ich nicht", musste ich zugeben.

Immer noch lagen wir unbewegt da.

„Josef? Möchtest du mir nicht dein Herz ausschütten, und diese traurige Geschichte erzählen?, dann bist du sie los."

„Darin liegt eine gewisse Logik."

Ich drehte mich nun auf den Rücken, sah ihm in seine Augen, und sagte: „Außerdem kannst du sowieso nichts mehr daran ändern."

„Du hast recht", begann er, und erzählte: „Als ich siebzehn war, entschied mein damaliger Vormund, dass es besser wäre, wenn ich keine Kinder zeugen könnte, und beschloss ohne meine Einwilligung, meine Sterilisation. Ein Jahr später war ich volljährig."

„Oh! Demnach hast du keine Eltern mehr?"

Er nickte.

Nun war er wohl wirklich traurig.

„Hilft es dir, wenn ich dir heute Nacht Gesellschaft leiste?", fragte ich.

„Ich durchschaue dich!", grinste er mich an. „Vorhin warst *du* noch die, die nicht allein sein wollte."

„Ja, ich fürchte, du hast mich ertappt. Ist das schlimm?"

„Nein."

„Du könntest mich zur Strafe küssen", schlug ich vor.

„Ich hoffe, dass du so etwas nicht als eine Strafe empfindest. ... Wo?"

„Na, wo wohl? Hier!"
Ich deutete auf meine Muschi.

Diesmal umfasste er erst zärtlich meinen Kopf, und küsste mich. Weil ich den ersten Kuss so toll fand, ließ ich auch gleich wieder meine Zunge in seinen Mund schlüpfen.

Herrlich!

Dann küsste er sich weiter, und ich hielt mein T-Shirt hoch, damit er auch mal meine süße Brust sehen konnte. Josef war von ihr völlig hingerissen, und sagte, dass er noch nie in seinem Leben eine solche Schönheit vor sich gehabt hatte.

Er küsste sich weiter über meinen Bauch hinweg, bis er endlich da ankam, wo ich ihn haben wollte, und dann wurde es toll!

Leider versperrte er mir die Sicht. Aber schön war es!

Jetzt beim zweiten dieser wunderbaren Küsse, überlegte ich, ob ich ihn nicht irgendwie engagieren könnte, sozusagen als meinen persönlichen Küsser. Manchmal gehen einfach meine Ideen mit mir durch.

„Josef? Kannst du das nochmal so wie vorhin machen, ich würde dabei gern zusehen."

Sofort führte er meinen Befehl aus, positionierte sich vor meine gespreizten Beine, griff unter meinen Po, hob ihn etwas an, und dann wurde es erst recht toll!

Ich beobachtete den Josef genau: Es sah aus,

als ob er eine leckere Frucht genießt. Er hielt meinen kleinen Po auf seinen Händen, leckte, schlürfte, machte süße Schmatzgeräusche.

Ich wurde fast irre!

Erst hatte ich es für unmöglich gehalten, und dachte, ich hätte mich getäuscht, aber es war tatsächlich so: Er war mit seiner Zunge wirklich richtig in mir drin! Aber er machte noch alles mögliche andere.

Jetzt wollte ich allerdings nicht länger beobachten, sondern genießen, denn ich bin nicht ausschließlich Forscherin.

Ich legte mich zurück, und schwebte beinahe davon.

„Hast du mal nachgeguckt, ob mein Jungfernhäutchen noch intakt ist?"

„Mach dir keine Sorgen. Alles in Ordnung."

„Dann bin ich jetzt echt beruhigt."

Und damit schlief völlig in mich zusammengerollt in Josefs Armen ein.

Ein richtig fieses Klingeln riss mich aus tiefem Schlaf.

Josef flüsterte mir nur ins Ohr: „Bleib liegen. Vielleicht sehen wir uns beim Frühstück in der Kantine. Sonst irgendwann später."

Er hauchte mir noch einen Kuss auf, ich drehte mich in diesem warmen, kuscheligen Bett um, und schlief weiter.

Sobald Josef mit seinem Dienst am Sonntag fertig war, nahm ich ihn wieder in Beschlag.

Das Wetter war besser, und wir gingen ein wenig spazieren. Jetzt sah ich, dass es hier wirklich schön war. Eine herrliche Gegend, die praktisch nur aus Wald bestand.

Und bei Josefs Schwärmereien kam mir der Verdacht, dass er ein Naturmensch war. Das stimmte aber nicht. Er genoss es einfach. Seine Heimat war Hamburg, dort gab es so etwas in diesem Maße einfach nicht. Und deshalb, sagte er, sog er hier alles in sich auf, um später davon zehren zu können.

Abends legte ich Carola einen Zettel auf ihr Bett, auf dem stand, wo sie mich finden konnte, nämlich in Zimmer Nummer soundso, bei Josef.

Und tatsächlich: Josef und ich lagen gerade wieder auf seinem flauschigen Teppich, aber diesmal nicht zum *Tee unten ohne*, sondern ganz gesittet. Aber kurz vorher hatte ich mir von ihm noch einmal diesen berühmten Kuss vorführen lassen, da klopfte es.

Damit wir nicht aufstehen mussten, hatten wir die Tür nur angelehnt, und Josef rief einfach: „Komm rein! Die Tür ist offen."

Carola und ich grinsten uns an, sie sagte: „Na ihr?", zog sich ihre Schuhe aus, und legte sich zu uns auf den Teppich, als hätten wir beide zusammen, Josef schon dreißig Mal besucht. Ein Teeschälchen für sie stand auch schon bereit.

„Darf man hier rauchen?", fragte sie.

Daraus schlussfolgerte ich, dass sie noch nicht ganz locker war. Carola raucht eben. Mich hatte es nie gestört, selbst nicht hier, in unserem gemeinsamen Zimmer im Wohnheim.

Josef stand auf, kam mit einem Aschenbecher zurück: Das war seine Antwort auf ihre Frage.

Also zündete sie sich eine Zigarette an, Josef schenkte ihr einen Tee ein, und ich wollte schon fragen, wie es zu Hause so gewesen war.

Aber sie kam mir mit ihrer Frage zuvor:

„Was habt ihr beiden so getrieben? Ihr scheint euch ja schon angefreundet zu haben."

„Jedenfalls bin ich noch Jungfrau", war meine Antwort.

Carola: „Schade! Ist er nichts für dich?", dabei deutete sie mit ihren Augen in Josefs Richtung, ohne ihn selbst zu beachten.

Ich: „Josef hat gesagt, dass er nur kann, wenn es mindestens zwei Mädchen sind."

Josef blieb dabei ganz locker. Ich allerdings hatte jetzt gehofft, dass er sich an seinem Tee verschluckt, einen tierischen Hustenanfall bekommt, und wir beide ihn retten müssten. Denn Carola und ich können gut zusammen arbeiten.

Carola: „Ihr beide, Josef und du, habt also auf

mich gewartet, damit du endlich zum Zug kommst? Das darf doch nicht wahr sein!"

Ich: „Ist es aber!"

Carola: „Du willst mir wirklich weis machen, dass ihr beide hier das ganze Wochenende gesittet nebeneinander gelegen, und nur Tee getrunken habt?"

Ich: „Dabei waren wir allerdings unten herum nackt. Wir nannten es *Teetrinken unten ohne*."

Carola: „Und dabei habt ihr euch einfach nur angeguckt?"

Ich: „He, Carola! Du bist ja gar nicht schockiert!"

Carola: „Doch! Ein bisschen schon."

Sie drückte ihre Zigarette aus.

„Und außerdem ist er sterilisiert", sagte ich.

Carola: „Dass du dir so eine Gelegenheit entgehen lässt, schockiert mich jetzt wirklich!"

Dabei grinste sie allerdings endlich.

„Also unten herum?", fragte sie.

Ich nickte.

„Wer fängt an? ... Du?", fragte wieder sie.

„Okay. Pass auf Carola!", erwiderte ich, robbte zu Josef rüber, machte einfach seine Jeans auf, und streifte sie ihm nach unten, wobei sein Slip gleich mit rutschte. Josef wehrte sich nicht, blieb aber trotz alledem ernst.

Carola hatte alles sehr genau beobachtet, jetzt entwich ihr allerdings ein Pfiff.

„Wahnsinn!", sagte sie.

Ich: „Da staunst du, was?"

Carola: „Ihr habt euch wirklich nur angeguckt?"

Ich: „Na ja. Ich hab mir ein paar Küsse beibringen lassen."

Carola: „Du hast ihm …?"

Ich: „Nein, er hat mich …"

Carola: „Was denn?"

Ich: „Du weißt schon."

Carola: „Er hat dich hier geküsst?"

Sie deutete auf meine Muschi, die aber noch verpackt war. Ich nickte.

Carola: „Und kann er es?"

Ich: „Ich bin jedenfalls begeistert."

Carola: „Hast du was dagegen, wenn er es auch bei mir macht?"

Ich: „Nein. Wir sind doch Freundinnen."

Carola schien irgendetwas zu überlegen.

Ich: „Ich habe übrigens letzte Nacht hier bei Josef geschlafen."

Ganz gedankenverloren erwiderte sie: „Das war bestimmt gut."

Kurz darauf sagte sie: „Ich müsste mich einmal frisch machen. Ich bin ja gerade erst hier angekommen."

Das erste Mal meldete sich nun Josef zu Wort: „Am Waschbecken liegen frische Handtücher."

Ich: „Carola, du solltest mal zugucken, wie Josef sich sein Ding wäscht! Total irre!"

Carola war schon aufgestanden, und hatte begonnen, sich ihre Jeans auszuziehen, die jetzt auf der Couch lag. Nun zog sie sich ihren Slip aus.

Carola war nicht so schüchtern wie ich.

Sie reichte Josef ihre Hand, und sagte: „Ja, da würde ich gern zugucken."

Josef nahm diese Einladung an, stand auf, und ich wollte nicht den Anschluss verpassen, und sagte: „Wartet, ich will auch mitmachen!"

Carola war überhaupt gar nicht schüchtern, denn sie war nun ganz nackt: Wahnsinn! Sie ist eine echte Schönheit. Ich war mal auf Josefs Urteil gespannt.

Mittlerweile half sie Josef dabei, sich auch ganz frei zu machen, und ich musste zusehen, dass ich nicht ausgeschlossen wurde. Deshalb zögerte ich gar nicht, und war jetzt auch ganz nackt.

Josefs Penis beurteilte Carola so ähnlich wie mich: Er war neugierig aufgestanden. Aber seinem Besitzer war dies nicht peinlich. Carola auch nicht. Sie bedankte sich für dieses Kompliment, außerdem bewunderte sie Josefs athletischen Körper. Mir ging es ja auch nicht anders.

Alles in allem durfte man behaupten, dass sich in diesem Raum gerade die drei schönsten Menschen befanden, und einer dieser war unter anderem ich.

Josef musste sich zuerst waschen, wobei Carola und ich zusahen. Carola war total fasziniert, ich auch, obwohl ich es schon mal gesehen hatte.

Und weil Carola nicht bange, aber fürsorglich war, Josef gleich betüdelte, und ihn abtrocknete, half ich mit. Ich war jedoch nicht eifersüchtig, sondern wollte nicht als schüchtern oder verklemmt dastehen, und außerdem nicht meinen Vorsprung aufgeben.

Während ich mich als Nächste wusch, sah ich im Spiegel, wie Carola ihre Hände einfach nicht bei sich behalten konnte, und sie Josef die ganze Zeit befummelte. Also machte ich das genauso, während sie sich wusch.

Sie tat so gesetzt. Hatte sie etwa Erfahrungen mit einem flotten Dreier? Auch fiel mir ein, dass sie gar nichts gegen eine solche Konstellation einzuwenden gehabt hatte.

Jede von uns nahm nun eine Hand von dem nackten Josef, und wir schmiegten uns als Erstes eng an ihn heran, was er zwar einfach mit sich geschehen ließ, aber ich meinte, beurteilen zu können, dass er dies gut fand.

Das meiste lief ohne Worte ab. Carola war sehr fasziniert von Josefs Penis, so dass ich beinahe befürchtete, dass sie ihn nicht mehr hergeben würde.

Aber wollte sie nicht zuerst so einen Muschi-Kuss?

Gerade hatte ich mir in Gedanken diese Frage gestellt, lag Carola schon auf Josefs Bett, öffnete ihre Beine, und lockte ihn mit ihrem Finger, aber ohne Worte.

Eine Geste, die weltweit bekannt ist.

Dabei zuzugucken fand ich ziemlich spannend, was vielleicht auch daran lag, dass ich Carola so gern habe. Sonst wäre ich im Augenblick bestimmt nicht am Ende der Welt, hier an einem Ort, wo es außer tiefen Wäldern eigentlich gar nichts gab, außer natürlich diesem athletischen Jüngling, der viel älter war als wir.

An Carolas Reaktionen hätte nun jeder, der sich mit so etwas auskennt, sehen und hören können, dass ich meiner Freundin ein echtes Geschenk gemacht hatte.

Sie quiekte, stöhnte, jammerte, hechelte.

Für mich war die Perspektive – ich befand mich schräg hinter Josef – auch sehr interessant. Nun konnte ich das Ganze mal fast von seiner Warte aus sehen: Wieso macht es ihm so einen Spaß?

Ich für mich konnte mir diese Frage beantworten.

Aber wieso findet er das gut?

Für mich war klar: Eine Lesbe konnte ich niemals werden, auch wenn zum Beispiel Carola eine solche Schönheit ist. Ich könnte mit ihr im selben Bett liegen, aber sonst? Nein, auf keinen Fall!

„He, du hast nicht übertrieben! Das war richtig gut!"

Ich: „Woher weißt du so was?"

Ich saß jetzt neben Carola auf dem Bett, und Josef leckte sich gerade seine Lippen.

Wieder ich: „Hattest du denn schon mal ein solches Vergnügen?"

Carola: „Ehrlich?"

Ich: „Natürlich ehrlich."

Carola: „Nein. Und ich glaube, so was können erst Jungen ab einem bestimmten Alter. Oder eben solche Genießer wie Josef einer zu sein scheint."

Ich: „Weißt du denn, wie alt Josef ist?"

Carola: „Nein. Du scheinst es zu wissen."

Ich nickte: „Siebenundzwanzig."

Carola: „Siehst du? Das bestätigt meine Theorie."

Ich: „Freut mich, dass du es auch so gut fandest wie ich. Jetzt bist du noch mal dran, und zeigst mir, wie das andere geht."

Carola: „Okay. Soll ich oben oder unten liegen."

Ich: „Was findest du denn besser?"

Carola: „Eindeutig, wenn ich oben liege."

Ich: „Gut. Ich bin schon ganz gespannt."

Wir mussten Josef gar keine Anweisungen erteilen. Wäre ja auch komisch, wenn er jetzt nicht aufgepasst hätte. Er lag schon auf dem Rücken, und erwartete, dass Carola ihre Position einnahm.

Ich legte mich neben die zwei, und verfolgte genau, wie Carola vorging.

Äußerst interessant!

Richtig spannend!

Ich war bei einem echten Beischlaf dabei, und fragte mich als Erstes, wieso dies so heißt. Meiner Einschätzung nach hatte dieser Akt nichts mit Schlafen zu tun, eher mit Genuss, Spaß, Freude, ein bisschen mit Liebe, Zuneigung, Schönfinden, Bewundern. Aber in erster Linie sah ich, dass Carola Spaß hatte.

Ich nahm mir vor, es genau so wie sie zu machen, und prägte mir ein, dass sie erst einmal

Platz auf dem liegenden Penis nahm, und dabei etwas vor und zurück rutschte.

„Hat das einen bestimmten Grund?", wollte ich wissen, denn sie selbst war nicht die Erklärerin. Ich musste fragen.

„Äh, … Huh! … Weil es gut tut. … Huh! … Und, äh, dann rutscht es besser. Die Muschi wird davon glitschiger."

„Aha!"

Das konnte ich ungefähr verstehen, wollte aber genauer wissen: „War sie denn vom Lecken noch nicht glitschig genug?"

„Wie? Ach ja, eigentlich hast du recht. Aber es ist so schön, und danach flutscht er fast wie von selbst rein."

„He Carola! Das ist total spannend. Lass dich nicht ablenken."

Sie rutschte immer noch hin und her. Ganz intensiv, ich sah die Konzentration in ihrem Gesicht, auch wenn ihre Augen nun geschlossen waren.

Josef sah gleichmütig aus, so als wäre das Ganze eine alltägliche Situation, hatte aber mittlerweile seine Hände an Carolas Po. Wo sollte er sie auch sonst hintun?

Carola stützte sich auf Josefs Brust ab.

Nun griff sie mit einer Hand zwischen ihre Beine, ich passte genau auf: Sie wischte mit dem Penis ein paar Mal an ihrer Muschi entlang, und schwups – nein so schnell ging es nicht – glitt er rein, oder die Carola auf ihm nieder.

Ein echt irrer Stöhnlaut!, entfuhr ihr. So hatte ich sie noch nie gehört.

Während sie sich nun auf und ab bewegte, massierte sie mit derselben Hand, mit der sie eben den Penis geführt hatte, immer wieder ihre Muschi.
Ich wollte schon fragen, warum, konnte mir diese Frage aber selber beantworten: Ihr Kitzler musste ja auch stimuliert werden, er hatte kaum, oder nur wenig, Kontakt zu dem Josef. Und jedes Mädchen weiß: Hier entspringt die Freude.

Wäre ich nun Raucherin gewesen, so wie Carola, hätte ich mir wahrscheinlich eine angesteckt, denn Carola behauptete immer, dass man dabei noch besser genießen kann. Außerdem fand ich Rauchen gemütlich, auch wenn ich immer nur zuguckte, wenn es andere taten.

Carola wurde immer wilder, Josef tat praktisch gar nichts, außer ihren Po zu streicheln. Und je wilder sie wurde, desto lauter wurde sie. Sie ließ sich richtig gehen, bis sie anfing zu zittern, auf einmal nach vorn fiel, und einfach liegen blieb.
Josef umarmte sie schnell, und hielt sie fest.
Ich hingegen machte mir Sorgen.
„Carola? Ist alles in Ordnung?"
„Ja, mach dir keine Sorgen."
Josef zwinkerte mir zu, und lächelte.

In meinem Kopf überschlugen sich die Gedanken. Ich musste eine Entscheidung treffen.

Denn gleich würde von mir erwartet werden, dass ich genau das Gleiche, wie eben gerade von Carola vorgeführt, tun sollte.

Es war soweit. Carola rappelte sich, und rollte sich einfach von Josef herunter.

Jetzt ging ich davon aus, dass Josef mich auffordern, und von mir erwarten würde, dass ich mich auch auf ihn setzen würde. Haben nicht Männer auch ihren Spaß bei so etwas?

Aber nein, er tat gar nichts!

Ich überlegte immer noch.

Gerade das, dass er so tat, als warte er nicht auf mich, stachelte mich ein bisschen an. Oder versuchte er, mich auf diese Art zu manipulieren?

Carola hatte sich eine Zigarette angezündet, und grinste beim Ausblasen des Rauches Josef an.

Scheinbar genoss sie immer noch.

„So! Jetzt bin ich soweit!", verkündete ich etwas lauter, was aber wahrscheinlich alle, die sich ein wenig mit Psychologie auskennen, vermuten ließ, dass es immer noch verschiedene Zweifel in mir gab.

„Okay, wie willst du es angehen?", erwiderte Josef.

Carola hielt sich raus, sie beobachtete nur.

„Also, … Carola hatte vorher einen Muschi-Kuss. Damit will ich beginnen."

Josef: „Gut, dann setz dich auf meine Brust."

Ich: „Darauf hatte ich gehofft."

Ich tat dies, und grinste dabei Carola an, die hoffentlich staunte, was ich alles konnte.

„He, das ist ja toll!", staunte sie wirklich. „Das muss ich auch mal probieren. Wie ist das?"

„Himmlisch!" tirilierte ich.

Ich tat so, als wäre dies meine Idee gewesen, und konnte mich auf Josefs Schweigsamkeit verlassen. Ein bisschen angeben schadet auch einer Freundschaft zwischen zwei Mädchen nicht.

Trotzdem machte ich mir mittlerweile immer mehr Sorgen, ob das, was danach kommen sollte, auch so reibungslos klappte, wie bei Carola.

Aber Josef ist ein Held und ein Gentleman. Er hatte immer noch im Hinterkopf, dass in meiner Muschi noch niemand gewesen war, und machte sie mit seiner Spucke so rutschig, dass nichts schiefgehen konnte. Bestimmt wollte auch er nicht, dass ich mich vor Carola blamierte.

Josef ist noch mehr als nur ein bloßer Gentleman. Ich musste noch nicht einmal selbst denken, er konnte sogar meine Körpersignale deuten.

Denn als ich genug von der Küsserei hatte, bemerkte er es sofort, hob mich wie eine Feder an, und setzte mich direkt auf seinem Penis ab, und zwar so, dass er, wie bei Carola auch, zwischen meinen Schamlippen lag.

Nur bewegen musste ich mich nun selber. Aber genau, wie es Carola beschrieb: Schön! Es machte Spaß!, es wurde noch rutschiger als rutschig, und, was Carola verschwiegen hatte: Auf diese Art konnte ich meinen Kitzler an seinem Penis reiben, was mein Süßling und ich sehr genossen.

Es ist etwas, was ich noch nicht einmal mit meinen Fingern selbst hinkriege, weil hierbei die erotische Komponente gigantisch ist.

Immer wenn ich allein in meinem Bett liege, und mich selbst streichle, denke ich daran, wie ich meinen Süßling auf diesem Riesending reibe. Dann brauche ich ungefähr zwanzig Sekunden bis ich mich vor Glück krümme, und muss aufpassen, dass ich nicht laut quieke.

„Kannst du mir dein Ding reinstecken? Ich muss mich festhalten", bat ich Josef, weil ich befürchtete, dass ich umkippen würde, wenn ich mich nur mit einem Arm auf seiner Brust abstützte.

„Okay. Bleib ganz locker, Schätzchen."

Damit hob er meinen Po sanft hoch, suchte mit einer Hand mein Löchlein, prüfte wohl, ob es gleitfähig genug war, zielte mit seinem Penis, den er mit der anderen Hand führte, fand den Eingang, und, …

… „Setz dich nun ganz vorsichtig. Und bitte nicht mit Gewalt, sondern lass ihn einfach hineingleiten."

Ich glaube, eine bessere Einweisung in ein so ernstes Unternehmen kann eine Jungfrau, die von nichts eine Ahnung hat, außer dass sie einmal zugeguckt hatte, nicht bekommen.

Leider, und das hatte mir niemand gesagt, tat es ein bisschen weh. Wahrscheinlich weil dieses Ding keine Normalmaße hat. Aber als der Penis drin war,

war ich so stolz, grinste beide, Josef und auch Carola, so breit an, dass ich dies schnell vergaß, und die Schmerzen sind auch nie wieder aufgetaucht.

Die Bewegungen, die frau dann machen muss, machen sich von selbst. Eigentlich muss frau nur noch ihrem Instinkt folgen. Denn jede Bewegung, mit der frau nun den Penis massiert, hat direkte Glücksmomente zur Folge.

Und die steigerten sich. Ich vergaß dabei ganz und gar, meinen Kitzler, meinen Süßling, zu stimulieren, habe es aber auch nicht vermisst.

Später hörte ich, dass viele Mädchen beim ersten Mal keinen Spaß haben, sondern erst beim dritten, achten, oder zehnten Mal, und manche leider auch nie.

Bei mir war es gleich bei diesem ersten Mal. Vielleicht lag es ja auch daran, dass die beiden mich so liebevoll darauf vorbereitet hatten. Mit Sicherheit aber, lag es an Josef, der meiner Meinung nach, ein erstklassiger Liebhaber ist, mit sich machen lässt, was immer frau will, nur spricht, wenn er gefragt wird, nicht herum schwafelt, und vor allem, Gedanken lesen kann.

Ja, das kann er.

Er weiß, was für ein Mädchen gut ist. Davon bin ich fest überzeugt. Auch Carola glaubt das. Sie findet ihn auch gut.

Übrigens hatten wir uns gleich an diesem ersten

Abend bei Josef vorgenommen, jede freie Minute bei ihm zu verbringen, einfach deshalb, und dieser Satz stammt von Carola: Weil frau selten so ein dolles Ding zu sehen kriegt.

Jedenfalls erlebte ich nun das erste Mal in meinem Leben einen Orgasmus, während ein Penis in mir drin war.

Gleich danach wurde mir bewusst, dass ich nun keine Jungfrau mehr war.

Aber wirklich traurig war ich deswegen nicht. Diese Zeit war nun eindeutig vorbei. Ob es wirklich kein Jungfernhäutchen gibt, wie es Josef dargestellt hatte, weiß ich nicht. Und dieser kleine Schmerz, den ich gespürt hatte, als sein Penis in mich hineinglitt, hatte damit bestimmt nichts zu tun.

Und dieser berühmte blutige Fleck auf dem Bettlaken fehlte übrigens auch, was Josefs Theorie untermauerte.

„Wie war ich?"

Jetzt brauchte ich unbedingt ein bisschen Applaus.

„He, weißt du, dass du jetzt keine Jungfrau mehr bist?", erwiderte Carola. „Du sahst richtig gut aus! Wir sollten das feiern."

„Wie denn?", wollte ich wissen.

„Josef, gibt es hier in der Teeküche Gläser, ich habe eine kleine Flasche Sekt. Wir könnten zusammen anstoßen."

Josef: „Ich glaube schon. Ich geh sie mal holen."

Carola: „Gut. Ich bin gleich wieder da. Übrigens

… ich schlafe heute auch bei euch."

Damit war sie schon unterwegs. Josef guckte erst ein wenig verdutzt, war aber, glaube ich, damit einverstanden. Ich, jedenfalls, hatte vorher noch nicht gewusst, dass ich auch heute Nacht hier schlafen würde.

„Warte, Carola! Du hast doch gar nichts an!", rief ich ihr hinterher. Daran merkte ich, dass sie entweder nicht nachgedacht hatte, oder völlig in Gedanken gewesen war.

„Oh! Richtig!, das zumindest sollte ich tun", war ihre Antwort.

Ich: „Warte!, ich komme kurz mit. Ich brauche ja meine Zahnbürste, und meinen Schlafanzug."

Oben, in unserem Zimmer fragte ich sie: „Wie findest du ihn?"

„Da fragst du noch? Toll! ... Los beeil dich."

Ich: „Er wird schon nicht weglaufen."

Carola: „Da hast du auch recht."

Ich: „Sag mal!, geht es dir gut?"

Carola: „Ja, selbstverständlich. Wieso?"

Ich: „Weil du eben nackt durchs Treppenhaus laufen wolltest."

Carola: „Schatz, da hast du uns einen tollen Typen geangelt. Das hast du wirklich gut gemacht."

Ich: „Aber du wirst dich nicht verlieben, oder?"

Carola: „Das hoffe ich auch. Du aber auch nicht!"

Ich: „Ich werd mich zusammenreißen."

Carola: „Ich auch. Komm!, lass uns Spaß haben."

Ich: „Du bist ja ganz aus dem Häuschen!"

Carola: „Merkt man das?"

Ich: *„Ich* merke es."

Carola: „Weißt du?, ich bin froh, dass ich gerade keinen Freund habe. Jetzt würde mir wirklich etwas entgehen. Danke, dass du mit mir teilst."

Ich: „Klar! Wir sind doch Freundinnen."

Carola: „Ich glaube, Josef ist einer der wenigen, mit denen man so was machen kann. Normalerweise geht das nicht. Er scheint ziemlich pflegeleicht zu sein."

Ich: „Ich finde ihn nett."

Carola: „Ich auch. ... Mensch!, dieses Riesending."

Ich: „Toll, ne!"

Carola: „Ja! Wie du ihm die Hose runter gezogen hast. Mir ist beinahe das Herz stehen geblieben."

Ich: „Ehrlich?"

Carola: „Das war mutig von dir."

Ich: „Wirklich?"

Carola: „Ja. Komm!"

Josef hatte auf seinem flauschigen Teppich für uns schon neuen Tee stehen, dazu die Gläser, die allerdings keine echten Sektgläser waren. Aber das konnte uns egal sein.

Zur Feier des Ereignisses, und auf meinen Vorschlag hin, blieben wir erst einmal oben herum angezogen, aber unten herum hatten wir uns frei gemacht.

Irre!

Echt toll!

Sekt und Tee unten ohne.

Wir grinsten uns an, Josef hatte die kleine Flasche Sekt aufgeteilt.

Carola rauchte.

„Auf was wollen wir anstoßen?", fragte Josef.

Ich: „Das Ende der Jungfrauschaft."

Carola: „Ich möchte auf uns drei anstoßen."

Josef: „Auf die beiden süßesten Mädchen der Welt."

Ich: „Prost!"

Carola: „Wieso hast du eigentlich solche Muskeln?"

Josef: „Keine Ahnung."

Ich: „Aha!"

Carola: „Ähem, … dein Penis ist echt toll."

Josef: „Danke. Aber mit eurer Schönheit kann er nicht mithalten."

Ich: „Aha."

Pause.

Uns war der Gesprächsstoff ausgegangen.

Ich stierte wieder Josefs Penis an, und musste gerade daran denken, dass ich nun wirklich keine Jungfrau mehr war, und dass der Übergang von damals auf jetzt ein echtes Ereignis gewesen war.

Ein richtig tolles Erlebnis, das wir jetzt sogar feierten.

„Josef? Wann hast du deine Jungfrauschaft verloren?", wollte ich wissen.

Josef: „Ach!"

Carola: „Was bedeutet: *Ach*?"

Ich: „Bedeutet es vielleicht, dass du noch jung warst?"

Josef: „Ja."

Ich: „Aha."

Carola: „Bedeutet es auch, dass du darüber nicht sprechen willst?"

Josef: „Ich weiß nicht."

Ich: „Warst du jünger als ich jetzt?"

Josef: „Wir müssen kein Ratespiel spielen. Ich war zwölf."

Carola und mir, blieb, glaube ich, der Atem stehen. Ich jedenfalls hatte vor, nicht weiter zu fragen. Ich sah Carola scharf an, und sie verstand meinen Blick wohl.

Carola: „Aber du hast bis jetzt nur Sex mit Frauen gehabt, oder?"

Josef: „Ja. Etwas anderes wäre für mich auch nicht denkbar."

Carola: „Gut! Wäre es denn denkbar, dass ich mich auch mal auf deine Brust setzen darf?"

Josef: „Das würde mich sehr freuen."

Ich: „Und ich danach?"

Josef: „Ihr braucht solche Sachen nicht zu fragen. Ihr könnt es einfach machen."

Ich: „Aha! Also fang an, Carola!"

So wurde dann unsere Feier zu Ehren meiner verflossenen Jungfrauschaft, eine Feier, bei der wir alle Stationen, die bei der Aufgabe meines

Jungfrauen-Statusses wichtig waren, noch mehrere Male durchgeprobt.

Und zwar so lange, und so oft, bis wir fast sicher waren, dass wir wieder von vorn anfangen wollten, einfach, weil die verschiedenen Schritte und Praktiken so viel Spaß machten.

Carola ließ sich den Muschi-Kuss, auf Josefs Brust sitzend, vorführen, danach ich.

Als Nächstes wollte ich wissen, ob es beim zweiten Mal genauso viel Spaß machte, wenn ich auf Josefs Penis hoch und runter glitt, und kam dabei zu dem Schluss, dass ich davon wahrscheinlich nie genug bekommen konnte, und Carola nach mir, schien das ähnlich wie ich zu sehen.

Von Josef hatten Carola und ich den Eindruck, dass er es genoss, dass wir ihm so uneigennützig Gesellschaft leisteten, und Carolas Vermutung, dass Josef pflegeleicht ist, bestätigte sich mehrmals.

Selbstverständlich haben wir unseren Sekt getrunken, und zwischendurch auch den Tee, und wir fanden es schade, dass die Zeit verging, und es schon lange nach Mitternacht war, als wir uns vernunftmäßig entscheiden mussten, für heute eine Pause einlegen zu müssen, die wir dicht an Josef gedrängt, in seinem Bett verschliefen.

Irre! So empfand Carola das auch.

Sie ist übrigens, genauso wie ich, ziemlich begeistert von Josef.

Am nächsten Morgen ging es mit dem Ernst des Lebens weiter. Aber bevor der losgehen konnte, wollten wir sicherstellen, dass wir über Nacht nichts verlernt hatten, und gingen unsere neu erworbenen Erfahrungen noch zweimal durch.

Auch Josef war der Meinung, dass dies der beste Start in den neuen Tag wäre, weil man/frau dadurch gestärkt werden, und man/frau dadurch den Vorsprung vor den übrigen Zeitgenossen ziemlich deutlich spüren kann.

Es ist einfach eine Sache des Wissens, sagte Josef.

Ich kann dieses Gefühl bestätigen, denn ich war stolz, weil ich den ganzen Tag immer daran denken musste, was ich gestern, und den Tag davor, erlebt hatte.

Und immer, wenn Carola und ich uns ansahen, wussten wir auch ohne Worte, an was wir gerade dachten.

Schon deshalb konnten wir es kaum abwarten, bis wir weiter machen würden.

Carola hatte die tolle Idee, dass wir mal ausprobieren sollten, ob die Badewanne in unserem Doppelzimmer auch für drei Leute groß genug wäre.

Sie war es.

Danach wollte ich es unbedingt einmal erleben, in meinem *eigenen* Bett von Josef geleckt zu werden. Carola fand diese Idee hinreißend, und

Josef hatte in unserem Apartment keine Langeweile mit uns beiden.

Nur schlafen mussten wir wieder bei Josef, weil unsere Betten nicht so stabil waren, dass sie drei Leute ausgehalten hätten, und außerdem war Josefs Bett bodennaher.

Unsere Erfahrung sagte uns, dass, was einmal funktionierte, auch danach kein Problem darstellte. Und diese Vermutung bestätigte sich.

In unserer Zeit des Praktikums verzichteten Carola und ich fast ganz darauf, an den Wochenenden nach Hause zu fahren. Wir wollten möglichst viel Zeit zu dritt verbringen.

Diese Zeit verbrachten wir nicht ausschließlich mit Sex. Wir waren zusammen auch spazieren, oder ab und zu zum Eisessen in einer nahegelegenen Stadt, oder im Schwimmbad, aber hauptsächlich verfeinerten wir die Befriedigungen unsere körperlichen Sehnsüchte.

Leider konnten wir nicht für immer hier bleiben. Drei Wochen gehen schnell vorbei. Der Abschied fiel uns schwer.

Mittlerweile habe ich einen netten Freund, dem ich natürlich nichts über meine Erlebnisse erzählt habe, die jedoch mein Selbstbewusstsein ihm gegenüber stärken.

Carola brauchte gerade mal drei Tage. Ihre

Freundschaften wechseln häufiger.

Obwohl wir Adressen ausgetauscht hatten, haben wir nie wieder etwas von Josef gehört, er von mir auch nicht. Aber das heißt nicht, dass ich nicht oft an ihn denke, besonders an den ersten Abend mit ihm, und wie er mir seinen speziellen Kuss gezeigt hat.

Edmea, Josef und ich

2008

Drei Wochen!
Drei lange Wochen.
Das ist eine lange Zeit, wenn frau wartet.

Aber irgendwann mussten die beiden ja wieder abreisen.

Die beiden Mädchen, die Josef so lange in Beschlag hatten, waren endlich abgereist. Sie hatten Josef regelrecht bewacht, wahrscheinlich hatten sie sogar ständig bei ihm geschlafen, obwohl sie ein eigenes Doppelzimmer gehabt hatten.
Ich hatte Josef seit der Ankunft der beiden praktisch nicht mehr allein gesehen. Ja, nur manchmal traf ich ihn allein in der Kantine, dann setzte ich mich sofort zu ihm, und wenn Edmea gerade in der Nähe war, sie auch.
Was aber nicht heißt, dass es gar keine Gelegenheiten für uns gegeben hatte. Josef konnte ja nichts dafür. Wir konnten uns bloß nicht in seinem Zimmer treffen, aber dafür eben bei mir, oder bei Edmea.
Josef wollte niemals Streit.
Er liebt die Harmonie.

Sonst war er absolut pflegeleicht, aber frau musste ihn sich nehmen. Nur wenn er schon vergeben war, konnte frau auch dann nichts mehr tun.

Keinen einzigen Tag ließen wir verstreichen. Ich klopfte gerade an seiner Zimmertür.
Edmea stand neben mir.

Die Tür öffnete sich.
„Hallo ihr beiden! Kommt rein!", forderte er uns auf.
Nacheinander umarmten wir Josef, küssten ihn.
Mit ihm konnte frau alles machen. Auch, wenn er mehr oder weniger passiv war, er genoss weibliche Gesellschaft.

Alles sah genauso aus wie immer. Es hatte sich gar nichts geändert. Ungefähr so, als wäre die Zeit stehen geblieben.
Auf dem Teppich stand der obligatorische Tee, der zu Josef einfach dazu gehörte. Er stellte gleich zwei weitere Tässchen dazu, und auch einen Aschenbecher für uns.
Ich überlegte, ob ich ihn überhaupt schon einmal mit Zigarette gesehen hatte? Mir fiel keine Situation ein.

Die Frage, ob wir beiden störten, war überflüssig, denn sonst lägen wir jetzt nicht hier auf seinem Teppich mit den vielen Kissen.

In einem solchen Fall hätte er wahrscheinlich gar nicht geöffnet.

Wir erzählten ein bisschen von den Neuigkeiten, aber viel gab es im Augenblick nicht zu reden, also hielten wir uns an unsere Zigaretten, und den Tee. Und zum Reden waren wir eigentlich auch nicht hier.

Josef verschwand kurz.

Wir wussten: Er machte sich frisch. Wir beide, Edmea und ich, kamen zu unseren Treffen selbstverständlich nie ungewaschen, denn wir wussten ja genau, warum wir drei uns gegenseitig besuchten.

Und da war er auch schon wieder, legte sich zu uns auf den Teppich, hatte aber keine Hose mehr an. Wir beide mittlerweile auch nicht mehr.

Edmea und ich sind eingespieltes Team, wenn es um Josef geht.

Sie legte ihm eines der Kissen unter seinen Kopf, und saß auch schon auf seinem Mund. Hätte ich ihm das Kissen untergelegt, säße ich nun dort.

Dafür hatte ich das Vergnügen, mit seinem tollen Penis zu spielen. Aber erst einmal bewunderte ich Edmeas Po, diesen gigantischen.

Mittlerweile zitterte er, und ich war versucht, zu gucken, was Josef gerade mit Edmea anstellte, obwohl ich es genau wusste.

Josefs Penis ist der einzige, den ich jemals in

meinen Mund gelassen hatte. Es ist einfach ein Erlebnis!, hat aber auch etwas damit zu tun, dass Josef so pflegeleicht, absolut liebenswürdig, und so zurückhaltend ist. Und natürlich, weil dieser Penis von allen, die ich jemals gesehen habe, der Schönste ist.

Bei Josef hätte ich noch nicht einmal etwas dagegen gehabt, wenn es mit seinem Penis in meinem Mund zum Äußersten gekommen wäre, aber Josef war gegen so etwas.

Ich weiß, dass er sich in der Hinsicht zurückhalten kann, ja er kann sogar auf Kommando ejakulieren, frau muss ihn dazu wirklich auffordern.

Von sich aus tut er es einfach nicht.

Auch das ist ein Grund, warum ich gerade so genüsslich mit seinem Penis schmuste, ihn leckte, ja manchmal regelrecht verschlang. Es ist einfach ein Gefühl, das mich stolz, und auch zufrieden macht.

Edmea hechelte mittlerweile, ich wusste, dass sie ihre Augen fest zusammen gekniffen hatte, und es nun kaum noch aushalten konnte. Gleich würde sie einfach nach vorn kippen. Auch dafür hatte sie schon vorgesorgt: Dort lagen reichlich Kissen.

Aber im Bett war es nicht das Gleiche.

Wir liebten es, Josef hier auf seinem legendären Teppich zu vernaschen. Dies war erotisch, hatte einen Hauch von Abenteuer, und danach würden wir mit dem Teetrinken fortfahren, und nach dem Teetrinken, mit dem Sex weiter machen.

Außerdem fühlte ich mich völlig unbeobachtet, wenn Edmea sich gerade ihre Muschi lecken ließ. Ich hatte Josefs Penis ganz und gar für mich.

Sonst, wenn Edmea, oder auch Josef dabei zuguckten, war es ein bisschen, als ob ich es nicht nur für mich, sondern für ein Publikum tat.

Aber jetzt …

Ich leckte an ihm, schob die Vorhaut zurück, und beobachtete genau, wie schon solche Bewegungen ihn noch mehr stimulierten. Ich genoss es, die große Eichel im Mund zu spüren, sie mit meiner Zunge zu kitzeln, und war manchmal ein wenig neidisch auf dieses schöne, lebendige Spielzeug.

In meiner Muschi zuckte es schon, und wie!, die Säfte regten sich, und am liebsten hätte ich mich gleich auf seinen Penis drauf gesetzt. Aber wir hatten eine unausgesprochene Reihenfolge, sonst hätten wir uns ja auch nicht vorher gewaschen.

Plumps.

Das war Edmea, die gerade auf die Kissen gerollt war, sich ihre Muschi festhielt, und grinste.

„Sabine!, das war wieder mal einsame Spitze."

„Glaube ich", erwiderte ich, und nahm ihren Platz auf Josefs Mund ein, lächelte Josef zu, er mir auch, und schon dockte ich an.

Huah!, war das gut.

Ich verkrampfte mich sofort. Das ist etwas, was frau mit keinem Hilfsmittel hinkriegt. Und ich glaube, dass Josef der absolute Meister des Muschi-Kusses ist. Ich habe schon etliche Männer dazu animiert, aber entweder ekeln sie sich, oder sie hauchen dir einen flüchtigen Kuss auf, ohne dich wirklich zu berühren, oder sie sind ganz einfach Dilettanten.

Bei Josef ist dies reinste Passion, frau merkt sofort, dass er dies liebt. Wir hatten ihn einmal gefragt, und er sagte, dass ihm dieser Kuss wichtiger ist als der eigentliche Beischlaf.

Warum, das kann er eigentlich nicht in Gänze erklären, aber ich glaube, er liebt die Muschi an sich, denn ihm ist es zum Beispiel wichtig, sie sich sehr genau anzusehen.

Das wiederum kann er erklären: Dann sagt er, dass er deren Schönheit bewundert. Und über das, was ich gerade erlebe, sagt er, dass es ein materialisiertes Kompliment sei.

So fühlt es sich auch an, wie ein Kompliment, ein sehr, sehr süßes.

Edmea hatte sich schon wieder gerappelt, und schmuste gerade mit Josefs Penis. Ja, wir beide sind ein Team.

Manchmal versuche ich, mich in Josef hinein zu versetzen, frage mich, wie es ist, von den Frauen so in Beschlag genommen zu werden.

Dann sage ich mir, dass es ja etwas mit Bewunderung zu tun hat, und dass er es bestimmt sehr genießt, so vielen Frauen diese Freuden zu vermitteln.

Er ist so einer, dem frau einfach nicht böse sein

kann, und für diese Freuden so manches in Kauf nimmt, zum Beispiel, mit anderen zu teilen.

Edmea und mir hatte es ja auch nichts ausgemacht, dass wir nun drei Wochen etwas kürzer treten mussten. Wir wussten, wie wir damit umgehen konnten, und dass unsere Zeit wieder kommen würde. Und die war gerade wieder angebrochen.

Wir würden ihn für uns in Beschlag nehmen. Die beiden Mädchen waren einfach schlauer, oder vielleicht instinktiv gerissener als Edmea und ich gewesen.

Gerade rieb ich mir meine Muschi an Josefs Mund, presste mich dagegen, achtete immer darauf, dass er genug Luft bekam, und es genießen konnte.

Es hatte ein bisschen etwas von: 'Nachholen, was uns so lange nicht vollständig zur Verfügung stand', und: 'Auftanken von Glücksmomenten'.

Edmea hatte sich schon auf Josef drauf gesetzt, bewegte sich auf und ab, und ich schmuste nun mit Josef, küsste und streichelte ihn, sah Edmeas Rhythmus zu, und wusste, dass für mich immer genug übrig sein würde.

Denn das hatten wir etliche Male ausprobiert: Josef konnte viele Male hintereinander. Auch wenn er zwischendurch ejakuliert hatte.

Aber da ihm dies nicht wichtig war, nutzten wir seine Ausdauer für unser Vergnügen meist so lange, bis wir selbst kaum noch konnten, und legten erst dann eine Pause ein.

„Sabine! Komm!", sagte Edmea.

Sie stieg nach vorn ab, und ich wartete schon hinter ihr. Wir kannten uns so gut, dass wir darauf verzichteten, Josefs Penis bei diesen Wechseln nun jedes Mal abzuwischen, denn dies fanden wir beide eigentlich sogar gut. Denn der Penis blieb auf diese Weise schön rutschig.

Erst nach dem vierten Wechsel legten wir eine Pause ein, tranken alle Tee, und Edmea und ich rauchten.

„He, Josef!, kannst du noch mal sagen, wie schön du meinen Po findest?", bat Edmea.

„Edmea! Ich habe noch nie einen Schöneren gesehen. Es ist ein Po zum Verlieben!", erwiderte er.

„Danke!, das tut gut. Das stimmt auch?"

„Komm!, ich zeigs dir", forderte er sie auf.

Wir kannten die Prozedur. Edmea legte sie so vor Josef, dass er ihr ihren gigantischen Po beschmusen konnte. Er streichelte und liebkoste ihn. Edmea war glücklich.

„Ich finde ihn auch schön, Edmea!", sagte ich, beugte mich vor, und gab ihr auch einen dicken Schmatzer darauf.

Ich fragte mich oft, ob sie wirklich Komplexe wegen ihrer Körpermaße hatte, denn Edmea ist wunderschön. Aber eines war sicher, auf diese Weise holte sie sich immer ein paar extra Streicheleinheiten von Josef.

Ich dagegen war mit mir völlig zufrieden, fand mich selbst gut, hatte einfach keine Probleme.
Trotzdem.

Trotzdem liebe ich seine Komplimente.
„Na?, du Schöne?", so begrüßte er mich meistens. Oder auch uns beide.
Es nutzt sich einfach nicht ab.

In der Cafeteria trifft man irgendwann jeden. Alte Gesichter, aber auch die neuen.

Ein 'Neues' saß heute beim Mittagessen an einem Tisch am Fenster. Aber leider nicht allein. Den zweiten der beiden kannte ich von Sehen, und setzte mich zu ihnen.
Aber ein Gespräch?
Nein.
So löffelten wir drei schweigend unsere Suppe, denn ich bin es von Männern gewohnt, dass sie praktisch stumm sind.
Denken sie denn wenigstens?
Läuft in ihrem Kopf irgendetwas ab?, so wie bei uns Frauen? Dass wir uns zum Beispiel fragen, ob man uns bemerkt, oder wie wir auf unser Gegenüber wirken.
Sieht ein Mann, dass wir heute einen Rock anhaben, der perfekt zu der Bluse passt, dass wir Lippenstift aufgetragen haben, oder uns die Fingernägel fein gefeilt haben?

Oder starren sie einem auf die Brust, und denken dabei an etwas ganz anderes?

Ist es ihnen egal, dass eine Frau auf ihr Äußeres achtet?

Ist diesem Neuen hier an dem Tisch aufgefallen, dass ich mich zu ihnen beiden gesetzt habe?

Zumindest hatten wir uns „Mahlzeit!", gewünscht.

Endlich war der 'Alte' gegangen, der 'Neue' war noch mit seinem Essen beschäftigt, denn er hatte sich gerade einen Nachschlag von der Essensausgabe geholt.

„Ich bin Sabine", versuchte ich es.

„Freut mich, dich kennenzulernen. Ich heiße Josef."

„Zivildienst?", fragt ich.

„Ja, und du?"

„Freiwilliges soziales Jahr."

„Das finde ich gut", erwiderte Josef.

„Ja? Wo kommst du her?"

„Aus Hamburg. Und du?"

„Aus Bielefeld. ... Ah!, da kommt meine Freundin Edmea."

Ich winkte ihr zu, denn sie hatte schon nach mir Ausschau gehalten.

„Hallo", grüßte Edmea, als sie sich zu uns setzte.

„Hallo!", lächelte Josef sie an.

„Das ist Josef", erklärte ich Edmea, „er macht Zivildienst und kommt aus Hamburg."

„Freut mich. Ich bin Edmea. Sabine und ich kommen aus Bielefeld."

Schon beim Kaffeetrinken trafen wir den Josef wieder in der Cafeteria, und beim Abendessen auch, als ob wir verabredet gewesen waren.

Den nächsten Tag bereits, standen wir vor Josefs Tür, jedoch ohne irgendwelche festen Absichten.

Wir klopften.

Die Tür öffnete sich.

„Hallo ihr beiden Schönen!, kommt rein."

„Was hast du mit deinem Bett gemacht?", fragte Edmea.

Jedes Zimmer hier, sah im Prinzip gleich aus, hatte die gleiche Ausstattung: Ein Bett, ein Schrank, ein Schreibtisch mit Stuhl. Mehr nicht.

Unpersönlich, karg, trist.

Mein Zimmer sah auch nicht besser aus. Aber ich hatte nie daran gedacht, etwas an dieser Konstellation zu ändern.

Wir nahmen aus dem Fußboden Platz. Der Schreibtisch war auch weg. Stattdessen gab es einen flauschigen Teppich mit vielen Kissen.

„Das habe ich auf den Dachboden gebracht", erklärte Josef.

„Mir gefällts", beurteilte ich dies, „es ist jedenfalls gemütlicher, als bei mir."

„Oder bei mir", kam von Edmea. „Erzähl mal etwas von dir, Josef."

„Was denn?", wollte er wissen.

Ich: „Zum Beispiel könntest du jetzt sagen: Ich habe keine Freundin, und deshalb lebte ich so lange abstinent und habe auf euch beide gewartet."

Josef versuchte ein Lächeln: „Okay. Habt ihr schon einen Plan, wie ihr vorgehen wollt?"

„Aha!", dachte ich, wusste aber nicht weiter.

Edmea sah auch nicht so aus, als wäre sie auf so etwas vorbereitet.

„Ich koche mal einen Tee", verkündete Josef, und ließ uns auf dem Teppich allein. Wusste er etwa, dass wir uns erst einmal besprechen mussten?

„Was sollte das denn?", platzte Edmea leise gepresst heraus.

„Das war mir so herausgerutscht", entschuldigte ich mich.

Edmea: „Jetzt erwartet er, dass er mit uns beiden schlafen kann!"

Ich: „Meinst du?"

Edmea: „Na sicher."

Ich: „Ich finde ihn aber ganz nett. Er wird uns schon nichts tun."

Keine Antwort von Edmea.

„Zumindest scheint er bereit zu sein", gab ich Edmea zu bedenken.

„Ich weiß nicht."

„Wovor hast du Angst, Edmea?"

„Ich habe keine Angst. … Sabine!, das wäre ein flotter Dreier! Oder soll ich etwa zugucken, wie er mit dir schläft? Vielleicht sogar gleich hier auf dem Teppich!"

„Also, ich habe so etwas noch nie gemacht", warf ich ein.

„Ich auch nicht."

„Dann müssen wir ihn fragen, ob er Erfahrungen in dieser Hinsicht hat", schlug ich vor.

„Dein Entschluss scheint ja felsenfest zu stehen."

„Nein Edmea. Das Ganze war mir nur so herausgerutscht ..."

Weiter kamen wir nicht, denn Josef brachte gerade eine Kanne Tee, Kekse und einen Aschenbecher für uns beide.

Woher wusste er, dass wir rauchten?

„Rauchst du nicht?", fragte Edmea den Josef.

„Nein."

„Stört es dich denn nicht?", wollte ich wissen.

„Nein, überhaupt nicht", war Josefs Antwort.

„Dein Tee schmeckt lecker", lobte Edmea Josefs Tee.

Ein Lächeln war die Antwort.

Stille.

Pause.

Über was sollten wir reden? Edmea und ich konnten stundenlang quasseln, auch wenn wir scheinbar gar kein Thema hatten. Aber jetzt?, zusammen mit einem Fremden, und noch dazu einem Mann?

Über was könnte man sich mit Josef unterhalten?

Über einen flotten Dreier?

Bestimmt nicht.

Die einzige gelassene Person hier in diesem Raum war Josef, schien es.

Er genoss seinen Tee, schwieg.

Wir schwiegen auch, aber mir war es ein wenig peinlich, denn normalerweise reden Menschen, wenn sie zusammensitzen.

Also rauchten wir zum Tee.

Schließlich.

„Bist du uns sehr böse, wenn …?", fragte ich.

„Nein", antwortete Josef.

„Würdest du dich freuen, wenn wir morgen wieder vorbeikommen?", fragte ich erneut, weil von Edmea gar nichts kam.

„Selbstverständlich!", war Josefs Antwort.

Er hätte aber auch sagen können: „Oh!, bleibt doch noch eine Weile! Es ist so schön mit euch beiden."

Tat er aber nicht. Und deshalb verabschiedeten wir uns nach der dritten Zigarette, als die Kanne Tee leer war, und gingen.

Ich jedoch wagte es, ihm einen Kuss auf die Wange zu drücken, was Edmea mir nachmachte, vielleicht, um zu zeigen, dass sie nicht prüde ist.

„Der war ja noch nicht einmal enttäuscht oder sauer", analysierte Edmea das Treffen mit Josef.

„Ich hatte einen anderen Eindruck", warf ich ein, während wir schon auf dem Weg zu unserem Wohnblock unterwegs waren, denn wir wohnten nicht im gleichen Haus wie Josef.

„Was wird er jetzt von uns denken?", ging nun Edmea auf meine Einschätzung ein.

„Edmea!, das kann uns doch egal sein!"

„Mir ist es aber nicht egal!"

„Ich glaube", nahm ich Edmeas vorigen Gedanken noch einmal auf, „dass Männer fast nichts denken. Wer so wenig redet, denkt auch nicht viel. Also haben wir auch keinen schlechten Eindruck hinterlassen, falls dich das beruhigt."

„Ich möchte aber wissen, was er von mir denkt."

Ich: „Er begrüßte uns mit: 'Na, ihr beiden Schönen?', was ein Kompliment war, und dich mit einschloss."

Edmea: „Das ist mir noch zu wenig."

Ich: „Dann müssen wir ihn direkt fragen. Männer sind so."

Edmea: „Ja, wahrscheinlich hast du recht."

Edmea blieb noch eine ganze Weile bei mir, aber wenn wir uns auch über lauter andere Dinge unterhielten, kamen wir doch immer wieder auf Josef zurück, und uns wurde immer klarer, dass …

Am nächsten Abend standen wir erneut vor seiner Tür, aber Josef war nicht da.

Spätschicht?

Jedenfalls hatten wir ihn beim Abendessen nicht gesehen.

Also versuchten wir es am folgenden Abend noch einmal. Mittlerweile hatten wir einen ungefähren Plan, wir waren bereit.

Gerade wollte Edmea klopfen, da kam Josef durch das Treppenhaus, bog in den Flur ein.

„Na?, ihr beiden Schönen?"

75

Damit schloss er seine Zimmertür auf und ließ uns den Vortritt.

Josef kochte einen Tee, wir schauten ihm dabei zu, servierte ihn auf einem Tablett auf seinem flauschigen Teppich, stellte einen Aschenbecher und ein paar Kekse dazu, zündete drei Kerzen an, und forderte uns auf, es uns gemütlich zu machen.

Edmea und ich hatten alles bis ins Kleinste besprochen, aber nun wurde es ernst.

„Was denkst du gerade?", wollte ich von Josef wissen.

Wenn es stimmt, was ich so gehört habe, hatte ich gerade einen Fehler gemacht, denn kein Mann mag diese Frage.

„Dass wir drei uns mögen, denn unsere Treffen häufen sich", war seine geniale Antwort.

Blöd!

Mit so einer Antwort hatten wir nicht gerechnet, sondern wir wollten hören, dass er darauf brannte, mit uns zu schlafen. Aber dies wollten wir von *ihm* hören. Wie sollten wir ihn dazu bekommen?

Wir hatten noch einen Plan B, setzten uns beide in den Schneidersitz, denn unter unseren Röcken, die wir heute anhatten, trugen wir: …

Nichts!

Und jetzt hofften wir, dass dies überhaupt zu sehen war, und dass Josef dort hinsah.

So etwas fällt einem echten Mann natürlich auf.

Denn ein Mann – das hatte ich gelesen – schaut einer Frau nicht unbedingt auf die Brust, wie man es so denkt, sondern auf das Dreieck zwischen ihren Beinen, also auf die Muschi, die dort – meist verborgen – liegt.

Aber das tat Josef nicht. Und wenn doch, dann konnte er seine Entdeckung gut verbergen. Er reagierte nämlich nicht darauf.

Blöd!

Also rauchte ich eine Zigarette, Edmea auch.

Edmea konnte nicht länger im Schneidersitz sitzen, legte sich auf die Seite, winkelte ein Bein an.

Das war unbeabsichtigt gewesen, aber nun rutschte ihr Rock ihr Bein entlang, und jeder hätte es sehen können: Darunter trug Edmea nichts.

Gar nichts.

Sie merkte es gar nicht, sondern fischte sich eine neue Zigarette, Josef schenkte ihr Tee nach.

„Sehr hübsch!, und sehr mutig!", sagte er zu Edmea.

„Was denn?", wollte sie wissen.

Sie war wohl wirklich in Gedanken gewesen.

„Darf ich dich dort einmal küssen?", fragte er stattdessen.

„Wie? ..., äh, wie bitte?"

„Dort!"

Josef deutete mit seinen Augen auf ihre Muschi.

Jetzt wurde es endlich spannend.

„Tut das weh?", fragte Edmea blöderweise.

Ich weiß auch nicht, wie man so eine Frage stellen kann.

„Ich hoffe nicht", antwortete Josef ernsthaft, „ich verspreche, ganz vorsichtig zu sein."

Jetzt errötete Edmea, und es war ihr total peinlich. Ihre Beine hatte sie längst wieder geschlossen.

Sofort sprang ich in die Bresche: „Bei mir darfst du das, Josef!"

Edmea: „He!, bei mir doch auch!"

Ich ärgere mich immer noch, dass wir beide damals noch kein Smartphone besaßen.

Heutzutage gehört das zur Grundausstattung, wie zum Beispiel ein Paar Schuhe. Wir hätten den Josef dabei filmen können, denn es war wirklich ein Erlebnis.

Aber wahrscheinlich hätte er sich dabei nicht fotografieren lassen. Also hätte uns so ein Ding auch nichts genutzt.

Als ich gesagt hatte, dass er mich dort küssen dürfte, war er wie verändert.

Sicher, er war vorher auch ruhig und zuvorkommend.

Aber nun?

Wie ein kleiner Junge, der sich still auf die Bescherung freut!

Man sagt zwar, dass Männer – im Gegensatz zu Frauen – kaum ein Mienenspiel besitzen. Aber nun merkte ich Josef an, dass er sich nicht nur freute.

Seltsam!

Also: Ich musste ja nur meine Beine spreizen, denn ein Slip war nicht mehr im Weg.

Um Edmea nicht auszuschließen, griff ich nach ihrer Hand, zog sie zu mir, und bat sie, mich zu umarmen. Ich würde es nachher bei ihr auch so tun, und legte meinen Kopf in ihren Schoß, damit ich von dem Schauspiel auch etwas mitbekam, und zuschauen konnte, wie dies sein würde.

Wie gesagt, ich hatte zwar schon einmal solch ein Vergnügen, aber es war nicht das, was man hinterher als 'Das Feuerwerk' bezeichnen würde.

Josef beugte sich zu mir, gab erst mir einen lieblichen Kuss, bei dem ich fast dahinschmolz, und der mich ahnen ließ, dass dies wirklich ein Erlebnis werden würde.

Dann beugte er sich zu Edmea, lächelte und sagte: „Danke, dass ihr hier seid. Ihr duftet so herrlich!"

„Wirklich?", dachte ich, wir rochen wie immer, oder hat er Geruchshalluzinationen, weil er nun gleich seine sexuellen Träume ausleben darf, fragte jedoch: „Willst du etwa deine Hosen anbehalten, während wir dir unsere intimsten Körperteile zeigen?"

Edmea drückte vorwurfsvoll meine Hand, als wollte sie damit sagen, dass wir damit zufrieden sein sollten, wenn wir dies bekamen, was gleich kommen sollte.

„Da habt ihr durchaus recht."

Mit diesem Satz stand Josef auf, und zog sich

unspektakulär seine Jeans und gleich danach seinen Slip aus.

Wieder ärgerte ich mich, dass wir davon keine Fotos haben!
Wir staunten zwar, ließen uns aber nicht anmerken, dass wir staunten, denn so etwas hatten wir beide noch nicht gesehen: Ein Athlet wie er im Buche steht. Und das, was uns besonders interessierte, sah wirklich vielversprechend, beinahe schon etwas beängstigend, aus.

Nun aber lag er wie ein Lamm vor mir, liebkoste mir meine Muschi, ließ sich dabei auch in keinster Weise ablenken, und merkte wohl noch nicht einmal, dass ich mich nebenbei mit Edmea unterhielt.
Natürlich ganz leise.

„Wie fühlt es sich an?", flüsterte Edmea.
„Himmlisch!, Edmea."
„Weißt du, so etwas hat bei mir noch nie jemand gemacht."
„Ehrlich?"
„Ist es so ähnlich, wie wenn du dich selbst streichelst?", fragte sie.
„Nein, viel besser."
„Hattest du denn schon einmal das Vergnügen?"
„Na ja", entgegnete ich, „ja!, aber von Vergnügen konnte da nicht die Rede sein."
„Und wieso jetzt?", wollte Edmea wissen.
„Vielleicht ist Josef so einer, dem es Spaß

macht", flüsterte ich ganz, ganz leise, um ihn auf keinen Fall bei seiner Beschäftigung zu stören.

Er durfte nicht aufhören!

„Ob ich ihn einmal gegen mich drücke?", überlegte ich, traute mich jedoch nicht.

Aber ich traute mich, ihm über den Kopf zu streicheln, um ihn aufzumuntern, ihm dadurch zu zeigen, dass ich dies genoss.

„Stört ihn das nicht vielleicht?", flüsterte Edmea.

„Nein, das glaube ich nicht."

„Ich bin schon ganz gespannt!", flüsterte sie wieder.

Edmea beizustehen war fast noch prickelnder, als diesen Muschi-Kuss selbst zu erleben.

Ihr Kopf lag auf meinem Schoß und sie wimmerte, als ob sie litt. Manchmal verkrampfte sie sich, zuckte zusammen, und Josef entschuldigte sich dafür, hatte er doch vorher versprochen gehabt, dass er ganz besonders zärtlich sein wollte, was er ja auch war.

Trotzdem fand ich es süß, dass er darauf achtete, dass gerade Edmea dies genießen konnte, was sie auch tat. Sie erzählte es mir später.

Nun lagen wir entspannt auf dem flauschigen Teppich, tranken wieder Tee, und grinsten uns an.

Hatten wir dies eben zu dritt erlebt?

Unwirklich.

Aber wir drei lagen hier jetzt so selbstsicher, unten herum nackt, dass das, was wir gerade getan hatten, wohl wirklich geschehen war.

Nachdem ich meine Zigarette aufgeraucht hatte, griff ich zu meinem Rock, stand auf, und verkündete: „Ich guck mal nach, ob ich noch Kondome habe. Bin gleich wieder hier."
„Warte!, ich komme mit", sagte Edmea schnell, und war auch schon aufgestanden.
„Die braucht ihr bei mir nicht", erklärte Josef.
„Wieso nicht?"
„Weil ich sterilisiert bin."
„Warum?"

Es war eine traurige Geschichte – so traurig, dass wir den Eindruck hatten, dass wir das, was wir eigentlich geplant hatten, lieber auf ein anderes Mal verschieben sollten.
Mir war die Geschichte jedenfalls ziemlich nahe gegangen.
Edmea auch.

„Sollen wir jetzt besser gehen?", fragte Edmea, nachdem wir eine angemessene Zeit mit Josef getrauert hatten.
„Nein!, es sei denn ihr *wollt* gehen."
„Bist du nicht traurig?", wollte ich wissen.
„Das ist doch fast zehn Jahre her."

Josef hatte sich, im Gegensatz zu uns, nicht wieder angezogen. Er lag nackt auf der Seite, auf einem Arm abgestützt, sein riesiges Ding zeigte in Richtung Teppich.

Entspannt.

Irgendwie zog es mich magisch an.

„Sag mal, wieso macht dir dieses Muschi-Lecken solchen Spaß?"

Zack!

Als ob sein Penis einem Befehl folgte, richtete der sich auf.

„Wie nennst du ihn?"

„Wie bitte?", fragte Josef.

„Hat er einen Namen?", wollte nun Edmea wissen.

„Das sind aber zwei Fragen. Nein, er hat keinen Namen. Und warum mir das Liebkosen einer Muschi Spaß macht, kann ich nicht wirklich beantworten. Es ist … so ähnlich, wie euch beide zu betrachten: Bewunderung."

Edmea: „Witzbold!, was an mir willst du denn bewundern?"

Josef: „Jetzt bist du allerdings witzig. Hast du einmal in den Spiegel gesehen?"

Edmea: „Natürlich!, darin sehe ich dann eine dicke neunzehn-Jährige."

Josef: „Und?"

Edmea: „Was *und*?"

Josef: „Siehst du nicht die schöne Edmea?"

Edmea schüttelte ihren Kopf.

Josef: „Wusstest du, dass die meisten Männer eine Frau wie dich, einer schlanken Frau vorziehen?"

„Warum?"

„Weil sie sich besser anfühlt."

„Ja?", fragte Edmea unsicher.

„Schlaf heute Nacht bei mir. Danach wirst du es wissen."

Edmea: „Allein?, ohne Sabine?"

Jetzt war ich aber enttäuscht, fühlte mich ausgebootet, alleingelassen, abgewiesen.

Josef merkte dies. Da bin ich mir ganz sicher.

„Nein", sagte Josef, „das könnten wir Sabine nicht antun. Das wäre herzlos."

Puh!, da war ich aber froh.

Zum Schlafen kamen wir kaum. Diese Nacht war die kürzeste meines Lebens – glaube ich.

Ohne zu lehrmeistern brachte Josef uns bei, dass die Frau die Zügel beim Sex in der Hand haben soll, dass sie sich holen muss, was sie braucht, dass sie aufgrund ihrer Schönheit, die sie im Gegensatz zu dem Mann besitzt, nein sagen darf, dass sie ihm Befehle erteilen darf, dass sie ihn nach Belieben fordern muss, dass der Mann immer der Unterlegene ist, und bleiben soll.

Na ja.

Manchmal übertreibt er, aber wahrscheinlich glaubt er das selber, was er so von sich gibt.

So kam es auch, dass er nie oben lag, und wir uns auf ihm ausgetobt haben, bis wir nicht konnten.

Edmea kam immer mehr aus sich heraus, nahm sich wirklich, was sie brauchte, wovon sie wohl immer geträumt hatte.

Josef, auch wenn er beim Sex vorwiegend passiv

war, war jedoch mit Komplimenten nicht sparsam.

Seit dieser Nacht weiß Edmea, dass sie eine der schönsten Frauen der Welt ist.

Ich komme gleich nach ihr.

Tanja und Christine

2014

Josef „Josef!?", blitzte es mir durch den Kopf.

Wieso war er plötzlich wieder in meinen Gedanken? Seit Ewigkeiten hatte ich nicht mehr an ihn gedacht. Warum gerade jetzt?
Ich sah mich um.
Nichts.
Ein paar Schritte weiter. Ein paar Schritte zurück.
Herbstlaub.
Ein wunderschöner, sonniger Herbsttag.
Sonst nichts zu sehen.

Nach weiteren Schritten ging mir durch den Kopf: „Den Namen habe ich gerade gelesen!"
Aber wo?
Ich ging die Straße zurück. Nichts.
War es ein Namensschild an einem Hauseingang gewesen? Nein, ich fand nichts. Ich ging den Weg, den ich gekommen war, noch um eine Straße weiter, zurück.
Schon von Ferne sah ich nun den Namenszug:
Josef Majouli - es war ein Geschäft.
Ich trat vor das Schaufenster, dann guckte ich

mich um, sah auf der andern Straßenseite ein Café.
„Ja", dachte ich, „dort gehe ich rein."

Drinnen suchte ich mir einen Platz am Fenster, bestellte mir einen Kaffee, sah nach draußen, und beobachtete Josefs Geschäft.

Die ganzen Erinnerungen kamen wie eine Flut in mir hoch. Ich konnte sie nicht abwehren, sie waren wie ein Schwall, den nichts und niemand aufhalten konnte. Ich saß da wie gelähmt, und hätte jetzt gern eine Zigarette geraucht. Aber das durfte man nicht mehr. Das war schon lange her, dass man so etwas in einem Café durfte.

Ich schlürfte den heißen Kaffee, griff automatisch in meine Tasche, nahm mein Telefon in die Hand, und wählte.

„Christine!, ich habe Josef gefunden!"

„Was? Wo?"

„Ich sitze hier in einem Café, und auf der gegenüberliegenden Straßenseite ist sein Geschäft. Da steht sein Name. Groß und deutlich."

„Wo bist du denn?"

„Ach so!, ja, ich bin in Hamburg."

„Was machst du da?"

„Ein Kongress."

„Aha!"

„Was soll ich machen, Christine?"

„Ich weiß nicht. Willst du …, willst du rüber gehen, und mal gucken, ob er es wirklich ist?"

„Du meinst, ich sollte mal …, ihn mal besuchen?"

„Ja?!"

„Christine! Ich weiß nicht. Was ist, wenn er es wirklich ist? Könntest du nicht herkommen?"

„Tanja!, Schwesterherz, dazu bräuchte ich mindestens drei Stunden."

„Was soll ich nur machen, Christine? Moment mal, Schwesterherz! Er bringt gerade eine Kundin zur Tür. Jetzt sehe ich ihn. Ich glaube, er ist es. Ja!, er ist es. Es ist Josef! Christine!, es ist Josef."

„Pass auf, dass du nicht vom Stuhl fällst, Tanja! Was willst du jetzt machen?"

„Am liebsten würde ich das Telefon anlassen, und rüber gehen. Es wäre schön, wenn du dabei sein könntest."

„Ich weiß nicht, ob das funktioniert. Aber ich wäre gern dabei. Ich war auch total verliebt in ihn, Tanja."

„Ja, das waren wir beide, Christine. Was ist, wenn er mich gleich ins Bett zerren will?"

„Jetzt geht deine Fantasie wieder mit dir durch. Das wird er nicht machen. Wir haben so oft darüber gesprochen."

„Ich weiß Christine. Ich war so schlimm verliebt. Ich merke immer noch etwas davon."

„Wie lange bleibst du in Hamburg?"

„Wenn er nett ist, den Rest meines Lebens."

„Tanja, sei vernünftig! Du weißt doch gar nichts über ihn. Also, wie lange dauert der Kongress?"

„Bis Freitag, also bis übermorgen. Aber ich könnte über das Wochenende hierbleiben."

„Heißt das, ich soll kommen?"

„Würdest du das machen, Christine? Vielleicht könnten wir ihn zusammen überreden, oder verführen."

„Bist du sicher, dass es dir gut geht, Tanja? Wie stellst du dir das vor?"

„So, wir wir es immer vorhatten, Christine. Nur sind wir jetzt erwachsen, und uns kann niemand mehr etwas verbieten."

„Was machst du, wenn er verheiratet ist, oder eine Freundin hat?"

„Ich weiß nicht. Vielleicht sollte ich das erst einmal heraus kriegen."

„Das wäre auf alle Fälle sinnvoll."

„Würdest du mich denn unterstützen, Christine?"

„Du willst wissen, ob ich komme, und ihn für dich, oder mit dir zusammen verführe?"

„Kannst du dich denn noch an diesen wunderschönen Körper erinnern, Christine?"

„Tanja!, wir haben nie wieder so einen schönen Jungen gesehen. Natürlich kann ich das."

„Also, sag endlich ja!, Christine."

„Tanja, lauf nicht in dein Unglück!"

„Christine!, lass mich nicht im Stich!"

„Okay, du kriegst immer das, was du willst. Ich würde ihn auch gern wiedersehen. Tanja!, finde heraus, ob er liiert ist, und ruf mich an. Danach sprechen wir weiter. In Ordnung?"

„Gut! Jetzt fühle ich mich schon viel besser. Christine, Schwesterherz, du bist ein wahrer Schatz. Ich liebe dich. Bis später."

„Bis nachher, Tanja. Pass auf dich auf. Grüß ihn von mir."

„Ja, das mache ich. Bis dann, Christine."

Ich nippte an meinem Kaffee: Kalt!, winkte der

Bedienung, zahlte, stand auf, und trat auf die Straße.

Einmal durchatmen!

Ich zündete mir eine Zigarette an, stand immer noch vor dem Café, und überlegte, ob ich tatsächlich rüber gehen sollte. Jetzt wusste ich, wo ich ihn finden konnte, und hatte es auf einmal gar nicht mehr eilig. Kurz überlegte ich, ob ich umkehren, und zurück in das Café gehen sollte, rauchte aber erst einmal meine Zigarette auf, immer den Blick auf Josefs Geschäft gerichtet, um sicher zu gehen, dass er nicht wieder verschwinden konnte.

„Er ist ja gar nicht verschwunden!", ging es mir durch den Kopf. Wir haben uns noch eine lange Zeit Briefe geschrieben, und ich war es gewesen, die nicht mehr geantwortet hatte. Ich hatte es verschlurt, und nach einer weiteren langen Zeit traute ich mich nicht mehr, die Verbindung erneut aufzunehmen.

Nun sah ich eine neue Chance.

Ich drehte mich um, und betrat das Café zum zweiten Mal, suchte mir wieder den gleichen Platz am Fenster, und sah zu Josefs Geschäft rüber. Meine Knie flatterten, so dass ich noch einmal meine Schwester anrufen musste.

Die Bedienung kam, ich bestellte mir wieder einen Kaffee. Eine echte Hamburgerin! Kein blöder Spruch, kein Grinsen, nur: Was darf ich ihnen bringen. Wirklich nett! Ich mag die Hamburger.

Vielleicht sollte ich mir hier eine Stelle suchen!

Damals. Damals in Frankreich ...
Zuerst Christine!
Ich wählte.
„Hallo Tanja. Das ging aber schnell. Was hast du raus bekommen?"
„Noch gar nichts. Ich habe draußen geraucht, und dann bin ich wieder zurück ins Café gegangen. Ich muss mich noch ein bisschen sammeln. Ich bin noch nicht so weit."
„Okay, das ist vernünftig. Sei vorsichtig. Also, ich habe mir überlegt, dass ich komme. Aber kläre das erst mal."
„Gut. Ich melde mich dann. Bis später."

Damals in Frankreich.
Ich war gerade dreizehn Jahre alt, Christine zwölf. Sie war schon immer die Keckere von uns beiden gewesen. Aber verliebt hatten wir uns beide, und zwar in den gleichen Jungen. In Josef, der damals siebzehn war.
Immer waberte etwas Geheimnisvolles um ihn. Er war der schönste Junge, den wir jemals vor dem, oder nach diesem Urlaub gesehen hatten. Muskulös. Nein!, das trifft es nicht. Er war athletisch. Aber jeder einzelne Muskel hob sich ab.
Und wenn er sich irgendwie bewegte, war es, als ob eine Maschine aus feinen Muskeln, sanft und leicht, von hier nach da ging.
Absolute Faszination!
Jedenfalls für Christine und mich. Wir waren

beide genau zu dem Zeitpunkt, als wir ihn das erste Mal gesehen hatten, geliefert. Es gab für uns kein Entrinnen.

Wir sprachen über praktisch nichts anderes mehr, bis unsere Mutter uns verbat, ihn noch einmal zu erwähnen. Für sie bedeutete er Gefahr. Sie hatte Angst um uns, und dass wir uns ihm irgendwie näherten. Denn wir waren an einem FKK-Strand.

Diesmal trank ich meinen Kaffee, solange er heiß war, und genoss ihn, während ich meinen Blick weiterhin auf Josefs Geschäft gerichtet hatte. Hätte ich mir vorhin nicht einmal seine Öffnungszeiten ansehen und merken können?

Was er wohl so macht? Ich hatte mir noch nicht einmal das Schaufenster richtig angesehen. Blöd! Wie blöd kann man nur sein, dass ich so durch die Welt laufe, und mir so wichtige Sachen nicht merke!

Es ist jetzt sechzehn Jahre her. So lange! Ein halbes Leben. Na ja, das ist übertrieben. Aber es ist eine lange Zeit. Sehr, sehr lange.

Er wird mich erkennen! Da bin ich mir ganz sicher. Er war immer so unheimlich nett. Ein Charmeur! Selbst uns kleinen Mädchen gegenüber hat er Komplimente gemacht, obwohl er selbst erst siebzehn war.

Ob er immer noch solche Muskeln hat? Er müsste jetzt, ... er *ist* jetzt dreiunddreißig. Er war immer nur vier Jahre älter als ich. Und was Christine und mich ständig fasziniert hatte, war sein Penis. Das war wirklich ein tolles Ding. Wir haben ihn einmal angefasst. Elektrisierend! Gut, dass das außer uns dreien niemand weiß. Denn wir waren noch minderjährig. Das hätte eventuell Schwierigkeiten geben können. Zumindest für Josef.

Aber wir waren es, die es wollten. Josef wäre niemals auf die Idee gekommen, uns so etwas zu erlauben. Er war immer zurückhaltend, etwas in sich gekehrt, ruhig und still. Er sprach wenig, und wenn, dann nur, wenn er gefragt wurde. Ich bin mir nicht sicher, ob er jemals etwas von sich aus erzählte.

Wenn wir ihn allerdings etwas fragten, antwortete er immer präzise und ehrlich. Jedenfalls, soweit wir das beurteilen konnten. Und was wir beiden Mädchen sehr an ihm mochten, war, dass er uns wie Erwachsene behandelte. Er sprach mit uns, als wären wir älter als er.

Und diese ständigen Komplimente! Die gingen immer runter wie Öl. Wir fühlten uns, als wären wir die schönsten aller Mädchen, weil er es immer so darstellte. Wieso habe ich die Verbindung zu ihm einschlafen lassen? Ich könnte jetzt mit ihm verheiratet sein.

Was mache ich, wenn ich gleich in sein Geschäft gehe, und einer Frau Majouli gegenüber stehe?

Dann renne ich weg.

Ich werde auf dem Absatz kehrtmachen, und alles vergessen, was jemals geschehen war.

Wahrscheinlich wird es so sein: Er ist verheiratet. Er, dieser wunderschöne Mann, hatte bestimmt die Qual der Wahl unter den Schönsten der Schönen gehabt, und die ganzen Frauen haben das unter sich entschieden, und die Netteste von den Schönsten hat ihn sich genommen. Und gibt ihn niemals wieder her.

Mein Telefon klingelte.

„Hallo Christine!"

„Ich bin auf dem Weg. Ich weiß, wo sein Geschäft ist, und da wohnt er auch."

„So einfach war das?"

„Ja, das hättest du auch herausbekommen können. Es steht alles im Internet. Du musst nur seinen Namen eingeben, und schon hast du alles."

„Steht da auch drin, ob er verheiratet ist, oder eine Freundin hat?"

„Nein, Tanja, natürlich nicht. Also willst du jetzt drei Stunden in dem Café auf mich warten, oder gehst zu ihm rüber?"

„Ich sammle mich noch ein wenig, und gehe dann rüber."

„Okay. Bis ungefähr fünf Uhr bin ich da. Vielleicht komme ich nicht so gut durch, dann bin ich spätestens um halb sechs da. Um sechs Uhr schließt er seinen Laden. Aber er scheint unter der gleichen Adresse auch seine Wohnung zu haben."

„Was du alles weißt! War das auch im Internet?"

„Ja, war es. Das heißt, es steht da immer noch."

„Aha! Gut, dass du noch Witze machen kannst."

„Ist es schon wieder so schlimm, Tanja?"

„Christine, ich hoffe, dass es schön wird. Aber vielleicht werden wir ja auch für immer geheilt, weil er jetzt ein Ekel ist."

„Das kann gar nicht sein. Aber ein so schöner

Mann kann unter Umständen mehreren Frauen gehören. Darauf sollten wir uns einstellen."

„Gut Christine. Ich versuche, mich darauf einzustellen. Und danke, dass du kommst."

„Vergiss nicht, dass ich auch etwas abhaben will."

„Schwester, wir werden wie Liebende teilen."

„Tanja, kannst du dir immer noch vorstellen, dass wir eine Nacht zu dritt verbringen, so wie wir es uns immer vorgestellt hatten, wenn wir in Frankreich träumten?"

„Ja, Christine, das kann ich immer noch. Auch wenn es immer Utopie war. Wir müssen ihn nur noch rumkriegen. Fahr vorsichtig!"

„Das tue ich. Bis dann."

„Ja, bis dann, Christine."

Ich winkte der Bedienung, und bestellte mir noch einen Kaffee.

Mein Telefon klingelte schon wieder.

„Hallo Christine!"

„Du, Schatz!, besorg doch noch einen schönen Blumenstrauß, und Kuchen. Das ist eine nette Geste, und zeigt, dass wir … ja was? Na!, mach es einfach."

„Okay. Aber sollte eine Frau zu einem Rendezvous Blumen mitbringen?"

„Tanja, mein Schatz. Das ist kein Rendezvous. Du kommst aus der Vergangenheit, und willst sehen, was aus dem schönen Jüngling geworden ist. Es wird dir Türen öffnen. Er wird ganz hin und weg sein, dass du ihn nicht nur gefunden hast, sondern dass du ihm sogar Kuchen und Blumen mitbringst. Vergiss auf keinen Fall, von mir zu grüßen, und sage ihm, dass ich unterwegs bin!"

„Okay. Das werde ich alles machen. Fahr vorsichtig."

Sagenhaft!, Christine denkt wirklich an alles. Auf die Idee mit den Blumen, oder sogar mit dem Kuchen wäre ich jetzt gar nicht gekommen. Aber sie hat recht, wenn man irgendwo völlig unangemeldet auftaucht, sollte man ein Gastgeschenk dabei haben. Das ist sehr wichtig!

So etwas hätte Josef ganz bestimmt nicht vergessen. Der Charmeur!

Damals.

Wir lagen am Strand, hatten kalten Tee und Limonade dabei. Josef rauchte, was wir geheimnisvoll fanden. Er lag auf seine Ellenbogen gestützt auf dem Rücken, und sah hinaus aufs Meer. Christine und ich lagen rechts und links von ihm auf dem Bauch, guckten ihn an, und bewunderten seine Muskeln.

Und plötzlich fragte Christine: „Wieso ist dein Penis größer als der von meinem Vater?"

Ich dachte, mein Herz bleibt stehen, war aber trotzdem gespannt darauf, was er antworten würde.

Er sagte einfach nur: „Ich kann nichts dafür. Das ist reine Veranlagung, junge Frau. Aber wenn ich euch das einmal sagen darf: Ihr beide seid die schönsten Mädchen, die ich jemals gesehen habe. Hier an diesem großen Strand wird man niemals schönere Mädchen als euch beide finden."

„Wirklich?", fragte Christine.

„Ja."

Christine gab mir ein Zeichen, das wir vorher verabredet hatten – es war ein Zwinkern – und wir beide fassten seinen Penis an. Streichelten ihn einmal kurz, und erschraken uns, dass er ein Eigenleben hatte, und aufstand. Josef war so geistesgegenwärtig, und drehte sich schnell auf den Bauch.

„Was war das, Josef?", fragte Christine wieder. Wir lagen immer noch neben Josef.

Josef: „Er hat sich so gefreut, dass er erigierte. Danke! Aber trotzdem dürft ihr das nie wieder machen. Versprecht ihr mir das?"

Christine: „Ja, aber schade ist es."

Josef: „Wenn ihr älter wärt, wäre das in Ordnung."

Ich: „Wie alt muss man denn dafür sein?"

Josef: „Mindestens sechzehn."

Ich: „Schade. Ich fand, dass er sich gut anfühlt."

Josef: „Danke, Tanja."

Christine: „Josef, weißt du denn, wofür ein Penis da ist?"

Josef: „Natürlich weiß ich das. Und ihr offensichtlich auch. Wollen wir mal über etwas anderes sprechen?"

Ich: „Nein. ... Josef, hast du denn gesehen, dass wir schon Brüste und Schamhaare haben?"

Josef: „Wie könnte ich denn so etwas übersehen. Ich möchte es noch einmal sagen: Ihr beiden seid die schönsten Mädchen, die es auf der ganzen Welt gibt. Nur ist das verboten, dass man so etwas in eurem Alter tut."

Christine: „Meinst du Sex?"

Heutzutage ist es schon ab vierzehn erlaubt, aber nur mit dem Einverständnis der Eltern, glaube ich. Was ja auch wieder eine Einschränkung ist.

Wir hatten damals die wildesten Fantasien, was wir alles mit Josef, und er mit uns, hätten machen wollen und können. Es war immer das, was man einen flotten Dreier nennt, denn wir waren ja zwei: Christine und ich. Ich weiß nicht, ob Josef irgendetwas ahnte. Hatte er vielleicht auch Fantasien, wenn er an uns, an Christine und mich, dachte?

Jedenfalls versuchten wir, ihn dazu zu bringen, uns zu bewundern. Manchmal, wenn wir am Strand waren, setzten Christine und ich uns so breitbeinig vor Josef, dass er uns bis zu den Mandeln hoch gucken konnte. Und zwar von unten gesehen, durch die Muschi hindurch. Er musste alles gesehen haben, ließ sich aber nichts anmerken.

Ich winkte der Bedienung, bezahlte, nahm meine Tasche, und fragte sie, ob es hier in der Nähe ein Blumengeschäft und einen Bäcker gab. Sie bejahte, und erklärte es mir, woraufhin ich mich für die freundliche Bedienung bedankte, ihr noch ein Trinkgeld gab, und ging.

Draußen steckte ich mir eine Zigarette an,

beobachtete wieder Josefs Geschäft, und suchte als Nächstes den Blumenladen, den ich mit einem Strauß roter Rosen wieder verließ, und die Bäckerei suchte.

Mit drei Schwarzwälder Kirsch und drei Stück Sachertorte trat ich wieder auf die Straße. Drei Minuten später stand ich vor Josefs Geschäft, und guckte durch sein Schaufenster.

Er stand hinter dem Verkaufstresen, sah mich, winkte mir zu, und war schon auf dem Weg zur Tür, so dass ich Panik bekam, mich umdrehen, und flüchten wollte.

Schon ging die Ladentür auf: „Tanja, lauf nicht wieder weg!"

Ich: „Woher wusstest du? Hat Christine dich angerufen?"

Josef: „Nein. Ich habe dich vorhin gesehen, aber du hast dich umgedreht, und bist wieder verschwunden. Komm doch bitte herein! Sonst trage ich dich herein."

Er umarmte mich so herzlich, dass mir schwindelig wurde. Dann küsste er mich, er küsste mich sogar auf meine Lippen! Dabei hatte ich immer noch die Hände voll.

Josef nahm mir nun meine Tasche und das Kuchenpaket ab. Den Blumenstrauß ließ er mir.

Nun saßen wir beide auf einer Couch, hinten in seinem Geschäft.

Ich hatte mich etwas beruhigt, und ihm erzählt,

dass ich ein paar Tage hier in Hamburg wäre, zufällig sein Geschäft gesehen hatte, und die ganze Zeit über mit Christine telefoniert hatte, von der ich ihn grüßen sollte, und die auf dem Weg hierher wäre.

Eigentlich wollte ich wissen, ob er verheiratet war, traute mich aber nicht, zu fragen. War das jetzt überhaupt wichtig? Jetzt war ich hier, saß neben ihm, und wir waren allein. Nirgends konnte ich eine Frau Majouli sehen oder ihre Anwesenheit spüren.

Er hatte sich riesig über die Rosen gefreut, und gar nicht damit gerechnet, dass sie für ihn sein sollten.

„Tanja, du bist immer noch das schönste Mädchen, das es gibt."

„Machst du immer noch so süße Komplimente? Damals hast du damit Christine und mir den Kopf verdreht. Josef, du siehst auch gut aus, hast du noch so viele Muskeln?"

„Hatte ich denn welche?"

„Du bist wohl zusätzlich auch noch ein Spaßvogel?! Bist du verheiratet?"

„Nein."

„Hast du eine Freundin?"

Er antwortete nicht. War das die eigentliche Antwort, nämlich, dass er nicht antwortete?

„Josef, kannst du eine so einfache Frage nicht beantworten?" Ich staunte über mich selbst, dass ich so bohrte.

„Oder sind es vielleicht zwei Freundinnen? Oder noch mehrere?"

„Tanja!, machst du dir Hoffnungen?"

„Ich weiß nicht, Josef. Damals waren Christine und ich fürchterlich in dich verliebt."

„Und?, ist es noch so?"

„Ich weiß nicht. Es ist lange her. Hast du wirklich mehrere Freundinnen, so wie ich es eben gefragt habe?"

„Ja."

„Ist irgendetwas Festes dabei, etwas, was dir Verbote auferlegt?"

„Nein."

„Was hindert uns dann, Josef?"

„Was meinst du damit, Tanja?"

„Josef! Wir drei haben uns in einem Alter kennengelernt, in dem man Grundlagen schafft. Diese Erinnerungen, Fantasien und Hoffnungen kann man nicht löschen. Wir haben damals ein Selbstverständnis und ein Vertrauen geschaffen, das ein Leben lang hält. Wir sollten alles das, was wir damals nicht durften, nachholen. Wir müssen das, sonst werden wir dem immer nachtrauern."

„Aha."

„Siehst du das nicht auch so? Damals waren wir zu jung, und du hast uns ermahnt. Aber ich glaube, zumindest dachte ich das immer, dass du ähnliche Bedürfnisse hattest wie Christine und ich."

„Aha!"

„Sag nicht immer: Aha!, Josef. Sag mir lieber, ob ich richtig liege, oder soll ich wieder gehen?"

„Nein, du sollst bleiben. Du ahnst wahrscheinlich gar nicht, wie sehr ich mich freue."

„Wirklich? Ich mich auch!"

Das mit seinem Penis hatte wir damals noch einmal gemacht. Auch wenn es Josef uns eigentlich verboten hatte. Er hingegen hat uns beide niemals unsittlich angefasst. Er war nicht nur ein Charmeur, sondern auch ein Ritter, der Grundsätze hatte, sich an Gesetze und Verbote hielt.

Wieder einmal lagen wir in der heißen Sonne am Strand, tranken von unserer Limonade, Josef rauchte, und sah dabei auf das Meer hinaus.

Es war unglaublich warm, und zum Glück hatten wir einen Sonnenschirm dabei. Josef lag wie so oft auf dem Rücken, Christine und ich links und rechts von ihm, sahen ihn an, und bewunderten ihn.

Er beachtete uns gerade nicht, Christine und ich gaben uns ein stummes Zeichen, und so schnell wir konnten, beugten wir uns über Josef, und nacheinander küssten erst ich, dann Christine, Josefs Penis. Dann warteten wir, ob er wieder aufstehen würde, was er auch sofort tat.

Josef verschluckte sich am Rauch seiner Zigarette, und drehte sich schnell auf den Bauch. Diesmal schimpfte er nicht mit uns, sondern bedankte sich wieder, sagte aber: „Junge! Das war grenzwertig. Bitte ihr beiden Schönen!, bitte!, ihr bringt mich in Schwierigkeiten. Wenn wir alle alt genug sind, sollten wir uns wieder treffen. Aber vorher ist so etwas verboten."

Ich: „Wir hatten gehofft, dass du uns auch mal so küsst."

Christine streichelte Josefs Po, diesen knackigen.

Josef: „Bitte ihr beiden Schönen, habt doch Mitleid mit mir! Und was meinst du mit: auch-mal-so-küssen, Tanja?"

Ich: „Stell dich doch nicht dumm, Josef! Wer von uns ist denn der Schlaue? Irgendwann musst du uns unsere Muschis küssen."

Josef: „Euch beiden? Meint ihr das ernst?"

Christine: „Ja, das ist unser Ernst."

Josef: „Dann bleibe ich lieber auf dem Bauch liegen."

Christine: „Du bist ein Spielverderber."

Josef: „Das ist kein Spiel. Ich könnte dafür ins Gefängnis kommen. Und wir dürften uns vielleicht niemals wiedersehen."

Sofort waren wir ernst und benahmen uns. Zumindest für den Augenblick. Wir tranken weiter unsere Limonade, und Josef drehte sich bald wieder auf den Rücken.

„Josef?"

Er goss uns gerade Kaffee ein.

„Ja, du Schöne?"

„Das ist lieb von dir, dass du immer noch diese schönen Komplimente machst. Sag mal!, regt sich dein Penis immer noch so leicht auf?"

Diesmal verschluckte sich Josef nicht, sondern sah mich an, kam näher, und gab mir einen Kuss.

„Tanja ich habe mir manchmal gedacht: 'Was wäre gewesen, wenn'. Es war einfach verboten."

„Jetzt bin ich alt genug."

„Ja, das bist du. Und wunderschön noch dazu."

„Danke Josef. Wir müssen aber auf Christine warten, ich habe es ihr versprochen. Wir wollen teilen."

„Aha."

„Bist du nervös, dass du ständig dieses *Aha* sagst."

„Das wärst du an meiner Stelle auch."

„Warum?"

„In welchem Hotel bist du untergekommen?"

„Gleich beim Kongresszentrum."

„Willst du deine Sachen hierher holen?"

„Darf ich das?"

„Das wäre schön. Ich bezahle dir dein Taxi hin und zurück."

„Dann wäre ich spätestens wieder da, wenn Christine hier ist. Hast du denn ein Gästezimmer?"

„Ja, das habe ich. Aber ich hatte gehofft, dass wir in meinem Bett schlafen würden."

„Das wollte ich nur wissen. Es wäre ja auch komisch, oder?"

Seine Antwort küsste er wieder.

Wie sehr hatten wir, Christine und ich, damals gehofft, dass Josef uns einmal küssen würde. Er hat es nicht getan. Wir befürchteten schon, dass er zu schüchtern war.

Christine: „Josef, wie kann ein so schöner Junge, wie du, so schüchtern sein."

Josef: „Was meinst damit?"

Ich: „Warum küsst du uns nicht mal?"

Josef: „Was glaubst du?"

Christine: „Regt sich dein Penis sonst wieder auf?"

Josef: „Junge Dame, du bist nicht nur sehr schön, sondern auch ziemlich schlau."

Ich: „Ist das der einzige Grund, oder magst du uns nicht?"

Josef: „Doch ich mag euch sehr. Sogar noch mehr als das. Ich wünschte, wir drei wären älter, oder würden uns in einer anderen Zeit kennenlernen."

Ich: „Josef, wusstest du, dass wir auch so einen kleinen Penis haben. Er ist ganz winzig. Aber auch er kann wachsen."

Josef: „Ja, ich weiß. Aber bitte zeige ihn mir nicht."

Christine: „Schade! Es ist ein lustiges Ding."

Josef: „Ich weiß."

Ich: „Woher weißt du so was? Hast du schon mal einen gesehen?"

Josef: „Ja, junge Dame."

Ich: „Bei einer anderen jungen Dame?"

Josef: „Können wir bitte das Thema wechseln? Sonst muss ich mich wieder auf den Bauch legen."

Christine: „Schade! Dein Penis ist aber ziemlich empfindlich. Findest du nicht?"

Josef: „Ja, leider."

Ich nippte an meinem Kaffee.

„Josef, wusstest du?, wir waren sehr beeindruckt von dir, und dass du dich einfach nicht von uns reizen ließest."

„Das war manchmal hart an der Grenze. Ihr hättet als Zwanzigjährige durchgehen können."

„Danke. Wir haben viel nachzuholen."

Josef nahm sein Telefon, und bestellte ein Taxi, das nach zwei Minuten da war. Enorm! Und außerdem war es ein Frauentaxi. Hatte er einen besonderen Draht zu denen?

Als es da war, kam er mit nach draußen, gab mir meine Tasche, und der Fahrerin hundert Euro.

„Bringen sie bitte diese hübsche, junge Dame schnell und sicher wieder hier her. Sie sagt ihnen, wo sie hin will. Und nachher rechnen sie bitte mit *mir* ab."

Er kam um den Wagen herum, küsste mich zum Abschied, und verschwand in seinem Geschäft.

Ich saß hinten rechts im Taxi, und begriff schnell, dass die Fahrerin keine gesprächige war. Vielleicht lag es auch daran, dass ich so offen fragte, ob sie öfter Herrn Majoulis Gäste chauffierte. Ich weiß, das wäre indiskret gewesen.

Ich checkte aus dem Hotel aus, wurde dabei schräg angesehen, aber man akzeptierte. Nur Geld gab man mir keines. Ich hatte ja auch nichts zu diesem Aufenthalt dazu bezahlt.

Die Fahrerin half mir, meine Koffer unterzubringen, und parkte irgendwann später vor Josefs Laden. Josef sah uns, kam heraus, und sprach noch ein paar Takte mit der Fahrerin. Sie schienen sich wirklich zu kennen. Josef, und nicht etwa die Fahrerin, brachte mein Gepäck nach drinnen.

Jetzt hatte ich erwartet, Christine schon anzutreffen. Aber sie war noch nicht da. Josef trug meine Sachen gleich nach oben, in seine Wohnung, zeigte mir kurz, was wo war, und sagte, er müsste wieder zurück in seinen Laden, falls noch Kunden kämen. Ich sollte mich aber in Ruhe umsehen, und dürfte überall ich rauchen.

So setzte ich mich einen Augenblick in die Küche, von der aus man einen guten Blick auf die Straße hatte, und sah auf der anderen Seite das Café, in dem ich vorhin gesessen hatte.

„Verrückt!", dachte ich, „wie schnell das alles ging! Und jetzt sitze ich hier in Josefs Küche, darf mich wie Zuhause fühlen, und darauf hoffen, dass alle meine Träume von damals in Frankreich in Erfüllung gehen."

War ich bereit? Oder sollte ich mich lieber im Gästezimmer einnisten?

Gedankenverloren nahm ich mir eine Zigarette, zündete sie an, guckte dabei aus dem Fenster, sah unten zwar die Menschen vorbeiziehen, nahm sie aber nicht wahr.

Damals, als wir Josef zum ersten Mal sahen …

Nachbarn auf dem Zeltplatz hatten uns abends zum Grillen eingeladen. Es war so üblich, dass jeder etwas zum Essen beisteuerte. Wir hatten

Salate zubereitet, und eine Flasche Wein für die Erwachsenen, und Limonade für die Kinder mitgebracht.

Christine und ich waren sofort von Josefs Erscheinung beeindruckt. Er wurde uns aber nicht als Sohn der Familie, sondern als ein Waisenkind vorgestellt, das nur vorübergehend zu dieser Familie gehörte. Also hatte er keine richtigen Eltern mehr. Sie waren beide tot.

Aber sein Ziehvater war ein Ekel, der Josef herumkommandierte. Josef ließ sich alles gefallen, blieb immer höflich und ruhig, und vor allem sehr still. Auch das beeindruckte Christine und mich sehr. Wir wurden sofort seine größten Fans.

Gleich am nächsten Morgen holten Christine und ich ihn zum Schwimmen ab. Wir tollten am Strand herum, plantschten, tauchten, schwammen, oder rannten um die Wette, obwohl er viel älter war als wir.

Es faszinierte uns, dass er sein konnte wie wir, und dann wieder älter. Dann kamen seine Komplimente, die uns so unter die Haut gingen, dass wir ständig darauf warteten, ob er nicht wieder etwas Süßes zu uns sagen würde.

Der Klang einer Glocke riss mich aus meinen Gedanken. Ich sah nach draußen, wo gerade ein Taxi stand. War das Christine? Ja, diese Glocke konnte man unten im Laden hören, wenn die Tür aufging.

Schon, als ich die Treppe hinunter in den Laden stieg, hörte ich Christines Stimme. Sie war es tatsächlich. Aber wieso mit dem Taxi?

Die beiden umarmten sich gerade, grinsten sich an, und freuten sich so offensichtlich, dass ich mich ihnen anschloss, und wir drei uns kurzerhand alle zusammen umarmten.

Wer hätte das jemals gedacht? Wer hätte es gedacht, dass wir drei uns außerhalb der verbotenen Zeit der Jugend treffen würden. Und wieso haben wir so lange dafür gebraucht? Und wieso hat uns der Zufall auf einmal zusammen gebracht? Bei diesen Gedanke hatte ich eine Träne im Auge, weil ich so gerührt war.

„Tanja, du weinst ja!", kam von Christine.

„Ist schon gut."

Christine: „Josef!, wir haben noch gar nicht gefragt: Stören wir dich vielleicht?

Josef: „Nein."

Christine: „Bist du immer noch der Meister der kurzen Antworten?"

Daraufhin zwinkerte er nur, und sagte dann: „Ich koche mal Kaffee. Tanja hat ja vorhin Kuchen mitgebracht, und so wunderschöne Rosen."

Wir wollten Josef helfen, aber es gab nichts zu tun. Josef brachte Christines Gepäck nach oben, wir setzten uns auf die Couch, und dann kam Josef bald darauf mit dem Kaffee.

Auf dem Tischchen stand der Rosenstrauß, es

duftete nach Kaffee, Christine und ich saßen auf der Couch, und Josef uns gegenüber auf einem Sessel. Ich fühlte mich auf einmal pudelwohl, so als hätte ich mein ganzes junges Leben hier verbracht. Es kam mir gewohnt und bekannt vor, aber ich war vorher noch nie hier gewesen.

„Wieso bist du mit dem Taxi gekommen?", fragte ich Christine.

Christine: „Das Taxi stand dort, als ich gerade hier eintraf. Ich parke im Parkhaus."

Ich: „Josef ist nicht verheiratet."

Christine: „Gut. Wir, oder besser gesagt, ich, hatte so meine Befürchtungen."

Ich: „Aber er hat mehrere Freundinnen."

Das sollte wie eine Bombe einschlagen, und erst einmal sacken, aber Christine fand das nicht schlimm.

„Okay", sagte sie, „dann kommt es auf zwei mehr auch nicht mehr an."

Ich: „Was? Wie meinst du das?"

Christine: „Na, das zeigt, dass er ein bisschen lockerer geworden ist."

Ich: „Stimmt, so kann man das auch sehen."

Christine: „Josef, hast du immer noch solche Muskeln?"

Josef: „Hatte ich denn welche?"

Christine: „Wenn wir über dich sprachen, haben wir dich immer mit einer Maschine verglichen, die aus lauter feinen Muskeln besteht, und sich ganz leise gleitend fortbewegt. Wir waren völlig fasziniert von deinen Muskeln. Wir werden das nachher

111

einmal näher untersuchen."

Ich: „Werden wir das?"

Christine: „Josef!, heute entrinnst du uns nicht! Wir sind nicht mehr minderjährig, und haben viel nachzuholen."

Josef: „Ja?"

Christine: „Ja!, alles, was du uns damals verboten hast."

Ich stierte ihn an.

Josef: „Zum Beispiel?"

Christine: „Auf Platz *eins* unserer Wunschliste steht der Muschi-Kuss, in allen seinen Variationen."

Jetzt war ich gespannt, was er antworten würde.

Josef: „In Ordnung."

Ich: „He!, das war einfach. Kannst du so etwas?"

Josef: „Ich glaube schon."

Christine: „Oder findest du es ekelig, dann machen wir was anderes. Allerdings hatten wir große Hoffnungen."

Josef blieb ganz ernst: „Ich bin davon ganz begeistert. Habt ihr noch mehr Wünsche?"

Ich: „He!, erkläre uns mal, was dich daran so begeistert!"

Josef: „Es macht mich glücklich. Also was möchtet ihr noch?"

Ich: „Tatsächlich? Ich möchte zum Beispiel so nackt wie damals am Strand neben dir liegen, und dich einfach anfassen, ohne Ermahnungen."

Josef: „Das möchte ich auch gern."

Christine: „Und wir wollen mit deinem sagenhaften Penis spielen. Uns hat es immer gefreut, wie leicht reizbar er war. Ist er das noch?"

Josef: „Ja."

Ich: „Wann können wir denn anfangen?"

Josef sah zur Uhr: „In zweiunddreißig Minuten."

Christine wandte sich an mich: „Er ist immer noch so witzig wie damals. Ich glaube, wir werden sehr viel Spaß haben."

Ich: „Das glaube ich auch."

Jetzt endlich grinste Josef.

Damals kam uns Josef manchmal unnahbar vor. Es war nicht nur, dass er so wenig sprach. Er war oft völlig in sich gekehrt, so als bedrückte ihn etwas. Vielleicht war er aber auch nur mit sich selbst beschäftigt.

Später haben wir festgestellt, dass andere Männer, die so gut aussehen, wie Josef, sich ganz anders verhalten. Meistens sind sie Angeber, und brauchen dringend ein Publikum. Aber so etwas wussten wir damals noch nicht. Wir waren ja noch sehr jung, und hatten beide noch nie einen Freund gehabt. Also sexuelle oder intergeschlechtliche Erfahrungen gleich null.

Aber gerade, dass Josef immer so still war, machte ihn so geheimnisumwittert. Wenn wir nachts im Schlafsack nebeneinander lagen, wussten wir, dass uns nur eine Zeltwand von unseren Eltern trennte, und deshalb tuschelten wir so leise, wie es nur ging.

Ich: „Du, Christine? Weißt du, was ich so gern einmal machen würde?"

Christine: „Nein. Erzähl mal!"

Ich: „Ich würde mich gern mal mit meiner Muschi auf seinen Bauch setzen. Wenn ich mich dann bewege, spüre ich seine Muskeln. Ich würde ihn dann verträumt angucken, und ihm sagen, wie lieb ich ihn habe."

Christine: „Oh. Ja, das würde ich auch gern. Stell dir mal vor, wir würden es zusammen machen. Vielleicht würde er dann endlich mal aus sich herauskommen."

Ich: „Und dann würde er mich mit seinen starken Muskeln hochheben, und direkt auf seinem Mund wieder runter lassen. Dabei würde er sagen, wie toll er mich findet."

Christine: „Das kann ich mir gut vorstellen. Er würde sagen: Junge Dame, es gibt keine schönere als nur diese, oder die von Christine."

Ich: „Vielleicht würde er sogar ein Gedicht über uns schreiben."

Christine: „Glaubst du, er kann so etwas?"

„Josef, kannst du Gedichte schreiben?", fragte ich, Christine sah mich skeptisch von der Seite an.

Josef: „Tut mir leid, Tanja, So etwas kann ich leider nicht. Aber ich bewundere Menschen, die so etwas können. Sie haben mir viel voraus."

Ich: „Wie sieht es beim normalen Sex aus? Liegst du lieber unten, oder oben.?

Josef: „Unten. Das ist die Frauenstellung."

Christine: „Die Frauenstellung? Was ist denn das?"

Ich: „Ja, was soll das denn sein? Ich habe noch

nie davon gehört."

Josef: „Das ist die Stellung, bei der die Frau bestimmen kann. Sie hat das Steuer in der Hand."

Ich: „Hat der Begriff Steuer etwas damit zu tun, dass wir hier an der Küste sind?"

Josef: „Vielleicht."

Christine: „Ist das Wort Frauenstellung deine Erfindung?"

Josef: „Ja."

Die Türglocke unterbrach uns.

Josef stand auf, und sagte: „Entschuldigt mich bitte. Ich bin so schnell es geht wieder bei euch. Kundschaft."

Ich: „Ich bin total gespannt."

Christine: „Geht es dir gut?"

Ich: „Schatz, ich fühle mich blendend. Und du?, wie geht es dir?"

Christine: „Als würde ich gleich ein Geheimnis lüften. Tanja!, darauf warten wir schon unser halbes Leben."

Ich: „Stimmt. Er scheint nett zu sein."

Christine: „Ja, glaube ich auch. Ich lass mich treiben, denke, wir wären wieder am Mittelmeer, am Strand."

Ich: „Wir geben ihm eine Zigarette, und lassen ihn geradeaus gucken. Und dann küssen wir seinen riesigen Penis, und erschrecken uns, weil er aufsteht. Hihi."

Christine: „Ja, und heute kann er uns nichts verbieten."

Die Türglocke ertönte erneut, aber Josef kam nicht gleich zurück. Als wir nachsahen, bemerkten wir, dass er aufräumte, das Licht löschte, und noch ein paar Dinge im Tresor einschloss. Zum Schluss schloss er die Ladentür ab.

Endlich waren wir so weit.

Josef lächelte uns breit an.

„Womit habe ich das verdient, dass die zwei schönsten Mädchen so aus dem Nichts bei mir auftauchen?"

Wir grinsten, und zusammen gingen wir nach oben in seine Wohnung. Er zeigte uns beiden – ich kannte es ja schon – noch einmal alles, damit wir uns orientieren konnten, und sagte dann, dass er sich erst einmal frisch machen wollte. Aber falls wir Lust dazu hätten, könnten wir es gleich gemeinsam machen, denn wir hätten uns ja alle schon einmal nackt gesehen.

„Das war witzig,", bemerkte ich, „aber wir haben uns weiter entwickelt."

Josef: „Also seid ihr noch schöner geworden?"

Christine: „Dürfen wir dich ausziehen?"

Josef: „Ja. Ziehen wir uns im Schlafzimmer aus, und gehen dann ins Bad."

Das war echt spannend. Es stimmte zwar, dass wir uns vor langer Zeit nackt gesehen hatten, aber wenn man sich sechzehn Jahre nicht gesehen hat, ist es wie ein neues Kennenlernen. Nur eben mit dem Selbstverständnis, das sich zwischen uns damals entwickelt hatte. Es war etwas Vertrautes,

116

aber auch etwas ganz Neues.

Christine und ich nahmen ihm gemeinsam das Jackett ab, zogen ihm die Krawatte und das Hemd aus, danach das Unterhemd, und da sahen wir schon die Muskeln, von denen wir immer geträumt hatten.

Wir betrachteten uns drei im großen Spiegel, lächelten, oder grinsten, und befühlten den Josef.

Wahnsinn!

Überall diese feinen Muskeln, hart, total hart, obwohl er sie noch nicht einmal anspannte.

Ganz andächtig glitten unsere Hände über seinen Oberkörper, über Hügel und Täler. Es war etwas zum Träumen, wirklich zum Träumen.

Dann zogen wir ihm die Schuhe aus, die Socken, öffneten seinen Gürtel, seinen Reißverschluss, streiften die Hose nach unten, ließen ihn aussteigen: Da stand er vor uns im Slip.

Auch die Beine – das hatte ich so, gar nicht in Erinnerung – waren Muskelpakete. Ich würde sagen: Gigantisch! Aber nichts von dem allen war oder wirkte übertrieben. Es waren feine, harte Muskeln, so wie man sich einen Athleten vorstellt: Schön!, sehr, sehr schön.

So!, jetzt war da noch der Slip. Die Wölbung verriet es schon: Da musste etwas drinstecken, auch etwas Gigantisches.

Gemeinsam zogen wir den Slip vorsichtig nach unten. Sowohl Christine, als auch ich atmeten hörbar aus. Wir konnten es nicht verbergen, wollten es ja auch nicht: Wir waren baff. So hatten wir ihn nicht in Erinnerung.

Sein Slip hing immer noch auf Höhe seiner Oberschenkel. Aber jetzt durften wir, weil uns niemand mehr etwas verbieten konnte: Wir befühlten ihn, den Penis, vorsichtig, und schon stand er auf.

Wir kicherten noch nicht einmal. Wir waren …, ja, was? Beeindruckt? Froh? Ich weiß es nicht. Ich beugte mich herunter, und gab ihm einfach einen Kuss. Schon wollte ich ihm: „Hallo!" sagen, riss mich aber zum Glück noch zusammen.

Am liebsten hätte ich Josef jetzt rückwärts auf sein Bett geschubst, und mich sofort auf ihn gesetzt, und ihn mir in der sogenannten Frauenstellung einverleibt.

Christine und ich tauschten Blicke aus, aber was hatten sie zu bedeuten? Dachte sie das Gleiche wie ich? Sie nahm mich mit hinter seinen Rücken, und flüsterte: „Ich weiß nicht, ob ich noch länger warten kann, Tanja. Los, schnappen wir ihn uns!"

„Meinst du?", flüsterte ich ganz leise.

„Los, schubsen wir ihn auf Bett. Wer zuerst seine Klamotten aus hat, fängt an. Okay?"

„Ja."

An seinen starken Armen führten wir ihn rückwärts zum Bett, und schubsten ihn einfach darauf, so dass er auf dem Rücken landete.

„Kleine Planänderung", rief Christine, und zog

sich schnell aus. Ich auch.

Aber sie war schneller, und saß schon auf seinem Bauch.

Was sollte ich jetzt machen?

Solch ein Szenario hatten wir noch nie durchgespielt. Wir hatten über so vieles gesprochen, waren aber nie davon ausgegangen, dass die Wirklichkeit einmal eintreten würde.

Also kniete ich mich neben die beiden, und fing an, Josef zu streicheln.

Damals.

Christine und ich lagen nebeneinander in unseren Schlafsäcken, flüsterten ganz, ganz leise, und träumten zusammen von unseren Plänen.

Ich: „An was denkst du, wenn du dich streichelst?"

Christine: „An Josef. An seine Hände, an seine Muskeln, und auch an dieses riesige Ding."

Ich: „Es ist ein Penis."

Christine: „Das weiß ich. Ich würde ihm gern einen Namen geben. Deshalb habe ich Ding gesagt, weil ich noch keinen Namen für ihn habe."

Ich: „Jedenfalls ist er ziemlich schreckhaft."

Christine: „Das kann man wohl sagen. Ich möchte ihn noch mal küssen, nur um zu sehen, was er macht. Du Tanja?, an was denkst du, wenn du dich streichelst?"

Ich: „Ich streichel mich gerade."

Christine: „Ich sehe gar nichts."

Ich: „Ich bin ganz vorsichtig."

Christine: „Also, erzähl schon."

Ich: „Also: Ich sitze zwischen Josefs Beinen, und er streichelt mich, dabei erzählt er mir, dass er noch nie so ein schönes Mädchen wie mich gesehen hat, und ich frage ihn, ob er sich vorstellen kann, dass er mich da, wo er mich gerade streichelt, auch mal küssen würde. Und er sagt, dass er davon schon immer geträumt hat."

Christine: „Und dann?, wie fühlt es sich an, wenn er das macht?"

Ich: „Himmlisch, als ob die Vögel zwitschern."

Wir hatten viele Szenarios durchlebt, als wir damals in unseren Schlafsäcken lagen. Aber wie sollte ich mich jetzt verhalten. Wie würde sich Christine verhalten, wenn sie nun an meiner Stelle hier sitzen würde.

Ich beugte mich zu Josef, und küsste ihn auf den Mund.

Nie vorher hatte ich gesehen, wie meine Schwester Sex hat!

„Das ist nicht normal!", dachte ich. „Ich sitze hier neben meiner Schwester, während sie sich auf unserem Traum von früher austobt."

Am liebsten wäre ich nun raus gerannt, weggelaufen, abgehauen. Meine Küsse für Josef kamen mir gelogen vor. Ich versuchte mich damit abzulenken.

Auf dieses Treffen mit Josef hatte ich mich so gefreut, und ich habe Christine ja sogar flehentlich gebeten, hierher zu kommen. Aber hatte ich damit gerechnet, dass die Wirklichkeit so aussehen würde?

Habe ich vorher überhaupt nachgedacht?

Ich wagte einen Blick, und beobachtete Christine. Sie schien nur darauf gewartet zu haben.

„Schatz, ich bin gleich soweit. Komm, setz dich hinter mich, dann kannst du gleich aufrücken."

Hä? Woher kennt sie solche Praktiken? Ich war ein bisschen schockiert. Kannte ich meine Schwester überhaupt?

Aber ich tat es. Ich setzte mich hinter Christine, die sich immer noch bewegte, aber jetzt aufhörte, sich erhob, ein Stück nach vorn rutschte, und nun auf Josefs Bauch saß.

Josefs Penis stand immer noch wie eine Eins, riesig und schön. Sollte ich ihn abwischen? Oh!, ein sehr aufmerksamer Josef reichte mir ein Tüchlein, das ich entgegen nahm, seinen Penis damit abwischte, und führte ihn mir nun vorsichtig ein.

Von diesem Moment hatte ich so lange geträumt! Nun war er da. Es war wirklich das, was ich mir erhofft hatte. Ich ließ diesen Augenblick ganz langsam, und von allen meinen Sinnen kontrolliert, ablaufen, damit ich ihn immer wieder wiederholen konnte. Nichts von dem, was ich jetzt fühlte, wollte ich verpassen. Gut, dass ich wenigstens *dies* schon vorher in Gedanken durchgespielt hatte.

So blendete ich Christine aus, schloss meine

Augen, ließ diesen Penis, der immer noch keinen Namen hatte, ganz in mich hineingleiten, bis er mir gegen meinen Muttermund stieß, und genoss es. Es tat nicht weh.

Vorsichtig bewegte ich mich.

Niemals, wirklich niemals, kam es in unseren Fantasien vor, dass dieser Penis hier rein kommen könnte. Theoretisch wussten wir es, aber er gehörte nicht in unsere Muschi. Er war ein Gegenstand, mit dem wir gern hätten spielen wollen. Er faszinierte uns, weil er eine so bannend schöne Form hatte, und gerade deshalb war es für uns unverständlich, dass ein Verbot auf ihm lag.

Wir hätten ihn gern liebkost, ihn gestreichelt, wie man ein Kaninchen oder eine Katze streichelt. Ganz entfernt ahnten wir, dass hinter dieser Thematik mehr steckte, weil Josef sich so anstellte, sonst warnte uns eigentlich keiner.

Das Verbot meiner Mutter bezog sich auf Josef, nicht auf den Penis. Und deshalb verstanden wir nicht, was genau meine Mutter meinte, denn Josef war nett, zuvorkommend, höflich.

Alles in allem, Christine und ich verliebten uns in Josef, in Josef als den Menschen, nicht in seinen Penis.

Aber Josef war es, dem wir uns irgendwann nicht mehr nähern durften.

„Wieso nicht, Mutti?", fragte ich, und unterdrückte den Drang zu weinen.

„Ich will es nicht, und damit basta! Du - ihr beide

werdet es später verstehen."

Josef verhielt sich vorbildlich. Hatte meine Mutter vielleicht mit ihm gesprochen? Wir sahen ihn nur noch selten. Und wenn, dann waren wir nur noch in Begleitung meiner Mutter, oder meines Vaters am Strand. Wir konnten uns noch nicht einmal von ihm verabschieden.

Aber wir wussten, wie sein Badetuch aussah, und als wir es eines Tages verlassen am Strand sahen, ging ich möglichst unauffällig dorthin, und fand einen, mit einem Stein beschwerten, Zettel, auf dem stand: „Ihr beiden Süßen!, – er hatte extra unsere Namen nicht erwähnt – schreibt mir bitte einmal, damit wir uns nicht aus den Augen verlieren. Nehmt die Adresse von jemand anderem, damit es für euch keine Schwierigkeiten gibt."

Darunter stand sein Name und seine Adresse. Ich hätte beinahe geweint, und versteckte diesen Zettel schnell.

Ich schlug meine Augen auf: Josef und Christine guckten mich erwartungsvoll an.

„Toll!, das war ein guter Anfang!", sagte ich. „Josef, wusstest du, dass dein Penis damals für uns so eine Art Kuscheltier war, nur dass wir ihn nicht anfassen durften?"

Josef: „Nein, das wusste ich nicht."

Christine: „Er hat uns nicht nur fasziniert. Wir haben ihn geliebt. Jetzt gilt es, einiges aufzuarbeiten."

Josef: „Aha."

„Das ist übrigens Josefs Lieblingswort", sagte ich zu Christine, und stieg ab. Josefs Penis stand immer noch wie eine Eins.

„Josef, wieso ist dein Penis größer, als der von meinem Vater?", grinste ich.

Josef verstand sofort: „Ich kann nichts dafür. Reine Veranlagung."

Christine: „Wir sind damals den Strand rauf und runter gelaufen, und haben uns jeden Penis genauer angesehen. Nicht ein einziger kam in deine Nähe. Keiner konnte mit deinem mithalten."

Josef: „Aha!"

Ich: „Bist du stolz auf ihn?"

Josef: „Nein."

Christine: „Warum nicht?"

Josef: „Er führt ein Leben im Verborgenen."

Ich: „Na! Nachher werden wir ihn ausreichend würdigen. Wollen wir duschen gehen?"

Während Josef sich rasierte, drapierten wir unsere Toilettenartikel auf seinem Spiegelboard im Bad.

„Ist es dir recht, dass wir ein paar Tage hier bleiben?", fragte ich.

Josef: „Wirklich? Das ist ja toll. Klasse!"

Damit war das geklärt. Wir putzten unsere Zähne, und stiegen zusammen in die Duschkabine.

Zumindest geduscht hatte ich schon vorher zusammen mit Christine. Wir empfanden

Körperkontakt – nicht nur unter der Dusche – als etwas ganz Normales. Nur dass ich ihr eben gerade beim Sex zugesehen hatte, war seltsam. Vielleicht gewöhnte ich mich ja daran.

Auf alle Fälle sollte ich mich daran gewöhnen, denn wenn wir ein paar Tage hierblieben, würden solche Situationen wohl häufiger, oder noch öfter vorkommen.

Aber jetzt waren wir beide zusammen mit Josef unter der Dusche. Ich konnte es kaum fassen!

Wirklich ganz genussvoll, oder noch mehr als das, seiften wir ihn gemeinsam ein. Erkundeten seinen Körper, jeden Muskel, jede Ritze, jede Erhebung. Ich hätte ihm beinahe in den Mund schauen wollen.

Ich wollte diesen Körper ganz und gar begreifen – im wörtlichen Sinn, damit ich mir alles merken konnte, falls dieses Treffen das einzige seiner Art sein sollte. Denn damit mussten wir rechnen.

Wenn ein Mann viele Freundinnen hat, dann hat er auch Verpflichtungen.

„Ich werde noch herausbekommen, wie viele es sind", dachte ich mir.

Natürlich wuschen wir gemeinsam Josefs Penis. Ein Traum!

Wie der in der Hand lag! Selbst im schlaffen Zustand konnte ich ihn nicht ganz umgreifen.

Nur wunderte ich mich gerade, dass er jetzt schlaff war, obwohl wir ihn doch anfassten.

„Josef, damals war er ziemlich sensibel. Er ist

sofort in die Höhe gesprungen, als wir ihn nur berührt haben."

Und zack!, da stand er sofort auf. Wie kam denn das?

Christine: „Was ist denn jetzt passiert? Nur weil wir von ihm gesprochen haben?"

Josef nickte. Also war er noch längst nicht eingerostet.

Josef war auch nicht untätig. Auch er seifte uns ein, so wie wir ihn. Das war alles unendlich schön.

Und jetzt umarmten wir drei uns: Nackt unter der Dusche. Himmlisch!

„Josef, hast du Tee oder Limonade?"

Josef: „Ich wollte sowieso einen Tee kochen. Sonst habe ich Cola."

Ich: „Okay, wir nehmen beides. Wir wollen nämlich eine Strandszene nachstellen. Von damals."

Josef: „Aha."

So!

Josef musste sich nun auf dem Bett, so wie damals am Strand, auf den Rücken legen, und auf seine Ellenbogen aufstützen. Natürlich nackt, das war klar. Wir gaben ihm eine Zigarette, und er musste geradeaus gucken, als ob er aufs Meer hinaussehen würde.

Christine und ich lagen links und rechts von ihm auf dem Bauch, ruderten mit den Beinen in der Luft, und himmelten ihn an. Natürlich auch nackt.

„Josef?, weißt du, was die Zigarette zu bedeuten hat?"

„Was denn?"

Christine: „Niemand aus unserer Familie rauchte. Dass du rauchtest, ... die Zigarette umgab dich, wie ein Geheimnis."

Josef: „Aha!"

„Josef!, dein Penis ist größer, als der meines Vaters."

Josef: „Das glaube ich nicht!"

Ich: „Ist aber so."

Christine: „Das kann ich bestätigen."

Ich: „Bist du noch traurig wegen damals, wegen deinem Penis?"

Josef: „Nein. Es hat ja auch Vorteile."

Damals, als wir mal wieder am Strand waren, und Josef in seiner, uns vertrauten Stellung, dalag, und hinaus aufs Meer blickte, fiel uns auf, dass er immer traurig wirkte.

Wie so oft lagen Christine und ich, links und rechts von ihm, und himmelten in an.

„Josef, warum bist du immer so traurig?"

„Das würdet ihr nicht verstehen."

Ich: „Das ist nicht nett von dir! Du redest mit uns wie mit Erwachsenen, und jetzt sagst du, wir würden etwas nicht verstehen? Du weißt doch gar nicht, was wir alles verstehen würden."

„Entschuldigung, Tanja. Du hast recht."

Ich: „Wir würden es gern wissen, weil wir dich gern haben."

Josef: „Ich werde niemals Kinder haben können."

Christine: „Wieso nicht?"

Josef: „Tja."

Ich: „Komische Antwort, könnte von unserem Vater sein."

Christine: „Hat es etwas mit deinem Penis zu tun?"

Wieso war Christine schlauer als ich, und konnte da eine Verbindung sehen?

Josef: „In gewisser Weise: Ja."

Ich: „Man sieht ihm nichts an. Funktioniert er nicht richtig?"

Josef: „Doch."

Christine: „Wirklich wie Zuhause. Wenn unsere Eltern sich so unterhalten, wird Mutti sauer, und sagt zu Papa, er solle diese Spielchen lassen, und ihre Fragen beantworten. Sind Männer immer so?, Josef?"

Josef: „Ja, wahrscheinlich. Entschuldigt bitte. Ich wurde sterilisiert. In einem Jahr wäre ich volljährig, und hätte es ablehnen können. Aber mein Vormund hielt es für besser, dass ich keine Kinder zeugen kann."

Ich: „Erklärst du uns, was das alles bedeutet? Und was ist ein Vormund?"

Josef: „Weil ich keine Eltern mehr habe, und noch nicht volljährig bin, gibt es jemanden, der alles für mich entscheidet, und das ist nicht das Ehepaar, mit dem ich hier im Urlaub bin. Sie sind nur vorübergehend für mich da. Sie sind ganz nett.

Ihr habt gesagt, dass ihr wisst, wozu ein Penis da ist."

Christine: „Der Mann steckt ihn in die Muschi, und dann kriegt die Frau ein Kind. Aber nur, wenn auch Sperma dabei ist."

Josef: „Es reicht auch weniger."

Ich: „Wirklich?"

Josef: „Wenn ein Mann und eine Frau sich gegenseitig erregen, tritt aus dem Penis ein Tröpfchen aus, der Liebestropfen. Er bereitet ein günstiges Umfeld vor, damit das Sperma funktionsfähig bleibt. Und in diesem Tröpfchen können auch schon Spermien enthalten sein, von denen eine Frau schwanger werden kann."

Ich: „Und was ist jetzt bei dir gemacht worden? Hat es wehgetan?"

Josef: „Nein, es tat nicht weh. Man hat bei mir den Samenleiter, durch den die Spermien zum Penis gelangen, durchgeschnitten, so dass bei mir, vorn keine mehr ankommen. Deshalb kann ich keine Kinder zeugen."

Das hörte sich für uns seltsam, gefährlich und schmerzhaft an. Aber endlich wussten wir, worüber Josef ständig grübelte.

So schnell wir konnten, umarmten wir ihn, um ihn zu trösten, aber er sagte, es wäre besser, wenn wir das nicht täten, denn das könnte hier am Strand, wo so viele Leute zusahen, falsch verstanden werden. Er musste sich auch gleich wieder auf den Bauch drehen.

Immer noch lagen Christine und ich, rechts und

links von Josef auf seinem Bett, in unserer nachgestellten Strandszene.

Josef: „Wie geht es eurem Vater?"

Christine: „Er hat unsere Mutter verlassen, und sich eine andere genommen."

Josef: „Das tut mir leid. Was macht eure Mutter?"

Ich: „Sie hat sich auch anderweitig umgesehen."

Josef: „Das tut mir auch leid. Seid ihr traurig?"

Christine: „Nicht wirklich. So ist das Leben. Josef konzentrier dich."

Josef: „Okay."

Wieder guckte er geradeaus, rauchte, sagte nichts, so wie damals. Er tat so, als wäre er in Gedanken.

Christine und ich tauschten Blicke aus, sahen auf den Penis, der noch schlaff war, und gerade ausgestreckt auf Josefs Bauch lag.

„Josef, dein Penis ist größer als damals!"

„Wirklich?", fragte er.

Christine: „Ja, das stimmt. Jetzt sehe ich es auch. Wie kommt das?"

Josef: „Damals war ich noch nicht ausgewachsen. Es könnte stimmen."

Ich: „Wie viele weibliche Fans hat er?"

Christine sah mich böse an.

Josef: „Zwei."

Ich: „Wie heißen sie?"

Josef: „Tanja und Christine."

Christines Gesichtszüge glätteten sich wieder.

Ich: „Das war die richtige Antwort. Und hast du in der Zwischenzeit Mädchen gesehen, die schöner sind als diese beiden?"

Josef: „Nein."

Ich: „Wir haben auch keinen Jungen ausmachen können, der mit dir mithalten kann, Josef. Du bist der schönste, den wir jemals gesehen haben."

Josef: „Danke."

Ich: „Übrigens haben wir beide beim Anblick von deinem Penis nie wirklich an Sex gedacht."

Josef: „Nein?"

Ich: „Wir kannten das ja noch nicht. Theoretisch wussten wir natürlich, wozu er gut ist. Außerdem hast du uns ja auch alles so schön erklärt. Wir waren fasziniert von seiner Größe und schönen Form. Wir hätten gern mit ihm gespielt."

Josef seufzte: „Ja, tut mir leid."

Christine: „Das braucht es nicht. Hattest du denn schon sexuelle Erfahrungen? Du warst immerhin siebzehn,"

Josef: „Ja, hatte ich."

Ich: „Wirklich. Hattest du damals eine Freundin?"

Josef: „Nein."

Christine: „Wie alt warst du bei deinem ersten Mal?"

Josef: „Zwölf."

Christine: „Hui! Dann hättest du mir damals etwas beibringen müssen, denn ich war auch zwölf."

Josef lächelte sie an: „Ich weiß."

Christine und ich zwinkerten uns zu – so wie damals – und nun war es nicht mehr verboten. Ganz sanft streichelten wir über Josefs Penis, der sofort Männchen machte. Beeindruckend, wie groß er auf einmal wurde.

Ich beugte mich zu ihm, und gab ihm einen dicken Schmatzer. Er roch gut! Und mir fiel ein seltsamer Duft auf, obwohl wir ihn doch gerade gewaschen hatten. Es war etwas Leichtes, hatte eine entfernte Ähnlichkeit mit Vanille.

Christine küsste ihn nun auch. Wir tuschelten ganz leise.

„Kannst du das auch riechen?"

„Ja, ein ganz zarter Duft nach Vanille. Seltsam."

Christine spannte die Haut, so dass die Eichel hervortrat. Schön und ebenmäßig. Wir hatten sie noch nie vorher gesehen, und leckten daran. Absolut erotisch. Wohlschmeckend. Ich war ganz hingerissen.

Diese nackte Eichel, länglich, wunderschön. Sie war eben gerade in mir drin gewesen. Toll! Ich war froh, dass wir vorhin so spontan gewesen waren, und schnell mal mit Josef geschlafen hatten. Es war so etwas wie ein Auftakt gewesen.

„Josef, das hätten wir damals so gern gemacht. Ich weiß, dass das nicht ging. Aber kannst du das verstehen?"

Josef: „Ich bin froh, dass ihr hier seid."

Ich: „Hast du dir irgendeinen Duft aufgelegt?"

Josef: „Nein, das habe ich seid meiner Pubertät. Ein sicheres Zeichen von Glück."

Christine: „Du willst sagen, dass du diesen Geruch selbst produzierst?"

Josef: „Ja, so ist es."

Ich: „Weißt du? Du hattest schon damals etwas Geheimnisumwittertes für uns. Aber von so etwas habe ich noch nie gehört."

Weil ich nicht wollte, dass Christine wieder schneller war als ich, setzte ich mich nun auf Josefs Bauch. Ja, das wollte ich schon immer. Ich wollte mit meiner Muschi seine Muskeln spüren, und noch mehr.

Ich rutschte höher, zeigte Josef meine Muschi, und lächelte ihn an, beobachtete ihn. Seine Gesichtszüge veränderten sich, sie bekamen etwas Verträumtes.

„Tanja!", hauchte er. „So etwas Schönes habe ich noch nie gesehen!"

Ich prustete los vor Lachen, und konnte mich nicht mehr einkriegen. Christine hatte es nicht gleich mitbekommen gehabt, aber lachte jetzt auch.

„Josef, du hast doch schon mal eine Muschi gesehen."

Er blieb aber ganz ernst, und sagte: „Aber nicht so eine Schönheit. Tanja, hat dir das noch nie jemand gesagt?"

„Was?"

„Wie schön sie ist?"

„Kannst du mal daran lecken?"

Ich rutschte noch ein wenig weiter, und war an seinem Mund … , und war begeistert. Er … er konnte das!

Zwei, meiner früheren Liebhaber hatten sich darin auch schon mal versucht. Aber sie hatten das

133

nur getan, damit ich ihnen einen blase. Das lasse ich erst einmal unkommentiert, damit ich mich auf das, was ich hier gerade erlebe, besser konzentrieren kann.

Denn sofort merkte ich bei Josef, dass das hier anders war: Eine Passion. Hingabe. Das, worüber ich, und auch Christine, gerade gelacht hatten, nämlich über dieses Kompliment, was es ja war, zeigte es schon. Er tat es gern.

Und das konnte ich spüren. Er küsste mich nicht einfach, sondern er liebkoste meine Muschi.

Christine hatte sich aufgesetzt, und kniete nun seitlich von uns, so dass sie uns zugucken konnte, und war genauso fasziniert, wie ich.

„Christine Schatz, das ist himmlisch."

„Als würden die Vögel zwitschern?"

„Ja, genau so ist es."

Josef lächelte, er verstand offensichtlich, wovon wir sprachen.

„Lass mich auch mal, Tanja."

Josef angrinsend stieg ich ab, küsste ihn noch einmal herzhaft.

„Das war wirklich toll, Josef. Danke."

Josef: „Oh, ich danke dir, Tanja."

„Wieso?", fragte ich.

Christine: „Turtelt hier nicht so rum! Ich habs eilig. Josef, gibt es hier versteckte Kameras?"

Josef: „Nein."

Woran Christine wieder alles dachte! Da kann man mal wieder sehen, wie naiv ich war. Auf so etwas wäre ich nicht im Traum gekommen. Vor allem nicht bei Josef.

Christine nahm genau die gleiche Position ein, wie ich es vorher getan hatte. Auch sie setzte sich erst auf Josefs Bauch, griente ihn an, und schubberte sich ein wenig an ihm.

Sie rutschte höher, und zeigte ihm ihre Muschi, die nun knapp vor Josefs Mund war.

„Wie findest du sie?"

„Herrlich!"

„Josef, du hättest sie schon vor sechzehn Jahren sehen können, da war sie bestimmt noch viel süßer."

„Ich weiß", stöhnte Josef leise.

Christine: „Das war nur ein Witz. Aber ein bisschen konntest du ja sehen. Immerhin setzten wir uns extra breitbeinig vor dich. Wir wollten dich ein bisschen reizen."

„Das ist euch zum Teil auch gelungen."

„Ja? Wir haben aber nichts gesehen."

Josef: „Ein wenig habe ich mich unter Kontrolle."

Christine: „Probier mal! Es ist bestimmt lecker. Ich habe eben gesehen, mit welch einer Hingabe du das bei Tanja gemacht hast. Das kann einen schon ganz schön anheizen!"

Sie schob sich noch ein kleines bisschen vor, und nun berührte sie mit ihren Schamlippen seinen Mund. Ich muss gestehen: Als ich so zuguckte, wurde mir auch ganz anders. Warm! Säfte begannen zu fließen.

Und seltsamerweise fand ich dies nun gar nicht befremdlich, so wie vorhin, als ich Christine das erste Mal beim Sex zusah.

Dies hier hatten wir so oft, und in allen möglichen Variationen durchgesprochen, durch fantasiert, uns ausgedacht, wie es wohl sein würde, wenn wir Josef dazu hätten kriegen könnten, uns unsere Muschis zu küssen.

Leise fragte ich Christine: „Hörst du jetzt auch die Vögel zwitschern?"

Christine: „Was? Wie bitte? Oh!, ja, das tue ich. Es ist noch viel, viel besser, als wir es uns jemals erträumt hatten. Josef ist ein Meister in so was. Sag mal, hatte er bei dir auch seine Zunge drin?"

„Ja", flüsterte ich.

Daran hatten wir damals nicht gedacht. Auf so eine Idee wären wir nicht gekommen. Wir dachten eigentlich an einen einfachen Kuss, vielleicht noch ein bisschen Schmusen, oder einmal lecken, eventuell an dem Kitzler saugen, oder lecken.

Schlagartig wurde mir klar, dass Josef dies nicht zum ersten oder zweiten Mal machte.

Christine stieg wieder ab, und wir legten uns wieder auf den Bauch links und rechts von Josef, ruderten mit unsern Beinen in der Luft, und himmelten ihn ein bisschen an.

„Du hast so etwas nicht zum ersten oder zweiten Mal gemacht, stimmts?"

„Stimmt", bestätigte Josef.

„Konntest du das damals schon?", wollte ich

wissen.

„Ja", lächelte Josef.

„Mist", stieß Christine aus, „was uns da entgangen ist!"

Ich: „Ja! Hätten wir das gewusst, hätten wir uns irgendwo treffen können. Vielleicht hinter einem Gebüsch."

Josef: „Ihr seid echt süß! Das muss ich euch lassen."

Ich: „Josef!, wir haben uns manchmal die halbe Nacht unsere Fantasien zugeflüstert. Und in jeder einzelnen kam entweder dein Penis als Kuscheltier vor, oder wir malten uns aus, wie du uns unsere Muschis küsst, oder streichelst. Bist du auch im Streicheln gut?"

Josef: „Komm, Tanja, setzt dich zwischen meine Beine!"

Josef hatte sich schon aufgesetzt, und ich nahm Platz zwischen seinen Beinen. Christine lag vor uns auf ihrer Seite, steckte sich eine Zigarette an, und beobachtete uns.

„Tanja!", begann Josef, „stell dir vor, wir würden an dem warmen, weißen Strand sitzen. Das Meer rauscht leise, eine Möwe ruft, die Grillen zirpen.

Damals war es verboten, was aber nicht bedeutet, dass ich nicht daran gedacht hatte."

Mit einer Hand hielt er mich unter meiner Brust fest, seine andere glitt tiefer, wuselte ein wenig in meinen Härchen herum, fand zielsicher ihren Weg, und streichelte mich noch viel schöner, als ich es jemals selbst getan hatte.

Ich schloss meine Augen, und genoss es einfach. Es war soo schön. Ich konnte tatsächlich die Grillen hören, ich konnte das Meer und die würzige Macchia riechen, stellte mir vor, dass ich wieder dreizehn wäre, und dass diese Hand, die Hand meines Helden war.

Sie ist es!

An meinem Rücken spürte ich den großen, harten, weichen Penis, wie er sanft an mir lehnte. Alles an Josef war sanft und lieb, genau so, wie ich es mir immer vorgestellt hatte.

Das hätte ich gern damals erlebt, aber es war verboten. Schön, dass wir es jetzt wenigstens noch bekamen.

Christine hatte aufgeraucht, wartete aber artig, bis ich fertig genossen hatte. So andächtig? Normalerweise war sie fordernder. Sie war schon immer die Dominante, auch die Keckere von uns beiden gewesen. Vielleicht wollte sie diese Pietät einmal nicht stören, was ich nett fand.

„Jetzt du!", sagte ich zu ihr, wofür sie sich bedankte, und den Platz zwischen Josefs Beinen einnahm.

Ich legte mich vor die beiden, und sah ihnen zu, gönnte mir auch eine Zigarette, goss mir einen Tee ein, und träumte ein bisschen vor mich hin.

„Wie die Nacht wohl werden wird?", fragte ich mich in Gedanken. „Wahrscheinlich werden wir eng aneinander gekuschelt liegen. Jedenfalls ich werde ihn festhalten. Ganz fest."

Ich konnte mir gut vorstellen, dass Josef ein sanfter Kuschler sein würde. Und dieser Duft! Verrückt.

Christine und Josef schmusten gerade, während er ihr ihre Muschi massierte. Auch das war sanft, hatte nichts Forderndes, sondern sah liebevoll aus. Und das konnte ich jetzt bestätigen.

„Wahrscheinlich ist er ständig ausgebucht", dachte ich, „denn die Frauen, die einmal hier waren, wollen öfter mal entspannen, und sich von Josef so lange massieren lassen, bis sie die Engel singen hören."

Aber ob er diesbezügliche Fragen von mir, von uns, beantworten würde? Aber musste ich alles wissen?

„Er bleibt trotz allem mein Held, das ist sicher", dachte ich weiter, „und jetzt sind wir hier, und haben ihn für uns. Jetzt endlich können wir alles nachholen, was wir damals nicht durften, oder noch nicht wussten. Zum Beispiel, dass man sich eine Zunge in die Muschi, direkt in die Vagina schieben lassen kann."

Das fühlte sich irre an! Aber bewusst wurde es mir eigentlich erst, als Christine mich danach gefragt hatte. Ich hatte es registriert, aber das war so unwirklich, dass ich es nicht gleich realisierte.

Was der Josef alles kann! Eigentlich ist er wohl der ideale Mann: Lieb, nett, zuvorkommend, in der Lage, Komplimente zu machen. Wahrscheinlich kann er sogar kochen und saubermachen. Vielleicht bügelt er sogar seine Hemden selber.

Sagen wir mal, wenn es mehr als zehn Frauen sind, die ihn umschwärmen, dann sollten wir Abstand nehmen. Denn dann ist für Christine und mich nur wenig Platz. Ich werde ihn fragen, wie viele Freundinnen er wirklich hat.

„Na Schwesterherz? Träumst du schon wieder?"

Die beiden grinsten mich an.

„Komm, leg mal die Sachen zur Seite, wir wollen ein bisschen unter der Decke kuscheln!", forderte sie mich auf.

Gut! Das fand ich gut. Wir machten es uns gemütlich, lagen erst in der klassischen Stellung rechts und links von Josef, strichen ihm über seine Brust, küssten ihn, schmusten mit ihm.

„Ist das toll!", dachte ich. „So hatten wir uns das oft vorgestellt.

Damals, gleich an dem Tag, nachdem wir Josef das erste Mal bei diesem Grillen kennengelernt hatten, waren Christine und ich zu dem Zeltplatz seiner Familie gegangen.

Wir hatten gerade gefrühstückt, es war schon morgens sehr warm. Der Duft der Macchia, den man kaum noch wahrnahm, umgab uns, die Grillen zirpten, und man musste sich jetzt schon vor der Sonne in Acht nehmen, damit man keinen Sonnenbrand bekam.

„Komm, lass uns mal gucken, ob Josef schon

aufgestanden ist!", forderte ich Christine auf.

Meine Mutter hatte es mitbekommen, sagte aber nichts dazu, sondern: „Falls ihr zum Strand geht, vergesst die Sonnencreme nicht. Ich will nicht, dass ihr noch einmal so einen schlimmen Sonnenbrand wie letztes Jahr bekommt."

„Ja, Mutti."

Wir packten unsere Tasche, nahmen auch etwas zu trinken mit, und einen Sonnenschirm.

Josefs Familie war auch gerade mit dem Frühstück fertig. Und als er uns kommen sah, lächelte er uns schon zu, sagte aber nichts.

„Kommst du mit zum Schwimmen?", fragten wir ihn.

„Ja, okay."

Auch er packte sich ein paar Dinge zusammen, und als wir gerade ein paar Schritte unterwegs waren, fragte er: „Wie komme ich zu der Ehre, dass mich die zwei schönsten Mädchen zum Schwimmen mitnehmen?"

Wahrscheinlich lag es daran, dass wir beide noch nie vorher ein Kompliment von einem Jungen bekommen hatten. Wir verstanden es nicht. Erst einmal war er für uns jemand, den wir gestern kennengelernt hatten, und sonst nichts. Wir kannten sonst niemanden hier.

Also sagten wir nichts dazu.

Gestern Abend beim Grillen waren selbstverständlich alle bekleidet gewesen. Heute sahen wir uns das erste Mal nackt.

Christine: „Ich habe meine Schwimmbrille

vergessen. Wir müssen noch mal zurück."

Ich: „Okay. Dann gehen wir noch mal zurück."

Meine Eltern saßen noch am Frühstückstisch, und als meine Mutter uns kommen sah, bedeckte sie sich schnell ihre Brust mit einem Handtuch. Nur hier auf unserem Zeltplatz war sie ganz nackt. Sobald sie den Platz verließ, um zum Beispiel zum Strand zu gehen, hatte sie ein Handtuch um den Hals gelegt, und bedeckte mit seinen Enden ihre Brust.

Christine holte schnell ihre Schwimmbrille.

Meine Eltern freuten sich, dass Josef uns begleitete, und meine Mutter trug ihm auf: „Josef, kannst du darauf achten, dass die Mädchen sich auch ordentlich eincremen? Sofort, wenn ihr wieder aus dem Wasser kommt, sollen sie sich schützen. Zur Not hilfst du ihnen, in Ordnung?"

Josef: „Ja, ich achte darauf, versprochen."

Meine Eltern: „Dann viel Spaß. Wir kommen später auch zum Strand."

Christine hatte sich Josefs Hand gegriffen, während wir unterwegs waren, und als es mir auffiel, nahm ich seine andere Hand.

Wir suchten uns ein schönes Plätzchen, richteten unseren Sonnenschirm auf, legten unsere Decken aus, und rannten erst einmal zum Wasser runter.

Josef war erst einmal so etwas wie ein fast Gleichaltriger, natürlich ein bisschen älter, aber lange nicht so alt wie unsere Eltern. Wir konnten mit ihm im Wasser herumtollen, so wie es mit unseren

142

Eltern nicht möglich war.

Wir neckten ihn, er bespritzte uns, wir tauchten, ließen uns auf seinen Rücken tragen, plantschten im flachen Wasser, genossen einfach das Gefühl, in den Ferien zu sein.

Zurück unter unserem Sonnenschirm tranken wie erst einmal etwas, und cremten uns ein. Josef half uns dabei, sonst hätten Christine und ich, uns selbst unsere Rücken gegenseitig eingecremt.

Schon an diesem ersten gemeinsamen Tag legte sich Josef so hin, wie er es immer tat: Auf den Rücken, mit seinen Ellenbogen aufgestützt.

Und nun, als wir ein wenig zur Ruhe kamen, fiel es uns auf.

„Josef!, du hast aber Muskeln! Und dein Penis ist größer, als der von meinem Vater!", bemerkte ich.

Christine: „Oh, ja. Das stimmt. Wie kommt das, Josef?"

Josef: „Das kann gar nicht sein."

Christine streckte schon ihre Hand aus: „Darf ich ihn mal anfassen?"

Josef: „Hände weg! ... Bitte nicht!"

Ich: „Wieso nicht?"

Josef: „Den Penis eures Vaters fasst ihr doch auch nicht an, oder?"

Christine: „Aber Muttis Brust."

Josef: „Das ist wahrscheinlich etwas anderes. Ihr würdet ihr doch aber nicht zwischen die Beine greifen, oder?"

Christine: „Wie meinst du das?"

Ich: „Er meint: An die Muschi fassen."

Christine: „Ach so! Nein, das machen wir nicht. Ich würde noch nicht einmal Tanja dort anfassen."

Josef: „Siehst du?!"

Christine: „Aber irgendwann werde ich es tun."

Josef: „Was?"

Christine: „Deinen Penis anfassen."

Ich nahm mir in Gedanken das Gleiche vor.

Ich: „Aber deine Muskeln dürfen wir doch anfassen, oder?"

Josef: „Okay."

Wir befühlten seine Arme, seine Brustmuskeln, piksten mit den Fingern in seine Bauchmuskeln, kitzelten ihn solange, bis er nicht mehr so still daliegen konnte.

Und genau in diesem Moment kamen meine Eltern an uns vorbei. Sie wollten zum Schwimmen.

„Quält den Josef nicht so!" ermahnte uns unsere Mutter, mein Vater schmunzelte.

„Haben sie sich eingecremt?", fragte meine Mutter.

Josef: „Ja, alles erledigt."

Unsere Eltern nickten uns zu, und gingen weiter, ließen ihre Sandalen, und ihre Badetücher vorn am Strand liegen, und schritten weiter in das Wasser, bis sie die Flachzone hinter sich gebracht hatten.

Unter seiner flauschigen Decke, dicht an Josef geschmiegt, schmusten wir mit ihm, meine Hand glitt automatisch weiter nach unten, über seinen Bauch, und noch tiefer: Christines Hand war schon dort.

Auch dies hatten wir so oft in unseren Tagträumen durchgespielt, dass ich beinahe glaubte, ein Déjà-vu zu durchleben. Gemeinsam streichelten wir Josefs Penis, küssten Josef währenddessen, grinsten uns beide zu. Es war einfach herrlich.

„Davon haben wir unser halbes Leben geträumt", dachte ich, und schloss meine Augen, um mir unsere Träume wieder zu vergegenwärtigen, „nein, sogar noch länger."

„Josef?", fragte ich.

„Ja, Süße?"

Ich: „Hatte meine Mutter damals mit dir gesprochen, oder dir verboten, dass wir uns weiterhin am Strand trafen?"

Josef: „Nein, es war dein Vater."

Christine: „Was?"

Ich: „Was sagte er?"

Josef: „Ich weiß es noch, als wäre es erst gestern gewesen. Er sagte: Josef, meine Frau und meine Töchter fühlen sich von dir belästigt, halte dich bitte fern von ihnen!"

Christine und ich richteten gleichzeitig unsere Oberkörper auf. „Was?!", rief Christine. „Das ist ja unglaublich!"

Ich: „Ich kann es nicht fassen!"

Wir legten uns wieder zu ihm.

Ich: „Und du hast dich sogar nach ihnen vorhin sogar erkundigt. Es tut uns leid, Josef. Das wussten wir nicht. Mutti hatte uns zwar unmissverständlich klar gemacht, dass wir dir fernbleiben sollten. Aber dass sie das so darstellten, ist nicht nett."

Christine: „Wir haben darunter gelitten, Josef. Um so schöner ist es, jetzt hier neben dir liegen zu können."

Josef: „Habt ihr Hunger?"

Offensichtlich wollte er das Thema wechseln, und wir schlugen ein, denn Hunger hatten wir tatsächlich.

Spagetti plus Sauce, das hört sich jetzt nicht doll an, war aber total lecker. Selbstverständlich machten wie diese Sauce selber. Josefs Haushalt war gut durchorganisiert. Ich staunte.

„Josef, ich habe von Junggesellen ein ganz anderes Bild", sagte ich, „hast du denn wenigstens eine Putzfrau?"

Josef: „Nein, einen Putzmann."

Christine: „So? Und ist er gut, oder musst du nacharbeiten?"

Josef: „Ich bin Derjenige."

Ich: „Oh!"

Christine: „Deine vielen Freundinnen, ... wie viele sind es denn?"

Josef: „Bringt mich bitte nicht in Verlegenheit."

Christine: „Uns kannst du es doch sagen!"

Nun wurde Josef wirklich verlegen.

Ich: „Sind es mehr als zehn?"

Das sollte ja die magische Grenze sein, die ich mir gesteckt hatte.

Josef nickte.

Ich: „Was? Wirklich?"

Josef nickte wieder.

Christine: „Hast du denn mal daran gedacht, dich zu binden, vielleicht sogar zu heiraten?"

Josef: „Ich weiß nicht."

Ich: „Tut dir das denn gut?"

Christine: „Bedräng ihn nicht so! Wahrscheinlich wäre er nicht so nett, wenn es anders wäre. Außerdem stell dir mal vor, er wäre tatsächlich verheiratet, dann säßen wir jetzt nicht hier."

Ich: „Das stimmt. Es macht mir ja auch nichts aus."

Es hatte mir einen ziemlichen Stich versetzt, dass er so viele Freundinnen hatte.

Ich: „Wissen sie denn voneinander?"

Josef: „Ja."

Ich: „Kennen sie sich auch untereinander?"

Josef: „Nein."

Christine: „Wenn das Wochenende vorbei ist, und wir wieder wegfahren … dürfen wir denn mal wieder kommen?"

Jetzt erhellte sich sein Gesicht sofort.

„Das würde mich sehr freuen."

Christine: „Ich schlage vor, dass wir alles mitnehmen, was wir kriegen können, und uns einfach genießen. Ich sehe das ganz locker. Wie geht es dir, Tanja?"

Ich musste mich gerade zusammenreißen, um nicht wieder in meine Gedanken abzutauchen, und sagte: „Ja, ich mache mit."

Christine: „Dann ist mein nächster Vorschlag, dass Josef erst mir, dann dir, unsere Muschis verwöhnt, bis wir nicht mehr können, und danach fangen wir von vorn an. Ich kann mir vorstellen, dass er das gut kann, besonders nach dem, was ich vorhin erlebt habe."

Jetzt schien Josef richtig glücklich zu sein. Er sah so aus wie ein Kind kurz vor der Bescherung.

„Josef, deine Muskeln", fragte Christine, „taugen die auch was, oder sind die nur zum Angucken?"

Josef: „Ich glaube, die sind echt."

Christine: „Könntest du mich tragen? Von hier ins Schlafzimmer?"

Josef: „Ich bin mir nicht sicher. Stellt euch doch mal beide rechts und links von mir, und legt eure Arme um meinen Hals."

Christine und ich sahen uns an, wussten aber nicht, was er vorhatte. Wollte er versuchen, uns beide zu tragen? Also taten wir ihm den Gefallen, Christine guckte skeptisch, ich auch.

Er griff uns beide unter unsere Pos, hob uns an, und trug uns tatsächlich ins Schlafzimmer, setzte uns vorsichtig ab, und schnaufte noch nicht einmal.

Christine: „Na, mir scheints, du bist ein kleiner Schelm. Du wusstest, dass du das kannst."

Er lächelte.

Ich: „Da warst schon damals mein Held."

Christine lehnte sich an das Kopfteil.

„Darf ich dann mal bitten?", fragte sie.

Josef legte sich vor sie, während sie ihre Beine öffnete, und Josef tat das, wovon wir immer geträumt hatten. Ich fand das wunderschön, wie herrlich er das machte. Ich kniete mich daneben, und fing an, Josefs Kopf zu streicheln. Solche Szenen hatten wir uns damals ausgemalt, und sie nun wirklich erleben zu können, war die Erfüllung eines Traumes.

Ein bisschen wunderte ich mich trotzdem, dass ich dabei zugucken konnte. Aber wie gesagt, es war etwas, was ja schon existiert hatte, nur eben nicht in der Realität.

„Wenn Mutti das sehen könnte!", ging mir durch den Kopf. „Was würde sie dazu sagen?"

Damals.

Es war unglaublich warm. Die Luft stand, die Grillen versuchten, sich zu selbst zu übertönen, indem die eine lauter als die andere zirpte. Das Komische an diesen Viechern war, dass man sie zwar hören, aber niemals finden konnte. Nur wenn man in die Nähe einer Grille kam, und sie still wurde, wusste man, dass sie dort irgendwo sein musste.

Wir aßen gerade zu Mittag, und saßen unter einem Sonnenschutzdach. Herrlich war das!, es war so warm, dass man es gerade noch nackt aushielt.

„Seid vorsichtig mit dem Josef!", ermahnte uns unsere Mutter.

„Hab dich nicht so, der ist harmlos", kommentierte dies mein Vater.

Mutti: „Hast du nicht gesehen, wie ihm alle Frauen nachschauen? Er könnte mit jeder von denen hinter einen Busch springen."

„Haha! Das war lustig!", sagte wiederum mein Vater.

Mutti wandte sich an uns Mädchen: „Ich möchte es euch nicht verbieten. Aber seid bitte vorsichtig."

Ich: „Guckst du ihm denn auch hinterher, Mutti?"

Mutti: „Pass auf, was du da sagst, Fräulein."

Papa: „Beruhigt euch wieder. Josef ist nett. Ich mag ihn."

Mutti: „Guckst du ihm etwa auch hinterher?"

Papa: „Ja! Er ist ein schöner Mensch, aber völlig harmlos."

Mutti: „Schatz, ich hoffe, dass das stimmt."

Papa: „Ich sehe in deinen Augen, dass du ihn auch magst."

Mutti: „Vielleicht hast du ja recht."

Die Wogen waren wieder geglättet.

Christine atmete schon stoßweise. Konnte sie sich so entspannen, dass sie einen Höhepunkt erreichen würde? Und das, wovon Josef sprach, nämlich dass er glücklich wäre, wenn er eine Muschi liebkoste, sah ich ihm wirklich an.

Ich hoffte, dass sich sein Glück nicht abnutzen würde, und dass ich mich auch so entspannen konnte. Denn auf diesen Augenblick hatte ich länger als mein halbes Leben gewartet. Ich wollte, dass es perfekt werden sollte.

Also ließ ich erst einmal Josefs Kopf in Ruhe, schenkte mir einen Tee ein, nahm mir eine Zigarette, und schaute den beiden einfach zu.

„Es ist schon verrückt", dachte ich, „hier sitze ich in der ersten Reihe, und kann einem Meister des Fachs zugucken, wie man nicht nur selbst glücklich wird, sondern auch ein weibliches Wesen glücklich macht."

Christine war dieses Glück wirklich anzusehen. Und dieses Glück wurde immer heftiger. Mittlerweile hechelte sie schon. Sie strich Josef zärtlich über seine Haare, guckte ihn verliebt an, und wimmerte ein wenig.

Nach einer Weile sagte sie endlich: „Tanja, Schatz! Komm!", und machte Platz für mich.

Ich glaube, so ähnlich habe ich es mir immer vorgestellt. Wunderschön hat das der Josef gemacht, und er sagte so süße Sachen über meine Muschi, dass sie so lieblich wäre, so gut schmeckte, dass sie eine Köstlichkeit wäre.

So ungefähr sehe ich das natürlich auch. Ich wusste vorher nur nicht, dass es Männer gibt, die nachvollziehen können, dass dies so wertvoll ist.

Josef kann das, das hatten Christine und ich intuitiv gewusst.

Hatte meine Mutter damals dem Josef wirklich hinterher geschaut? War sie vielleicht eifersüchtig auf uns Mädchen gewesen?, dass wir uns mit ihm beschäftigen konnten, aber ihr es verwehrt geblieben war? Was war wirklich vorgefallen? Oder war überhaupt etwas vorgefallen? Vielleicht war ja gar nichts gewesen. Hoffentlich! Denn dafür hätte ich kein Verständnis. Ganz sicher nicht.

Das wollte ich wissen, aber wie konnte ich Josefs Ehrlichkeit testen? Musste ich sie denn testen? Die Frage, ob er eine Freundin hat, hatte er ehrlich beantwortet, er hatte sogar zugegeben, dass es nicht nur eine war.

„Ich glaube, ich vertraue ihm", dachte ich, und fragte: „Josef, hast du damals etwas mit meiner Mutter gehabt?"

Christines Blick war nicht zu deuten.

Josef war schockiert, das sahen wir sofort.

„Nein. Wie kommst du jetzt darauf?"

Ich: „Ich denke nur nach."

Christine: „Grübelst du schon wieder?"

Ich ließ mich nicht beirren: „Mit meinem Vater?"

Josef: „Niemals. So etwas übersteigt meine Vorstellungskraft."

Christine: „Was ist los mit dir, Schatz?"

Ich: „Ich frage mich nur, warum sie damals so heftig reagierte, warum wir nichts mehr mit dem netten Josef zu tun haben durften."

Josef: „Mit mir hat sie darüber nie gesprochen."

Ich: „Okay, dann ist das ja geklärt."

Christine: „Ja?"

Ich: „Josef, leg dich jetzt mal auf den Rücken. Mir ist jetzt nach der berühmten Frauenstellung. Muss ich irgendetwas beachten?"

Josef grinste: „Nein."

Ich: „Bleibt er stehen, dein Penis?, auch wenn wir uns ab und zu abwechseln?"

Josef: „Ich glaub schon. Ihr müsst es ausprobieren."

Ich: „So wie mit deinen Muskeln, wo du auch erst

gesagt hast, du wüsstest es nicht genau, und dann hast du uns beide einfach so getragen? Das war übrigens ziemlich beeindruckend."

Christine: „Das fand ich auch."

Josef lag mittlerweile auf dem Rücken, und wir beide konnten einfach nicht anders, wir küssten erst einmal alles an ihm – jetzt, wo es keine Verbote mehr gab. Und immer wieder kamen wir zu seinem Penis zurück, der auch immer größer zu werden schien.

„So ein tolles Ding!", dachte ich, setzte mich rittlings auf Josef, und führte mir seinen Penis ganz genüsslich ein. „Jippie!", dachte ich. „Tut das gut!"

Christine und ich wechselten uns mehrmals ab, der Penis blieb stehen, nicht senkrecht, sondern etwas nach vorn geneigt. Aber er wollte keine Anzeichen der Ermüdung zeigen.

„Josef, kann es sein, dass der Mann bei der Frauenstellung in erster Linie eine gute Figur macht, aber dass die Frau die Hauptarbeit tut?", fragte ich.

Josef: „Empfindest du das als Arbeit?"

Ich: „Ich kann nicht mehr."

Christine: „Ich kann auch nicht mehr."

Ich: „Eigentlich wollte ich dich noch nach der Männerstellung fragen, aber das können wir ja auch morgen nachholen, außerdem muss ich morgen wieder zu diesem Kongress."

Wir rollten uns ein, kuschelten uns ganz dicht aneinander, und ich war ziemlich schnell weg. Ich hätte gern noch den Tag in Gedanken Revue passieren lassen, aber es ging nicht mehr.

*****

Josef ist der perfekte Gastgeber: Kaffee ans Bett. Toll!

„Guten Morgen ihr beiden Schönheiten!"

„Josef! Wo kommst du denn her?", fragte ich.

Ich wollte auch mal witzig sein, und tat so, als wüsste ich nicht, wo ich bin.

„Aus der Küche", war seine Antwort, die auch nicht schlecht war.

Christine fand das eventuell peinlich, denn sie sagte nichts, sondern bedankte sich für den Kaffee, und schlürfte ihn wortlos. Sie war noch nicht wach.

Obwohl wir uns sechzehn Jahre nicht gesehen hatten, waren wir uns so vertraut, als wüssten wir alles übereinander, besprachen beim Frühstück, wann ich wieder hier sein würde, dass Christine ein bisschen Bummeln gehen wollte, um sich die Stadt anzusehen, und dass wir eigentlich nichts Besonderes vorhatten, außer natürlich, den Abend wieder miteinander zu genießen.

Josef musste seinen Laden hüten, oder arbeiten, konnte also am Tage nicht einfach weggehen, oder uns Hamburg zeigen.

Als ich losging, musste ich Christine noch nicht

einmal ermahnen, keine Dummheiten mit Josef anzustellen, denn alles, was ich mit ihm machen würde, durfte sie selbstverständlich auch. Ich ging einfach davon aus, dass die beiden sich in meiner Abwesenheit liebhaben würden.

Das gönnte ich meiner Schwester von Herzen, und dem Josef auch.

Mir ging meine Mutter nicht aus dem Sinn. Wie konnte ich herausfinden, was damals mit ihr los war? War es nur ihre Sorge um uns Mädchen gewesen, die sie nicht in der Nähe eines Jungen wissen wollte, der schön anzusehen war, und den ihre beiden Töchter so offensichtlich anhimmelten, dass es ihr unmöglich war, sie davon zu überzeugen, dass seine Nähe für sie gefährlich war?

Oder war meine Mutter eventuell wirklich eifersüchtig gewesen? War es Neid, dass ihre Töchter zwar noch zu jung, aber sie in ihrer Ehe verpflichtet war, und es deshalb auch nicht durfte, nämlich sich mit Josef zu treffen?

Ich war auf dem Heimweg von dem Kongress.

„So weit ist es schon", dachte ich, „dass ich denke, ich würde nach Hause kommen, wenn ich jetzt zu Josef gehe?"

Diese Vertrautheit war seltsam, aber sie war vorhanden, ich konnte sie nicht wegwischen. An der nächsten Parkbank hielt ich an, setzte mich, nahm mein Telefon aus der Tasche.

Gerade hatte ich die Nummer meiner Mutter

eingetippt, als ich Bedenken spürte, weil mir meine Mutter ganz sicher nichts erzählen würde, was mit damals, mit dem Rätsel um Josef, zu tun hatte.

Aber wer konnte mir darüber etwas sagen? Mein Vater?, der meine Mutter verlassen hatte? Nein, es war meine Mutter gewesen, die ihn zuerst verließ, und dann tat sich mein Vater mit der Ehefrau des Mannes zusammen, der mittlerweile meine Mutter geheiratet hatte.

Wenn ich jetzt also meinen Vater anrufe, wird seine Verbittertheit über das, was damals geschah, in seiner Auskunft über meine Mutter überwiegen, und es könnte sein, dass das, was er sagt, nicht ganz stimmt.

„Schade, dass Josef darüber nichts weiß", dachte ich.

„Wahrscheinlich habe ich in diese ganz Angelegenheit schon so viel hinein konstruiert, dass ich darin mehr vermute, als da ist", dachte ich weiter, und war über mich selbst erstaunt, dass ich das Telefon wieder zurück in meine Tasche legte.

„Ich glaube, dass sich meine Mutter mütterliche Sorgen um uns Mädchen machte. Mehr kann es nicht gewesen sein!", dachte ich immer noch weiter, stand auf, und war ein paar Minuten später vor Josefs Laden.

Christine war fleißig gewesen; sie hatte Kuchen gebacken, ein leckeres Abendessen vorbereitet, und jetzt saßen wir drei gerade wieder auf der Couch unten im Geschäft, tranken Kaffee und aßen den leckeren Pflaumenkuchen.

„Wo hast du denn die Pflaumen her, Schatz?", wollte ich wissen.

Christine: „Ich war einkaufen, habe oben ein bisschen sauber gemacht, hier unten auch, habe Josef ein wenig beturtelt, und alles in der Hoffnung, dass er uns dafür nachher zu Willen ist."

Josef: „Das hättest du nicht machen müssen, aber der Kuchen ist wirklich sehr lecker."

Ich: „Heißt das, dass der Sex mit dir völlig umsonst zu kriegen ist?"

Christine: „Das möchte ich jetzt auch wissen. Habe ich mich umsonst angestrengt?"

Bei ihrer Frage konnte sie allerdings nicht ernst bleiben.

Josef: „Hier sitzen die zwei schönsten Mädchen, ich kann es einfach nicht fassen, dass sie mir solche Fragen stellen."

Ich: „Leckst du mir nachher meine Muschi?"

Christine: „Meine auch?"

Josef zwinkerte mit einem Auge, und sah uns wie ein Schelm an, was alles sagte und Antwort genug war.

Gleich zu Anfang unserer Ferien damals, als wir Josef schon kannten, aber noch alles Ordnung war, holte uns Josef eines Nachmittags auf seinem Weg zum Strand auf unserem Zeltplatz ab.

Mutti: „Josef, hast du heute Abend Zeit, auf die beiden Mädchen aufzupassen? Wir sind bei Freunden eingeladen, und es könnte spät werden."

Josef: „Ja, das kann ich gern machen."

Mutti: „Gut!, aber nicht hier. Gehst du mit ihnen runter zu der Strandbar? Ihr könntet etwas essen, und danach vielleicht ein Eis genießen. Ginge das?"

Josef: „Selbstverständlich. Soll ich bezahlen?, ich kann das."

Mutti: „Nein Josef, das wäre zu viel verlangt. Wenn ihr nachher vom Baden zurückkommt, gebe ich dir Geld. Kannst du später, wenn es Zeit ist, auch darauf achten, dass die Mädchen wirklich schlafen gehen?"

Mein Vater saß am Tisch, und beteiligte sich nicht an dem Gespräch.

Josef: „Ja, soll ich dann solange hier warten, bis ihr wieder zurück seid?"

Mutti: „Es reicht, dass du hierbleibst, bis sie eingeschlafen sind."

Übrigens war dieses Ehepaar, zu denen sie eingeladen waren, das Ehepaar, deren Mann nun der neue Ehemann meiner Mutter ist.

Abends, als es schon dunkel war, kam Josef – diesmal bekleidet – und holte Christine und mich ab. Wir freuten uns total, einen solchen stattlichen Begleiter zu haben, und gingen ganz stolz mit ihm runter zur Strandbar, händchenhaltend, und irgendwie schon ein wenig verliebt.

Wir aßen, nebeneinander an der Theke sitzend, Currywurst mit Pommes Frites, und später ein Eis. Dann gingen wir am nächtlichen Strand spazieren, und setzten uns auf einen Felsen, der aus dem

Sand am Strand ragte.

Christine und ich saßen auf Josefs Beinen, eine rechts, die andere links, und hielten uns an seinem Oberkörper fest, Josef hatte auch seine Arme um uns geschlungen.

Ich glaube, genau zu diesem Zeitpunkt war mit klar, dass ich ihn liebte. Christine wahrscheinlich auch.

Später brachte er uns zu unserem Zeltplatz zurück, und achtete darauf, dass wir uns unsere Zähne putzten, und auch wirklich in unsere Schlafsäcke krochen.

Er blieb noch eine ganze Weile, und ich hätte es schön gefunden, wenn er bei uns geblieben wäre.

Nachdem wir Christines leckeren Kuchen gegessen hatten, setzten wir uns neben Josef, beschmusten ihn von beiden Seiten, küssten ihn, griffen in sein Jackett, befühlten seine Muskeln, und wie könnte es anders sein: Unsere Hände glitten tiefer, bis sie an seinem Schritt anlangten.

„Denkt daran, dass ich jederzeit aufstehen können muss, weil eventuell ein Kunde kommt?"

Ich: „Hab dich nicht so. Selbst ein Kunde muss für so etwas Verständnis haben."

Christine: „Das finde ich auch. Also zeig mal, was da Schönes drin ist."

Leider kam einige Minuten später wirklich Kundschaft, denn ich war schon drauf und dran gewesen, mich frei zu machen. Gut, dass wir so früh gestört wurden. Aber nach dem Abendessen konnten wir alles, was sich aufgestaut hatte, nachholen.

Josef musste danach noch ein wenig arbeiten, und wir setzten uns zu ihm in sein Atelier, erzählten von uns, fragten ihn ein bisschen aus.

Josef hatte eine umfangreiche Ausbildung hinter sich, hatte sich alles selbst erarbeitet, und war von ganz arm und praktisch mittellos, zu gut situiert, aufgestiegen. Ihm gehörte dieses Geschäft, und auch die Wohnung darüber. Beeindruckend. *Zäh*, fiel mir dazu ein.

Ich hingegen hatte noch nicht viel erreicht, suchte nebenbei immer noch nach einem geeigneten Partner, der aber wohl kaum Josef heißen würde, denn ich konnte mir kein Leben mit ihm vorstellen.

Diese paar Tage mit ihm würden schön sein, vielleicht würden Christine und ich, auch öfter noch mal zu Besuch kommen, aber an ein Leben zu dritt konnten wir nicht denken.

„Gut, dass wir das geklärt haben", dachte ich, denn wenn sich Christine für Josef entschieden hätte, wäre ich sauer auf sie, und umgekehrt wäre sie meine beste Feindin geworden.

Also wollten wir diesen Besuch, und das, was danach eventuell noch kommen sollte, mit allen Sinnen genießen, und als schöne Erinnerung speichern.

„Schwesterherz, das hast du wirklich gut gekocht!", lobte ich Christine.

Christine grinste: „Danke. Du weißt, wie gern ich koche."

Wir hatten es uns im Wohnzimmer festlich angerichtet, mit Kerzenschein und Wein, dem besonderen Anlass entsprechend.

Josef hob sein Glas: „Auf die zwei schönsten Mädchen der Welt."

Christine: „Prost!"

Ich: „Prost."

Wir setzten uns auf die riesige Couch, nahmen unsere Gläser mit, und setzen uns rechts und links von Josef.

„Kannst du dich an den Abend erinnern, als du auf uns aufpassen solltest, als unsere Eltern bei Freunden eingeladen waren?", fragte ich Josef.

„Ja, ich war total stolz, in Begleitung der zwei hübschesten Mädchen an der Strandbar zu sitzen."

Ich: „Wirklich? Wir waren auch stolz, so einen stattlichen Begleiter zu haben."

Josef: „Diesen Abend mit euch habe ich sehr genossen, besonders, als wir später auf dem Stein am Strand saßen, und ihr auf meinem Schoß wart."

Christine und ich rückten ganz dicht an ihn heran.

Christine: „Wir auch. Ich habe mich damals in dich verliebt."

Ich: „Ich auch. Wir hielten uns an dir fest, und ich hoffte, dass es so für immer bleiben würde."

Christine: „Hältst du das aus, wenn wir uns noch

einmal so auf deinen Schoß setzen?"

Josef: „Kommt!"

So saßen wir nun auf Josefs Schoß, schmiegten uns ganz dicht an ihn, wurden von ihm fest gehalten, und träumten von damals am Strand.

Nach einer Weile machten wir beide uns schwer, so dass wir drei nach hinten kippten, und schmusten weiter. Unserer drei Hände durften heute alles tun, was damals verboten war. Sie glitten unter die Kleidung, fanden ihre Wege, die Kleidung verschwand, und schließlich lagen wir nackt nebeneinander auf der riesigen Couch.

Christine gab seinem Penis einen Kuss, aber er stand schon. Ich küsste ihn auch, legte ihn mir an meine Wange, schmuste mit dem Penis, nahm seinen wunderbaren Duft wahr.

„Dieser Duft ist wirklich irre!", flüsterte ich.

Christine: „Ja. Ob er damals auch schon so roch?"

Sie wartete nicht auf eine Antwort, sondern nahm ihn in ihren Mund, ich neigte mich auch vor, und leckte auch an diesem Schönen.

Josef beobachtete unser Treiben eine Weile, streichelte unsere Köpfe, und schloss dann seine Augen.

Josefs Penis, unser Kuscheltier.

Wir ließen unsere Finger, unsere Lippen, unsere Zungen, unsere Wangen, an ihm hoch und runter gleiten. Schmeckten ihn, saugten an ihm, bedachten ihn mit Zärtlichkeiten.

162

Und das, was uns Josef damals erklärte, dieser Liebestropfen, kam zum Vorschein. Wir probierten ihn beide, und kamen zu der gleichen Einschätzung: Süß.

Und schmusten weiter, und weiter.

„Das ist so herrlich!", dachte ich. „Ihn so ungezwungen zu betüdeln, so wie wir es damals gern getan hätten."

Christine reckte ihr Hinterteil Josef entgegen, beschäftigte sich mit mir zusammen aber weiterhin mit seinem Penis. Immer noch liebkosten und beschmusten wir ihn, während sie sich nun ihre Muschi lecken ließ.

Ich kannte so etwas noch nicht, fand die Idee aber sehr verführerisch, und konnte irgendwie nicht anders: Ich streichelte Christines Po, und zwar zum ersten Mal in meinem Leben.

Entweder ließ sie sich nichts anmerken, oder empfand dies als angenehm. Ob sie das danach, wenn ich diese Stellung ausprobieren würde, auch bei mir tun würde?

Aber nun musste sie sich konzentrieren, legte ihren Oberkörper nieder, hechelte schon ein wenig, wurde drängender, japste, und fing an, leise zu wimmern.

Hatten wir uns das damals so vorgestellt?
Nein.

Obwohl ich dies jetzt, auch als etwas Romantisches empfand. Aber in meiner Fantasie von damals war alles still und leise, ganz ohne Aufregung, und ich glaube, an einen Orgasmus hatte ich nicht gedacht. Ich weiß selbst gar nicht mehr, ob ich damals schon einen kannte.

Ich schmuste nun weiter mit diesem wunderschönen Penis. Christine zuckte heftig zusammen, hielt ihre Augen geschlossen, zuckte wieder zusammen, und jammerte. Auch das hatte ich noch nicht erlebt, aber da ich es von mir selbst kannte, und ich mich wohl ähnlich verhalte, nahm ich es hin, als etwas, das dazugehörte.

Damals, wenn wir in unseren Schlafsäcken nebeneinander lagen, und von Träumen träumten, in denen wir Josef verführten, und beide voneinander wussten, dass wir uns gerade selbst streichelten, waren wir absolut still. Schon deshalb, weil hinter der Zeltwand unsere Eltern waren, die sich auch still verhielten.

Ein Gedanke blitzte mir durch meinen Kopf: „Hatten unsere Eltern damals hinter dieser Zeltwand zusammen geschlafen?"

Ich kann mich an kein Geräusch erinnern, das darauf hindeutete. Oder beherrschten sie auch die Kunst, dies in absoluter Stille zu tun?

Christine und ich konnten das, aber hatten wir – außer dass es um unsere Fantasien ging – dabei auch einen Orgasmus, einen Höhepunkt, ein

Glücksgefühl?

Auf alle Fälle empfand ich dieses Streicheln, in Verbindung mit den Wünschen, die in unseren Köpfen abliefen, als wunderschön und süß. Sie bescherten mir anschließende süße Träume, Träume, die ich wirklich im Schlaf weiter geträumt hatte.

Nun wollte ich auch diese Stellung ausprobieren, hielt Josef rückwärts meinen Po entgegen, und spürte sofort, wie er wohl schon darauf gewartet hatte, denn meine Muschi wurde geküsst, liebkost, beschmust, geleckt, und wieder merkte ich, dass etwas in mich hineinkroch.

Herrlich!

Absolut herrlich!

Wie kam er dazu, so etwas zu tun, und dann auch noch so gerne?

„Schon allein dafür werde ich den weiten Weg auf mich nehmen, und mindestens ein zweites Mal hierher kommen", nahm ich mir vor.

Vor mir beschäftigte sich Christine mit Josefs Penis, streichelte, leckte, saugte ihn. Schob die Vorhaut zurück, und war ganz fasziniert von der Schönheit, die sie mit glänzenden Augen bewunderte.

Auch ich bemerkte, dass Josefs Bemühungen nicht ins Leere gingen, die ersten Zuckungen leiteten es ein, ich spürte tief in mir drin, wie sich etwas zusammen braute, das nach vorn – oder unten – wollte.

Dieses Glücksgefühl, das es nur im Sex gibt, eigentlich fast unbeschreiblich, diese zuckersüße Substanz, wenn sie greifbar wäre, aber es nicht ist, sondern etwas, das ein Gefühl ist, aber körperliche Auswirkungen hat.

„Der liebe Josef, wie wunderschön er das macht!", dachte ich, hatte meine Augen geschlossen, und wäre gern für immer so liegengeblieben.

Als ich meine Augen öffnete, hielt Christine mir unseren Liebling hin. Ihn so dicht vor mir zu haben!, toll! Ich nahm ihn in meinen Mund, spürte seine Angenehmheit, seinen Geschmack, seine Größe.

Herrlich!

Herrlich, dass ich das erleben darf, denn damit hatte ich nicht mehr gerechnet. Es war Zufall, dass wir hier waren, Zufall, dass ich hier auf meiner Bummeltour vorbeigekommen war, und Zufall, dass ich es überhaupt bemerkt hatte.

Denn ich hätte auch vorbeigehen können, ohne dass ich irgendetwas bemerkt hätte. In dem Fall hätte ich nichts vermisst, weil ich ja nicht gewusst hätte, dass Josef hier sein Geschäft hat.

Herrlich, herrlich, es ist so schön!

„Josef, trägst du uns wieder ins Schlafzimmer?"

Josef griff uns beiden unter unsere Pos, und als ob wir kleine Kinder wären, nahm er uns hoch, und trug uns, während wir uns an seinen Hals klammerten, zu seinem Bett, setzte uns vorsichtig ab. Wir legten uns, zogen die Decke über uns, und schmusten gleich weiter.

„Oh, ist das herrlich!"

Schmusen, schmusen, schmusen, küssen, streicheln, gestreichelt werden, nackt an nackt beieinander liegen, die Düfte der Körper aufnehmen, sich lecken, küssen, sich schönste Komplimente sagen.

Herrlich!

Absolut schön, und herrlich.

Hatten wir uns das so damals ersehnt?

Ja, genau so.

Gut, dass wir das jetzt endlich taten.

Mit keinem Mann vor Josef habe dies jemals so genossen. Aber es gab keine wirkliche Zukunft für uns. In diesen Augenblicken war mir das zumindest egal.

Wieder, als meine Hand nach seinem Penis suchte, fand sich Christines Hand schon dort, und zusammen massierten wir ihn, dieses Prachtstück.

Diesmal war es wieder Christine, die sich zuerst auf ihn setzte, und einen ziemlich wilden Ritt vollführte.

Als sie eine Pause brauchte, übernahm ich, und tobte mich auch aus. Dann wechselten wir wieder, und danach noch einmal, und nach dem wechselten wir wieder.

Josefs Penis blieb stehen.

Also noch einmal, und danach noch einmal, und wieder wechselten wir uns ab, und danach noch einmal.

Ich konnte nicht mehr, aber es war so schön.

„Magst du mich noch mal lecken?", bat ich Josef.
„Darf ich?", war seine Antwort.
Hä? War die Aufforderung denn nicht schon klar genug?

Ich hinterfragte es nicht weiter, sondern legte mich vor ihn mit weit geöffneten Beinen, und genoss seinen Liebesdienst, diesen herrlich, süßen Dienst, von dem ich schon damals geträumt hatte, mir aber nicht wirklich vorstellen konnte, wie schön es tatsächlich ist, wenn dieser schöne, liebe Mann es tut.

Es ist etwas zum Versinken, zum Sich-Hinweg-Träumen.

Christine war etwas mutiger, sie war fordernder: Sie nahm Josefs Kopf in beide Hände, dirigierte ihn, rieb sich an seinem Mund, und hatte wieder sehr schnell einen Höhepunkt, diesmal in einer Rekordzeit. Sie presste Josef so stark gegen ihre Muschi, dass ich beinahe neidisch wurde, und es auch gleich ausprobieren wollte.

Das tat ich dann auch, und kann bestätigen: Es hat was!

Auch absolut irre! Das hätte ich nicht gedacht, aber es vorher auch nicht gekannt.

Christine wollte gleich noch einmal, ich natürlich auch. Auch dieses Spiel wiederholten wir ein paar Mal.

Was für ein netter Liebhaber! Kaum

kleinzukriegen, wir mussten ihn nur bitten.

Komisch!, erst jetzt fiel mir das auf, wir mussten ihn bitten, denn von allein kam er kaum aus sich heraus, von allein machte er fast nichts. Und er hatte sich noch nicht einmal an, oder in uns abreagiert.

Seltsam, dass es mir erst jetzt auffiel! Im Grunde genommen, hatten Christine und ich schon alles von ihm bekommen, aber er hatte bis jetzt noch keinen Höhepunkt gehabt.

Ich wollte es wissen, aber nicht fragen.

Oder?

Ich legte mich wieder vor ihn, so wie eben, mit weit geöffneten Beinen, lockte ihn mit einem Finger, und er dachte, ich wollte wieder so einen wunderschönen Muschi-Kuss. Er lächelte, wollte sich schon herunter beugen, aber ich zeigte auf seinen Penis, er sah mich fragend an.

Als er dann nah genug war, nahm ich seinen Penis in die eine Hand, griff mit meiner anderen seinen Po, und schob mir den Josef hinein. Toll!

Einfach toll!

Diesen Moment, dieses Gefühl werde ich niemals vergessen, wie sein wunderschöner Penis, fast wie ein Dildo, aber viel, viel schöner, in mich – mit einem Widerstand, weil er eben größer, als andere ist – hineinglitt.

Und das Schöne an der Sache war, dass nicht der Mann in mich eindrang, sondern ich ihn mir einverleibte.

Irre!

Da war er nun drin.

„Josef?"

„Ja, du Wunderschöne?"

„Danke Josef. Ich möchte, dass du jetzt auch endlich einen Höhepunkt genießen kannst! Versprich es, sofort!", grinste ich ihn an.

„Okay. Soll ich es von mir aus tun, oder willst du den Zeitpunkt bestimmen?"

Hä?

„Wie meinst du das?"

„So, wie ich es gesagt habe."

Aha!

„Du kannst dich solange zurückhalten, bis ich soweit bin, und dir Bescheid sage, dass du jetzt spritzen sollst?"

„Ja."

Aha.

„Und dann kannst du auf Kommando?"

„Ja, so funktioniert das."

„Wieso sagst du das nicht vorher?"

„Weil ihr meine Gäste seid."

Wie bitte? Was hat denn das damit zu tun?

„Josef! Du willst damit sagen, wenn ich nicht danach gefragt hätte, hätten wir vielleicht die ganzen Tage, in denen wir hier sind, nie erlebt, dass du zu einem Orgasmus kommst, weil du … ?, ja was eigentlich?, uns als deinen Gästen etwas Gutes tun willst, es dir aber verwehrst?"

„Das hört sich so an, als ob ich keinen Spaß hätte. Aber das stimmt nicht. Ihr habt mir sehr viel geschenkt."

„Was denn?"

„Ich durfte euch eure Muschis verwöhnen."

„Und das ist für dich offensichtlich das Höchste!"

„Ja, so ist es."

„Aha. Josef, dann möchte ich jetzt das, was ich eben sagte. Wann muss ich Bescheid sagen?"

„Wenn du weißt, dass dein Höhepunkt da ist, oder schon überschritten ist. Oder dann, wenn du es haben willst."

„Das Sperma?"

„Ja."

„Ist es viel?", wollte ich wissen, weil ich jetzt etwas ahnte.

Er zwinkerte mir nur zu, und das hatte ich nun verstanden, dass er bei bestimmten Fragen dies so tat, um seine Bescheidenheit nicht zu übertreten. Also konnte ich mich wohl auf etwas gefasst machen.

„Sollten wir etwas unterlegen? Vielleicht ein Handtuch?"

Er nickte, deutete dahin, wo sie lagen, und Christine, die unser Gespräch verfolgt hatte, ohne uns zu unterbrechen, reichte uns ein Handtuch, das ich mir unterlegte.

Josefs Penis war immer noch in mir, und war nicht geschrumpft. Jeder Mann, den ich bis jetzt kannte, wäre nun, nach einer solchen Diskussion, Besitzer eines schlaffen Stücks. Seltsam. Alles seltsam.

Jetzt aber endlich bewegte sich Josef, und ich nahm seinen Rhythmus auf, sah ihn erwartungsvoll an, bemerkte in seinen Augen, dass er mich auch gern hatte, und fragte: „Hast du etwas dagegen, wenn ich sage, dass ich dich liebe?"

„Ich liebe dich ja auch. Ohne das geht so etwas nicht."

„Aha."

Jetzt war ich die, die dieses Wort schon etliche Male benutzte.

Dieser Moment war einfach zu kostbar, um ihn mir nicht diesen Worten auszuschmücken, denn außerdem empfand ich ja wirklich so.

„Josef, ich liebe dich!"

„Tanja, du Schöne, ich liebe dich auch."

Christine: „Was ist mit mir?"

Josef zog sie an sich heran, denn sie war uns ganz nah, und sagte, nachdem er sie geküsst hatte: „Christine, du Schöne, ich liebe dich!"

Christine: „Ich dich auch, Josef."

Josef bewegte sich weiter, ich mich auch. Christine, die genauso wie ich eben gerade, eine Liebeserklärung erhalten hatte, hatte ihren Arm um Josef gelegt, achtete aber darauf, unseren Rhythmus nicht zu stören.

Nach einer Weile, und weil ich mir meinen Kitzler ein wenig massierte, kam wirklich das, was ich mir erhofft hatte, aber das Gefühl unseres kleinen, großen Freundes war auch sehr wichtig: Tief in mir drin – ich hatte es nie genau lokalisieren können – fing es an.

Ich schloss meine Augen, lehnte mich entspannt zurück, und ließ mich bedienen. Wunderbar!

Eine Spannung baute sich auf, schaukelte sich hoch, wurde stärker, und noch spannender. Ich ließ es sich weiter aufbauen, bis ich fast dachte, gleich würde etwas explodieren, und jetzt wollte ich es wissen, denn eigentlich war es das, auf das ich die ganze Zeit wartete: Josef, und was nun kommen würde.

Ich öffnete meine Augen, gab ihm ein Zeichen mit ihnen, und war immer noch ganz gespannt. Ich guckte zu Christine: Sie auch.

Verrückt!, Josef bewegte sich einmal zurück, einmal vor zu mir, drückte sich gegen mich, und da kam der warme Strom! Und er hörte nicht auf. Er wollte einfach nicht aufhören.

Christine, die Josef so nah war, hielt ihn umarmt, und tuschelte ihm etwas ins Ohr. Spann sie? Ich hörte so etwas wie: Gut gemacht. Durfte man so etwas sagen? Konnte man zu einem Mann, der gerade seinen Orgasmus hatte, sagen: Gut gemacht?

Ja, warum denn nicht?

Ich zwinkerte ihm zu.

„Toll!", sagte ich. „Aber was machen wir jetzt, wenn du unseren Freund raus ziehst? Ich würde dann sofort auslaufen. Noch ist er wie ein Korken."

„Haha, das war gut", kam von Christine.

Auch Josef schmunzelte. Er hätte nun sagen können: Du hast es ja so gewollt. Tat er aber nicht, sondern rutschte mit mir zusammen – seinen Penis immer noch in mir – zur Bettkante, trug mich in dieser Stellung ins Bad, setzte mich auf dem Bidet ab, und betupfte sich anschließend. Christine war uns gefolgt.

„Wenn du möchtest, wasche ich dich."

Gerade schon wollte ich ablehnen, aber warum?

„Ja, mach mal."

So stellte er sich neben mich, griff mir zwischen den Beinen hindurch, und wusch mich mit der Brause, aber so, wie es eine Frau auch tun würde.

Faszinierend.

Danach wusch er sich selbst, aber am Waschbecken.

„He, Josef!" kam von Christine. „Trag mich doch auch ins Schlafzimmer, und mach bei mir das Gleiche. Hast du noch genug für mich übrig?"

Josef schmunzelte, und zwinkerte ihr zu: „Ich kann aber Tanja hier nicht zurücklassen."

Also trug er wieder uns beide, setzte uns vorsichtig auf dem Bett ab, nur war ich diesmal die Zuschauerin.

Christine genoss es genauso wie ich, das konnte ich an ihrem Gesicht ablesen. Auch sie trug er danach ins Bad, wusch erst sie auf dem Bidet, dann sich selbst am Waschbecken.

Erstaunlich, dass ein Mann gleich zweimal hintereinander konnte. Aber was wusste ich denn schon?

Als wir alle wiederhergestellt waren, kochten wir uns einen Kaffee, und auch einen Tee, weil Josef wohl lieber Tee trank, nahmen den Pflaumenkuchen mit, und aßen im Bett.

Aber eigentlich stellten wir fest, dass wir müde waren, hatten nur noch keine Lust, diesen spannenden Abend zu beenden.

Auch wenn es schwerfiel: Noch einmal ins Bad, Zähne putzen, und dann zurück, und wieder kuscheln. Das war so schön.

Einfach schön.

*****

Wieder wurden wir mit Kaffee geweckt!

Der Josef. Der sich selbst zurückstellte, und lieber zuguckte, wie es seinen beiden weiblichen Gästen gut ging, der tatsächlich behauptete, dass eine Muschi zu küssen, schöner wäre, als einen eigenen Höhepunkt zu haben.

Konnte ich das glauben?

„Josef?", fragte ich, während wir unseren Kaffee schlürften.

„Ja, du Schöne?"

„Und ich?", fragte Christine.

„Christine, du Schöne!"

Josef gab ihr einen Kuss, danach mir auch.

„Also, was ich wissen wollte: Stimmt das wirklich, dass du nur uns bedient hättest, und selbst vielleicht gar nichts abgekriegt hättest?"

Josef: „Zwischen den Zeilen sehe ich die Frage, ob es mir ausreicht, *nur* eure süßen Kostbarkeiten zu bewundern."

Ich: „Ja, so ähnlich. Ich kenne nur Männer, denen es ausschließlich wichtig ist, dass sie selbst zum Schuss kommen."

„Ich auch", grinste Christine, „was bist du nur für ein komischer Mensch?"

Ich: „Lass dich nicht beirren. Beantworte mir meine Frage!"

Josef: „Ja, so ist es. Mehr brauche ich eigentlich nicht."

„Aha", aber verstanden hatte ich es nicht.

Christine: „Ist das jetzt dein Lieblingswort geworden?"

Ich: „Ich stecke gerade in einer philosophischen Betrachtung. Mein Weltbild wackelt."

Christine: „Aha."

Ich: „Siehst du? Damit kann man einen Kommentar abgeben."

Christine: „Stimmt. Wollen wir am Frühstückstisch weiter philosophieren? Ich habe Hunger. Außerdem muss ich mal, dann möchte ich noch ein bisschen Sex, und zwischendurch eine Zigarette."

Ich: „Wie kannst du jetzt an so profane Dinge denken?"

Christine: „Das sind menschliche Bedürfnisse."

Ich: „Okay, ich lenke ein. Aber ich werde es noch rauskriegen."

Als Christine von ihrem Bedürfnis nach Sex sprach, hatte sie nicht gelogen. Sie bat Josef, während sie sich die Zähne putzte, sie von hinten zu nehmen.

Ich stand staunend daneben.

Man musste Josef nur bitten, und prompt erfüllte einem, oder in diesem Fall: Einer, diesen Wunsch. Und Christine putzte sich wirklich ihre Zähne dabei. Ich konnte es nicht glauben.

Ich wäre noch nicht einmal auf so eine Idee gekommen.

Ob ich ihn auch mal fragen sollte?

Aber ich war mit Zähne putzen schon fertig.

Jetzt bekam ich auch Appetit.

Ich wartete, bis sie fertig waren, und bat Josef dann: „Für mich bitte das Gleiche!", und stellte mich auch ans Waschbecken. Und während ich dies genoss, fragte ich Christine: „Woher hast du solche Ideen?"

Christine: „Weiß nicht. Aber es tut gut, oder?"

Ich: „Ja, da muss ich dir recht geben."

Christine: „Ist dir übrigens aufgefallen, wie viel lockerer du schon geworden bist. Das tut dir ziemlich gut, finde ich."

Ich: „Aha."

Christine: „Hihi, so ist es!"

Wir duschten gemeinsam, und der Tag konnte beginnen.

Beim Frühstück sagte Christine zu mir: „Schatz!, ich bin dir total dankbar, dass du mich gestern angerufen hast. Wir hätten zwar nie erfahren, was uns entgangen wäre, aber ich genieße es sehr."

Ich: „Ich auch. Josef, du bist ein echt lieber Typ. Gut, das wir uns damals kennengelernt haben."

Josef: „Das finde ich auch. Ich bin ganz begeistert von euch."

Ich: „Danke. Wie oft kannst du hintereinander Sex haben?"

Josef: „Das weiß ich nicht. War das eine ernsthafte Frage?"

Ich: „Ja."

Josef: „Wahrscheinlich kann man das nur durch Ausprobieren erfahren."

Ich: „Aha. Also hast du das noch nicht ausprobiert?"

Josef: „War das die nächste Frage?"

Christine hielt sich da raus.

Josef zwinkerte mir zu. Entweder wollte er nicht antworten, oder die Antwort war privat. Soviel wusste ich nun über ihn.

„Okay", sagte ich, „dann haben wir für heute Abend schon einen Plan."

Josef: „Haben wir das?"

Christine: „Wahrscheinlich geht es wieder um Sex."

Ich: „Schatz, deswegen sind wir hier!"

Auf dem Kongress wurde in erster Linie rumgelabert. Ich fragte mich oft, wozu so viel Aufwand getrieben wurde, und Firmengelder ausgegeben wurden. Aber es war ja nicht mein Geld. Und immerhin hatte dieser Aufenthalt hier in Hamburg einen sehr wichtigen Aspekt für mich: Wir hatten Josef wieder gefunden, und das, ganz ohne ihn gesucht zu haben.

Christine hingegen guckt einmal ins Internet, und

178

findet alle wichtigen Daten über Josef, ohne sich anzustrengen. Wieso war ich nie auf so eine Idee gekommen?

Weil ich ihn nicht vermisst hatte!

Es war alles viel zu lange her.

Und Erinnerungen verblassen, das ist nun mal eine Tatsache. Auch wenn es traurig klingt. So ist es!

Was aber im Umkehrschluss nicht bedeutet, dass wir uns nicht freuen. Wir freuen uns riesig, und das drückt es noch nicht einmal wirklich aus!

Jedenfalls war der Kongress nun vorbei.

Wieder hatte Christine einen Kuchen gebacken, und wieder hatte sie ein leckeres Abendessen vorbereitet.

Hoffentlich merkt Josef, dass wir uns hier unersetzbar machen, damit er uns anfleht, ihn wieder zu besuchen!

„Wollen wir heute Abend wirklich diesen Marathon machen?", fragte ich.

„Hast du jetzt Angst davor?", wollte Christine wissen.

Ich: „Ich dachte eigentlich an Josef. Wir sollten zärtlich mit ihm umgehen, schließlich hat er zugegeben, dass er uns liebt."

Christine: „Wir können ja vorsichtig sein. Ich hatte jedenfalls nicht vor, ihm wehzutun."

Ich: „Ich auch nicht. Aber das Ganze interessiert mich schon."

Wir saßen beim Abendessen, diesmal in der Küche. Aber trotzdem gab es ein Gläschen Wein, und Josef zeigte sich von unserem Gespräch unbeeindruckt.

Oder?

„Hast du Angst, Josef? Du sagst ja gar nichts!", wollte ich wissen, und erwartete, dass er mir wieder mit einem Auge zuzwinkern würde.

Josef: „Mein Vorschlag war zwar kein Marathon, sondern ich sagte, wir können es nur durch Ausprobieren erfahren, aber … ich freue mich."

Ich: „Aha."

Christine: „Siehst du!, unseren Helden kann nichts umhauen."

Ich: „Josef?, was törnt dich beim Sex am meisten an?"

Josef: „Ihr beide."

Christine: „Man kann ihn einfach nicht aus der Reserve locken. Ich finde es gut. Danke Josef."

Josef: „Wofür?"

Christine: „Das Kompliment."

Josef lächelte.

Ich: „Josef! Damals, als du mit uns von der Strandbar zurückkamst, und uns zu Bett gebracht hattest …, ach ich weiß nicht! Hast du jemals versucht, dir vorzustellen, wie wir nackt aussahen?"

Josef: „Schatz, ihr wart nackt. Es war ein FKK-Strand."

Ich: „Ach stimmt! Wie konnte ich das vergessen?"

Christine: „Tanja, Schatz. Geht es dir gut?"

Ich: „Ich glaube schon."

Pause.

Ich: „Also, wie fandest du uns?"

Josef: „Bezaubernd und süß. Ich wünschte mir, dass ihr schon älter gewesen wärt. Aber jetzt seid ihr hier!"

Ich: „Kannst du nochmal sagen, dass du mich liebst?"

Josef: „Tanja, ich liebe dich. Und dich Christine liebe ich auch."

Ich: „Danke, das tut gut. Ich liebe dich auch."

Christine: „Ich dich auch, Josef."

Josef stand auf, kam erst zu mir, umarmte mich von hinten, küsste mich, und flüsterte es noch einmal in mein Ohr, dann ging er zu Christine, und tat bei ihr das Gleiche.

Josef: „Lasst uns ein wenig kuscheln, ich glaube, das haben wir jetzt nötig."

Das tat wirklich gut. Wir lagen eng zusammen, nackt – wie hatte mir das eben passieren können. Josef hielt uns fest, wir streichelten ihn.

So ein netter Mann!, so ruhig, so muskulös, alles an ihm ist so wohlgeformt, selbst sein Penis. Es gibt auch weniger Schöne, leider.

Oft kauft man die Katze im Sack. Denn wie der Mann aussieht, erkennt frau erst, wenn sich beide ausziehen. Dann zeigt es sich, ob es weiter geht, oder ob frau erst mal mitmacht, und es sich später anders überlegt, und sich am besten nicht mehr meldet, oder das Telefonat nicht annimmt.

Mir war dies schon einmal passiert.

Ein wirklich netter Typ, aber nackt fand ich ihn enttäuschend. Frau kann ja nicht beim Kennenlernen fragen, ob sie mal kurz einen Blick riskieren darf, das würde schlecht ankommen.

Josef hat recht, der Penis führt ein Leben im Verborgenen. Viele denken immer, Frauen stehen auf diesen ganzen Gefühlsschmuh. Nein, nicht nur, aber auch. Und außerdem sind sie auch sehende Wesen, die beurteilen können, was schön, und was weniger schön ist.

Mich wundert immer wieder, wie wenig Männer auf ihr Äußeres achten. Von uns Frauen wird es verlangt, aber von Männern?

Ob Männer von uns auch denken, sie würden die Katze im Sack kaufen? Ob sie auch vorher denken: Wie wird wohl ihre Muschi aussehen? Nein, ich glaube diese Frage kann ich sofort verneinen. Denn ich habe bis jetzt noch keinen Mann gehabt, der sich meine Muschi angeguckt hat. Sie war nicht von Interesse. Sie ist ausschließlich ein Organ, in das man etwas hineinsteckt. Dabei gucken sie noch nicht einmal dorthin.

Wahrscheinlich ist es ihnen peinlich.

Nur Josef guckt! Und zwar sehr genau. Und er hat gesagt, dass meine Muschi sehr schön ist. Ich brauche aber noch eine Bestätigung.

„Josef? Wie findest du meine Muschi?"

Josef: „Entzückend, süß und wunderschön."

Christine: „Und meine?"

Josef: „Entzückend, süß und wunderschön."

Christine: „Danke."

Ich: „Und wie lange könntest du sie dir angucken?"

Christine: „Was heckst du schon wieder aus?"

Ich: „Antworte!"

Josef: „Ich kann mich an ihr nicht sattsehen. Länger als lange."

Ich: „Interessante Antwort, aber richtig."

Christine: „Vergibst du jetzt gleich Noten? Oder philosophierst du schon wieder?"

Ich: „Ja. Das Letztere. Josef, an was denkst du, wenn du sie dir anguckst? Etwa, dass du da mal rein möchtest?"

Josef: „Nein."

„Nein?", fragte ich entsetzt. „An was dann?"

Josef: „Ich genieße und bewundere ihre Schönheit."

Ich: „Ach so. ... Wie bitte?"

Christine: „Ich glaube auch, das Josef ein Genießer ist. Denkst du so etwas auch, wenn du dir meine Muschi anguckst?"

Josef: „Ja, sie ist absolut schön."

Christine: „Danke mein Held."

Ich: „Schmeichelst du dich jetzt bei ihm ein?"

Christine: „Bleib locker. Josef liebt uns beide gleichstark. Stimmts?"

Josef: „Ja."

Die ganze Zeit über hatten Christine und ich

Josefs Penis gestreichelt, und dieser freute sich ziemlich über die Aufmerksamkeit, die ihm zuteil wurde. Sollten wir mal anfangen?

Ich erhob mich etwas, setzte mich auf Josefs Bauch, Christine guckte mich fragend an: „Gehts los?", ich sagte: „Ja!", lehnte mich nach hinten, und platzierte meine Muschi Josef direkt vor seinem Gesicht.

„Einmal angucken, und dann lecken, bitte."

Josef: „Danke, gern."

Tatsächlich!, er besah sie sich, Christine und ich grinsten uns an. Aber er sah ziemlich genau hin.

„Na, was siehst du?", neckte ich ihn.

Josef: „Etwas sehr, sehr Schönes."

Ich: „Gefällt sie dir?"

Josef: „Ja, sehr!"

Ich: „Ihr beiden, du und meine Muschi, ihr könntet euch öfter mal sehen!"

Josef: „Toll!"

Christine: „Was ist mit meiner? Darf sie dann mitkommen?"

Josef: „Das hoffe ich doch!"

Christine: „Sie freut sich schon, ich spüre es."

Josef winkelte seine Beine an, so dass ich mich anlehnen konnte, Christine strich mir über die Wange, und Josef begann.

Oh, ist das wunderschön! Ich versuche gar nicht, es bis in die Details zu beschreiben. Aber die Frau, die es noch nicht hatte, hat in ihrem Leben definitiv das Wichtigste verpasst. Natürlich nur, wenn es ein

Könner, ein echter Liebhaber, macht.

Denn das zumindest kann ich versichern, es gibt große Unterschiede. Vielleicht liegt es ja bei Josef daran, dass dies für ihn wichtiger ist, als seinen Süßen zu befriedigen. Viel lieber tut er so etwas, und das kann er wirklich.

Mein Orgasmus kam in solch einer Windeseile, dass ich mich fast erschreckt hätte, und nachdem ich mich wieder etwas beruhigt hatte, machte ich Platz für mein Schwesterherz.

Während Christine Josefs Lieblichkeiten genoss, gönnte ich mir einen Kaffee und eine Zigarette, und schaute den beiden zu. Viel, viel schöner als der beste Film, zumal ich die beiden liebe, und mich freute, meiner Schwester dies hier ermöglichen zu können.

Christine berührte zart Josefs Gesicht, rutschte mit ihrem Becken nach hinten, beugte sich vor, küsste ihn innig auf seine Lippen, und führte sich dabei seinen Penis ein.

Sie begann ganz langsam, schloss ihre Augen, wiegte sich auf und nieder, aber immer noch langsam und bedächtig.

Als sie ihre Augen öffnete, reichte ich ihr meine Zigarette. Sie nahm einen Zug, und ich hielt sie Josef, der auch einmal zog.

Christine wurde etwas schneller, dann wieder langsamer, wieder schneller, noch schneller, und noch schneller, dann zügelte sie sich, und ließ es bedächtig weiterlaufen.

Sie beugte sich wieder vor, flüsterte so leise, dass ich es noch hören konnte: „Schieß mal!", hob ihr Becken leicht in die Höhe, als erwarte sie Josefs Einsatz. Josef fuhr einmal zurück, dann wieder nach oben, und zog Christines Becken mit nach unten, und keiner der beiden bewegte sich weiter.

Christine japste und schnaufte, unterbrochen von Zuckungen, die sie immer wieder zusammenfahren ließen.

Josef merkte, dass sie sich erheben wollte, und fragte: „Soll ich dich ins Bad tragen?"

Christine: „Nein, gib mir nur ein Tüchlein."

Sie betupfte sich, und Josef nutzte die Gelegenheit auch gleich, um seinen Penis abzuwischen.

Christine stieg ab, und ich nahm ihren Platz ein. Genau so bedächtig, wie Christine, führte ich mir Josefs Penis ein, genoss dieses einzigartige Gefühl, wenn er hineingleitet, das ich bis jetzt nur bei diesem, unserem Liebling, so erfahren hatte, und dachte daran, wie wir damals schon von ihm geschwärmt hatten.

Nur damals wären wir nie auf die Idee gekommen, ihn auf diese Weise zu benutzen. Aber das, was wir damals nicht durften, nämlich mit ihm schmusen, das taten wir jetzt ausgiebig. Wir hatten wirklich viel aufzuholen.

Ich genoss das Kribbeln, das dieser schöne Penis – wir müssen endlich mal einen Namen für ihn finden – in mir auslöste, unterstützte mich selbst, indem ich meinen Kitzler ein wenig stimulierte, wurde schneller, drängender, und noch fordernder, dann wieder sanft, und bedächtig.

Ich fand einen ruhigen Rhythmus, lehnte mich nach vorn, legte mich auf Josef, ließ mein Becken weiterhin auf und nieder gehen, und als ich glaubte, es könnte gleich so weit sein, machte ich einfach noch weiter.

„Gleich", sagte ich leise, rieb mich noch ein wenig an seinem Penis. Josef tat noch nichts. Aber ich war mir sicher, dass er die Anzeichen wahrnahm, und sie auch deuten konnte.

Das Grummeln in mir baute sich auf, wurde stärker, nun fing meine Scheide schon an, Josefs Penis zu umklammern. Ich bewegte mich kaum noch.

Schließlich spürte ich die Welle herannahen, sagte: „Jetzt!", hob mein Becken, so wie ich es bei Christine gesehen hatte, und augenblicklich schoss der warme Strom in mich.

Josef zog mein Becken mit sich nach unten, und drückte mich sanft gegen sich.

„Oh, ist das herrlich!", dachte ich, es wummerte regelrecht gegen meinen Muttermund.
Pause.
Zucken. Süße Krämpfe. Kontraktionen. Pumpen.
Pause.
Ausruhen.

Wir wischten uns sauber. Im nächsten Durchgang ließen Christine und ich uns bedienen.

187

Erst Christine, dann ich.

Während Christine sich bequem auf ihren Rücken gelegt hatte, saß ich dabei, rauchte wieder, und genoss einen Kaffee. Die Zigarette diesmal zu teilen, sparte ich mir, die beiden waren mir zu zappelig. So etwas könnte zu Hustenreizungen führen, und wozu das?

Mittlerweile fand ich den Anblick meiner Sex-habenden Schwester ganz angenehm. Wenn ich bedenke, dass es mir vor zwei Tagen ziemlich seltsam vorkam, musste ich mich jetzt doch ein wenig wundern.

Aber nun empfand ich es als beruhigend, gar nicht intim, sondern aufmunternd. Außerdem strahlte diese Dreisamkeit für mich Hoffnung aus, und etwas undefinierbar Positives.

Ich war die Nächste.

So wie gestern, nahm ich wieder Josefs Penis in die eine Hand, griff um seinen Po herum, und schob mir den Josef einfach in mich hinein. Aber diesmal hielt ich mich zurück, ließ mich fast vollständig bedienen, und gab Josef zum richtigen Zeitpunkt lediglich den Hinweis, dass er nun seinen Höhepunkt ausleben sollte.

Na ja, ich hatte es ein wenig anders ausgedrückt, aber nun genoss ich es wieder, dass sein Penis eine Art Eigenleben zu haben schien.

Und jetzt kamen die ersten Ermüdungserscheinungen. Also legten wir eine etwas längere Pause ein, gingen gemeinsam ins Bad, kochten uns danach frischen Kaffee und Tee, und nahmen auch den Kuchen mit ins Schlafzimmer.

Wieder einmal stellten wir unsere Strandszene nach, in der Josef auf dem Rücken liegend von Christine und mir flankiert wird.

Weil Josefs Bauch so schön den Mittelpunkt markierte, stellten wir das Tablett mit dem Kuchen einfach darauf, aber sobald entweder Christines, oder auch meine Hand, nur in die Nähe davon kamen, erschreckte sich der Penis gleich - wie damals.

Wir fanden das äußerst lustig, und war es nicht ein Zeichen, dass er noch gar nicht müde war? Also hatten wir ihn falsch eingeschätzt, und nach der Pause würde es gleich weitergehen.

Aber erst einmal die Stärkung des Körpers: Kuchen und Kaffee/Tee.

Christine gab Josef einen Kuss: Der Penis stand auf. Kurz danach legte er sich wieder hin. Als er sich in Sicherheit wiegte, und zu schlafen schien, ließ ich meine Hand über ihm schweben: Sofort stand er auf, um nachzusehen, was da los sei.

„Hihi! Echt lustig."

Nach einer Weile lag er wieder ganz ruhig da.

Christine kitzelte ihn mit ihren Haaren: So schnell, dass sie sich erschreckte, wäre er ihr fast ins Gesicht gesprungen.

„Mannomann! Beinahe hätte er mich gebissen."

Ich: „Er ist ganz harmlos. Der will bestimmt nur spielen."

Christine: „Wir könnten ihm zwei Augen aufmalen."

Ich: „Aber mit was? Die Farbe würde in unsere Muschis gelangen."

Christine: „Stimmt! Die Idee war doof."

Ich: „Nein, sie war nicht doof. Ich fand sie gut."

Christine: „Josef, hat er einen Namen?"

Josef: „Nein."

Ich: „Wir, oder besser gesagt, Christine, wollte schon damals einen Namen für ihn. Bis jetzt hatten wir noch keine gute Idee."

Josef: „Die meisten Kosenamen haben einen peinlichen Beigeschmack."

Christine: „Am besten finde ich *Kuscheltier*, auch wenn es kein Name ist."

Josef: „Das stimmt."

Christine beugte sich zu ihm, und schon kam er ihr entgegen, so dass sie ihm einen Kuss gab, was er mit noch mehr Wuchs erwiderte.

Und weil er so nett war, schmuste sie mit ihm, und ich gesellte mich dazu. Das hätten wir damals am Strand so gern getan.

Josef nahm das Tablett weg, und wir reckten ihm dafür unsere Pos entgegen, was er auch gleich als Aufforderung sah, und uns abwechselt streichelte und liebkoste, und uns natürlich unseren Lieblingswunsch erfüllte, nämlich unsere Muschis leckte.

Herrlich!

Himmlisch herrlich!

Und wieder glitt etwas in meine Scheide. Nun wusste ich natürlich, was das war. Nicht etwa ein Finger, das war so etwas wie ein Tabu, wenn die Zunge zur Wahl stand, denn die kann es viel, viel schöner, sanfter, feuchter, rutschiger, wärmer. Und vor allem lieblicher.

Währenddessen verwöhnten wir unser Kuscheltier, das immer noch keinen Namen hatte, aber auch ohne einen solchen, Befehle ausführte, und gehorchte.

Ich finde ihn süß, nett, und ich glaube, er ist mein Lieblingspenis. Die, die ich bis jetzt kennengelernt hatte, konnten alle nicht mit ihm mithalten, und außerdem war es der Erste, der unsere Aufmerksamkeit erregt hatte. Damals.

Ich weiß natürlich nicht, was für welche ich in meinem Leben noch kennenlernen werde. Aber solch einen Eindruck kann der Nächste nur sehr schwer überbieten.

Das ist die ganze dumme Geschichte mit dem Josef: Er ist so lieb, und alles an ihm ist so toll, dass es schwer werden wird, ihn zu ersetzen. Das Einzige, was gegen ihn spricht, sind seine vielen Freundinnen.

Ja, das ist schon schlimm.

Aber jetzt sind wir hier, er hat uns seine Liebe gestanden, und wir ihm unsere. Und im Augenblick ist alles schön, und sehr prickelnd.

Christine löste ihre Muschi von Josefs Mund, krabbelte etwas vor, ließ ihre Muschi über dem Kuscheltier schweben, und führte es sich ein, wobei wir nun Christines Rückansicht bewundern konnten, und natürlich auch, was sich da zwischen den beiden tat, zwischen der Muschi und dem Penis.

„Irgendwie faszinierend!", dachte ich, und küsste spontan Christines Po.

„He, hast du eben meinen Po geküsst?"

Ich: „Ja, hab ich. Er hat mich gerade so angelacht."

Christine: „Aha! Aber du wirst nicht zum anderen Ufer schwimmen, oder?"

Ich: „Wir sind Schwestern! Das war kein Kuss auf deine Muschi, sondern auf deinen Po."

Ich küsste ihn noch einmal, weil ich mich so gelöst und locker fühlte, nicht mehr so gehemmt, wie am Mittwoch. Und diesmal war mein Kuss intensiver, liebevoller.

Christine: „He!, das war ja noch einmal. Geht es dir gut?"

Ich: „Bestens! Findest du das denn nicht gut?"

Christine: „Doch. Es fühlte sich gut an."

Immerhin sind wir Schwestern, kennen uns schon unser ganzes Leben lang, nur dass ich ein Jahr vor ihr auf der Welt war.

Wir haben uns immer gut verstanden, es gab nie wirklich Streit zwischen uns. Und selbstverständlich war Körperkontakt Bestandteil unseres Lebens.

Aber seit nun drei Tagen, teilten wir uns einen

Mann, in den wir uns vor sechzehn Jahren verliebt hatten, und nun änderte sich irgendetwas. Meine Sichtweise?

Christine drehte sich zu uns: „Komm, du bist dran!"
Ich: „Aber Josef hat doch noch gar nicht ..."
Christine: „Muss er ja auch nicht andauernd. Mach du mal weiter, ich lass mir solange meine Muschi lecken."
Ich: „Aha!? Wie?"

Aber ihre Muschi schwebte schon über Josefs Mund. Dabei hatte ich meinerseits auf einen Kuss auf meinen Po gehofft. Vielleicht käme der ja noch.

Ich führte mir Josefs Penis ein, guckte den beiden beim Liebesspiel zu, und registrierte, dass ihr Po schon wieder in meiner Reichweite war.

Auch, wenn es mir gerade durch meinen Kopf blitzte: Eine Muschi, auch wenn es die meiner Schwester sein sollte, würde ich definitiv niemals küssen. Basta, und aus! Weg mit solchen Gedanken!, auch wenn sie beim Sex kommen, den wir hier gerade gemeinsam praktizieren.

Stattdessen genoss ich, was ich jetzt tat. Dieser Penis, der wahrscheinlich nie einen würdigen Nachfolger bekommen sollte, war in mir, machte mich glücklich, erzeugte das erhabene Bewusstsein in mir, dass ich im Augenblick den wohl schönsten seiner Gattung genießen durfte.

Ja, das gab mir das Gefühl, besonderes Glück in

meinem Leben zu haben.

Ich bewegte mich ruhig und genießerisch auf und nieder, bemerkte, dass am Horizont das erste Wetterleuchten einen Orgasmus ankündigte, und erlebte einen fast stillen, sehr intensiven Höhepunkt, diesmal ohne Stöhnen, ganz leise. Aber wunderschön.

Wir tauschten unsere Plätze, und machten weiter. Danach wechselten wir wieder, und noch einmal. Danach nochmal, und ein weiteres Mal.
Pause. Ausruhen.

Christine und ich zündeten uns jede eine Zigarette an, Josef goss uns Kaffee und für sich Tee ein, und wir drei lehnten an dem Kopfteil, kuschelten uns an ihn.
Wollten wir unseren Marathon noch weiter fortsetzen, oder hatten wir längst genug? Und wozu machten wir das überhaupt? Wollten wir uns etwas beweisen? Wollten wir wissen, ob unser Held, wirklich unser Held war?
Für mich jedenfalls war er es.
„Rauchst du gar nicht, Josef?", fragte ich.
„Jetzt nicht", war seine Antwort.
Christine: „Die einzige Zigarette, die du geraucht hast, war die, als wir unsere Strandszene am ersten Tag inszeniert haben. Sonst habe ich dich nicht noch einmal rauchen sehen."
Josef: „Ich rauche nur noch selten."
Ich: „Aha."

Christine: „Stört es dich denn nicht, wenn wir hier, besonders im Schlafzimmer rauchen?"

Josef: „Nein, überhaupt nicht."

Ich: „Sicher?"

Josef nickte.

Christine: „Wollt ihr noch weiter machen?"

Ich: „Mit unserem Marathon?"

Christine: „Ja."

Ich: „Gibst du schon auf, Schwesterherz?"

Christine: „Wir müssen uns doch nichts beweisen. Außerdem war das schon ein Marathon. Und wenn wir weitermachen, nutzt sich das Besondere des Ganzen nur ab."

Ich: „Okay. Meine Gedanken liegen auch genau so. Wollen wir dann ins Bad gehen?"

Komisch, Josef hatte sich an dem Gespräch gar nicht beteiligt. Wahrscheinlich hätte er mit uns weiter gemacht. Aber ich merkte auch, wie müde ich war, und Christine hatte es treffend gesagt, dass wir nämlich riskierten, etwas Schönes gemein zu machen.

Diesmal zogen wir uns Schlafanzüge an, kuschelten uns ganz dicht aneinander, und schliefen sofort ein, mit unserem Helden in der Mitte zwischen uns.

*****

Kaffeeduft.

195

Gut!

Ich wäre enttäuscht gewesen, wenn es heute morgen nicht so gewesen wäre. Wie schnell frau sich an Annehmlichkeiten gewöhnt.

Christine und ich lugten unter der Decke hervor.

„Einen wunderschönen guten Morgen ihr beiden Schönen!", kam von Josef.

Christine: „Selber guten Morgen. Herrlich, dieser Duft!"

Ich: „Guten Morgen."

Josef goss drei Tassen ein, setzte sich zu uns, küsste uns, wir lächelten uns an.

Ein anderer Liebhaber hätte sich nun erkundigt, wie er auf uns, oder auf mich, gestern Abend gewirkt hatte. Aber so eine blöde Frage, mit der sich so ein Liebhaber in seiner Potenz sonnen wollte, hätte ich Josef auch nicht zugetraut.

Stattdessen schlüpfte er zu uns unter die Decke, nachdem wir den Kaffee ausgetrunken hatten. Und wir schmusten miteinander, kuschelten ausgiebig, und schliefen danach wieder ein.

Ganz dicht aneinander.

Später, als Josef arbeitete, guckte ich mir zusammen mit Christine, das erste Mal Josefs Geschäft genauer an. Es gab vieles, was mir gefiel.

„Hier!, guck mal", sagte ich zu Christine, „der mit den drei Brillanten. Das hat eine gewisse Symbolik."

„Du meinst, weil wir drei drei sind, würde es dich an uns drei erinnern?"

„Ja, aber dieser sieht auch gut aus."

„Ah, Tanja. Es fällt mir schwer, mich zu entscheiden. Es gibt hier kaum etwas, was mir nicht gefällt. Ich hätte nicht gedacht, dass Josef so schöne Dinge macht, und es auch wirklich kann."

Letztendlich fand ich einen Ring, den ich mir kaufen wollte, Christine auch.

„Josef, hast du Zeit, uns einmal ein paar Ringe aus den Vitrinen zu nehmen. Wir würden uns gern mal den einen oder anderen näher ansehen."

Josef: „Ich komme."

Nachdem ich mich unter drei Favoriten für einen entschieden hatte, und Christine auch einen für sich gefunden hatte, fragte ich keck: „Würdest du für eine alte Freundin, wie mich, denn einen Sonderpreis machen?"

Josef: „Von euch nehme ich doch kein Geld!"

Ich: „Du willst sie uns schenken?"

Josef lächelte, und nickte.

Christine: „Was willst du dann?, …Sex?"

Josef tat so als überlegte er: „Da wäre ich doch ziemlich blöd, wenn ich nein sagen würde. Aber diese Art von Bezahlung akzeptiere ich nur bei euch."

Christine: „Wirklich?"

Ich: „Ich glaube, ich wüsste etwas, was uns Spaß machen könnte."

Josef: „Aha!"

Christine: „Aha?"

Ich: „Jedenfalls danke."

197

Christine: „Auch von mir."
Josef: „Danke, dass ihr hier seid."

Josef musste heute nicht solange arbeiten, weil er samstags schon nachmittags zumachte.

Nachdem wir zusammen Kaffee getrunken hatten, gingen Christine und ich einkaufen, und kochten danach ein leckeres, mediterranes Abendessen.

Immer wieder bewunderte ich meinen Ring, Christine ihren auch.

Im Supermarkt hatten wir in der Obst- und Gemüseabteilung Nektarinen gefunden, die für mich untrennbar mit unserem Urlaub von damals verbunden waren. Die schnitt ich auf, und bereitete daraus einen Nachtisch vor.

Der Duft der Gewürze lag in der Luft.

Nebenbei hatte Christine noch einen Kuchen gebacken, den wir später genießen wollten.

Die Küche hatten wir etwas abgedunkelt, mit Lampions und Lichterketten geschmückt, und uns noch ein paar Kleinigkeiten ausgedacht, um es so zu dekorieren, dass die Assoziation an unseren damaligen Urlaub sofort vorhanden war.

Selbstverständlich zündeten wir Kerzen an.

Josef ließen wir nicht in die Küche.

Als er von seiner Arbeit nach oben kam, fingen wir ihn ab, und gingen erst einmal gemeinsam ins Bad, wo wir zusammen duschten, ihn dabei aber nichts tun ließen, sondern wir beide übernahmen alles.

Wir seiften ihn gemeinsam ein, wuschen und reinigten ihn – sehr gewissenhaft, weil es solch einen Spaß machte. Wir trockneten ihn sogar ab, nur rasieren musste er sich selber.

Dabei sahen wir ihm zu, hatten unserer Arme um ihn gelegt, und massierten ihn ein wenig.

Wo wohl?

Trotzdem schaffte er es, sich zu konzentrieren.

Josef wollte gerade schon ins Schlafzimmer, um sich anzuziehen.

„Nein!", konnten wir ihn gerade noch aufhalten, „heute bitte zum Abendessen nichts anziehen. Du wirst es gleich verstehen."

Wir öffneten die Küchentür, aus der uns schon ein Duft nach Mittelmeer entgegen strömte.

„Toll! Die Überraschung ist euch wirklich gelungen. Dieser Duft, die Beleuchtung, die vielen Kleinigkeiten. Einfach toll!"

Er umarmte uns, küsste uns, hob uns beide abwechselnd hoch, drückte uns noch einmal. Und zuletzt standen wir alle drei zusammen umarmt vor unserem kleinen Kunstwerk.

„Wirklich!, ich bin begeistert. Es ist wie damals im Urlaub!"

Christine: „Dann gefällt es dir?"

Sie wollte sich wohl noch ein wenig in dem Lob sonnen. Ich aber auch.

Ich: „Ja?, gefällt es dir?"

Josef: „Ja, sehr. Das habt ihr wirklich, wirklich gut gemacht. Alle Achtung."

Ich: „Danke. Deshalb müssen wir auch nackt bleiben. So wie damals."

Josef: „Verstehe. Das macht Sinn."

Christine: „Hä?"

Josef: „Das sagt ein Bekannter von mir immer, wenn etwas in sich stimmig ist. Das war nur ein Zitat, eigentlich für Insider."

Ich: „Aha!?"

Wir umarmten und küssten uns noch einmal, und setzten uns dann. Josef war begeistert! Er stand noch einmal auf, und kam erst zu mir, küsste und umarmte mich von hinten, und tat dies dann auch bei Christine.

Der Wein war ein ganz einfacher Rotwein, wie man ihn am Mittelmeer trinkt. Hier nun, im Duft der Gewürze, war er durchaus genießbar. Und ich war von unserem Essen auch sehr begeistert. Wir alle drei waren es, und prosteten uns zu.

Damals, an dem Tag, nachdem Josef auf uns aufgepasst hatte, als er mit uns abends an der Strandbar gewesen war, und uns danach sozusagen ins Bett, oder besser gesagt, in unsere Schlafsäcke gebracht hatte, wollten sich meine Eltern bei Josef revanchieren, indem sie ihn zum Abendessen eingeladen hatten.

Diesen Abend sollte unser Abendessen heute

Abend symbolisieren. Auch damals – soweit ich mich erinnern konnte -, gab es einen für uns typischen Eintopf mit dem Gemüse der Gegend und einer Fleischeinlage.

So, oder so ähnlich, war unser Eintopf auch heute.

„Es schmeckt genauso, wie damals. Alle Achtung."

„Danke Josef."

Damals saßen wir natürlich nicht nackt beim Abendessen. Selbst an einem FKK-Strand macht man so etwas nicht.

Vielleicht war es dieser Abend, der die Sichtweise meiner Mutter zu Josef veränderte.

Christine und ich waren schon vorher ganz aufgeregt, daran kann ich mich ziemlich gut erinnern.

„Mutti?, darf ich nachher neben Josef sitzen?", fragte ich.

„Ich will auch neben ihm sitzen!", kam von Christine.

Mein Vater: „Was ist denn los mit euch? Ihr seid ja völlig hibbelig."

Meine Mutter: „Deckt erst einmal den Tisch. Ihr beide sitzt auf der anderen Seite."

„Oh, bitte!", riefen wir beide, aber dann fiel uns ein, dass wir Josef dann die ganze Zeit ansehen konnten.

Und beim Essen himmelten wir Josef genauso an, wie am Strand. Wir aßen kaum, schauten ihn nur die ganze Zeit an, fragten ihn ständig etwas, so dass meine Mutter uns immer wieder ermahnte, zu essen, und Josef essen zu lassen.

Ja, das könnte der Anfang der Veränderung gewesen sein. Ich glaubte, das Rätsel jetzt endlich gelöst zu haben.

„Josef, weißt du denn, was das hier bedeutet?", fragte ich.

Josef: „Der Abend, an dem ich bei euch zum Essen eingeladen war."

Christine: „Genau! Wir haben dich die ganze Zeit angehimmelt. Schon vorher waren wir ganz aufgeregt. Wie war es für dich?"

Josef: „Ich habe diesen Abend sehr genossen. Eure Eltern mochte ich ganz gern."

Ich: „Wusstest du?, ...nein das kannst du gar nicht wissen! Das Ehepaar, zu dem sie an dem Abend vorher eingeladen waren … na, jedenfalls ist meine Mutter jetzt mit diesem Mann verheiratet, und mein Vater ist mit dieser Frau zusammen."

Josef: „Oh, das tut mir leid."

Ich: „Ja, so ist es. Wir waren auch ziemlich geplättet. Aber weder Christine, noch ich, haben viel Kontakt zu den Vieren."

Josef stand wieder auf, und versuchte, uns zu trösten, indem er uns umarmte, und uns küsste.

„Wisst ihr eigentlich, wie wunderschön ihr beiden seid?"

Christine: „Danke, trägst du uns nachher wieder ins dein Bett?"

Ich: „Ja?, machst du das?"

Josef zwinkerte wieder mit einem Auge. Die kurzzeitige Traurigkeit verflog.

Ich: „Und dürfen wir heute ein bisschen länger aufbleiben?"

Josef: „Solange ihr wollt. Wenn ihr mögt, küsse ich euch in den Schlaf."

Christine: „Das würde mir gefallen."

Ich: „Mir auch."

Zum Schluss genossen wir noch den Nachtisch aus Nektarinen mit Schlagsahne. Wir grinsten uns zu, denn gleich würde es wieder im Bett weitergehen.

Christine nahm von der Schlagsahne, und tupfte sie sich auf ihre Brust.

„Josef, ich habe gekleckert, kannst du mir mal helfen?"

Er zwinkerte ihr zu, stand auf und leckte ihr die Sahnekleckse weg. Ich machte es Christine nach. Auch bei mir leckte er sie weg.

Und schon waren wir mitten in einem Spielchen. Ich platzierte einen Klecks auf Josefs Penis, und leckte ihn selbst weg, Christine machte es mir nach.

Christine setzte sich, tat sich etwas auf ihre Muschi.

Sie grinste: „Josef!, es ist mir schon wieder ein Unglück passiert. Kannst du mir noch einmal helfen?"

Josef kniete sich vor sie, und leckte ihr liebevoll

die Sahne ab. Auch dies machte ich nach. Herrlich!

Leider war die Sahne schnell aufgebraucht. Hätte ich doch nur mehr davon geschlagen! Wir machten ohne sie weiter.

Zum Schluss saßen wir beide, wie damals am Strand, rechts und links auf Josefs Schoß. Aber heute schmusten mit ihm, und ließen uns von ihm beschmusen. Und immer war eine Hand an seinem Penis.

Wir klammerten uns beide an Josefs Hals fest: Das war das Zeichen für Josef, das er auch sofort verstand, unter unsere Pos griff, uns hochhob, und uns ins Schlafzimmer trug. Vorsichtig setzte er uns auf seinem Bett ab.

Wieder legte sich Josef auf den Rücken, stützte sich auf seine Ellenbogen auf. Wir gaben ihm eine Zigarette, und er guckte auf das imaginäre Meer hinaus.

Christine und ich legten uns auf dem Bauch liegend links und rechts von ihm, ruderten mit den Beinen in der Luft, und himmelten Josef an.

Ich: „Josef?, kannst du uns noch einmal sagen, wie sehr du uns liebst?"

Christine: „Ja, mach das noch Mal, bitte!"

Josef: „Ihr beiden süßesten Mädchen! Ich liebe euch!"

Christine strich ganz sanft über seinen Penis, ich gab ihm einem Kuss. Und wie eine Sprungfeder klappte er hoch, so dass wir uns beinahe wieder erschrocken hätten.

Christine: „Hihi. Er hat sich wieder erschreckt. Ich liebe dich auch, Josef."

Ich: „Ich dich auch. Küsst du uns nachher unsere Muschis?"

Josef: „Diese zwei Schönheiten? Ich kann es kaum erwarten."

Ich: „Erst aufrauchen!"

Josef: „Okay."

Breitbeinig setzte ich mich vor ihn, Christine tat es mir gleich.

Josef hielt die Zigarette hoch: „Wer raucht sie für mich auf?"

Ich nahm sie ihm ab, und rauchte.

Josef beugte sich zu mir, und küsste mich: „Dann bist du die Erste, Tanja!", beugte sich noch ein wenig weiter, gab mir einen Kuss auf meine Muschi, so dass ich mich zurücklehnte, und genoss: Den Kuss, und die Zigarette. Herrlich!

Wie sehr hatten wir von so etwas damals geträumt! Zwar nur ganz wage und diffus, aber der Wunsch war da.

Wir hatten eine Ahnung, dass Josef das konnte. Aber dass wir es wirklich einmal erleben würden, und dass es so schön sein würde, hätte ich mir damals nicht vorstellen können.

Wie könnte frau sich denn auch etwas vorstellen, was sie noch gar nicht kennt? Aber der Wunsch, der war vorhanden.

Oh!, war das schön.

Christine wartete geduldig, und zündete sich solange auch eine Zigarette an, sah uns zu, war ganz still, andächtig still. Ob sie auch gerade an damals dachte, so wie ich gerade?

Vielleicht! Denn hier arbeiteten wir ja Sehnsüchte auf, die Sehnsüchte, die uns damals aus vielen Gründen verwehrt geblieben waren.

Josef gab mir einen abschließenden Kuss, bedankte sich, und wandte sich Christine zu.

Ich beobachtete die beiden.

Wie zärtlich Josef war!

Selbst das Zuschauen war schön! Unglaublich.

Nun lagen wir wieder in Josefs Armen.

Jeder von uns dreien träumte seinen eigenen Traum.

Nach kurzer Zeit aber fanden unsere Hände wieder ganz automatisch ihre Wege, ihre Ziele, ohne dass wir sie steuern mussten, oder ihnen Befehle gaben.

Und schon saß ich wieder auf Josef, grinste ihn an, bewegte mein Becken, oder ließ es selber seine Arbeit tun.

Man sagt ja, dass man/frau gewisse Dinge von selbst kann, also ohne sie zu üben, oder vorher erlernt zu haben, oder dass hierbei auch Instinkte mitwirken.

„Stimmt", würde ich bestätigen, „trotzdem kann es der eine oder die andere besser."

Und es ist nicht immer die Übung, die zur Vollendung führt, sondern wahrscheinlich das Einfühlungsvermögen. Ich glaube, der Partner, oder die Partnerin, spürt, ob ein Programm abgespult wird, oder ob Erlerntes möglichst gut, vielleicht sogar hervorragend, angewandt wird. Aber selbst dann bemerkt frau, ob sie als Individuum wahrgenommen wird.

Ich hatte einen Liebhaber, der war nicht schlecht. Ja, er war sogar gut. Aber er wollte glänzen. Er wollte gelobt werden. Mist! Er war nicht bescheiden, so wie Josef es ist.

Das wirklich Blöde an Josef ist: Es wird mir wohl nie wieder einer über den Weg laufen, der ihm nahe kommt. Ich werde sie alle an ihm messen. Das ist für alle Späteren verheerend, und für mich erst recht.

Dies hatte ich schon am Mittwoch gedacht, aber es war noch ganz weit hinten in meinem Kopf. Diese Erkenntnis war da, aber noch nicht ganz vorn.

Deshalb hatte sie mich gerade wie ein Schlag getroffen. Ich könnte ihm jetzt schon nachtrauern.

Aber habe ich das nicht sowieso schon jahrelang gemacht? Dem Josef nachgetrauert?

„Vielleicht setzt jetzt schon der Abschied ein!", dachte ich. Denn morgen fahren Christine und ich wieder weg, und zwar nach Hause.

„Josef?"

Ich saß immer noch auf ihm, und genoss seinen Penis, unser Kuscheltier.

„Ja, du Schöne?"

Aha, schon wieder ein Kompliment!

„Wirst du uns vermissen?"

„Ja."

Jetzt wirkte er sehr traurig. Nein, er war wirklich traurig. So traurig, dass mir meine Frage leid tat. Ich stieg schnell ab, legte mich an seine Seite, Christine war ja noch an der anderen Seite.

„Es tut mir leid!", sagte ich.

Josef: „Schatz, dir sollte nichts leid tun. Ich weiß selbst, dass ihr morgen wieder weg fahrt. Ihr seid jederzeit willkommen."

Christine: „Dann könnten wir jederzeit kommen."

Josef: „Das solltet ihr."

Ich: „Und jetzt sollten wir uns nichts beweisen wollen, oder?"

Christine: „Du hast uns versprochen, uns in den Schlaf zu küssen. Sag mir noch mal, dass du mich liebst!"

Ich: „Mir auch!"

Das tat der Josef, ... mehrmals, ... und küsste uns nur noch wacher.

Und dann tobten Christine und ich uns doch noch auf Josef aus. In der Frauenstellung, und zwar ausgiebig. So ausgiebig, dass es unter Normalumständen für ein viertel Jahr gereicht hätte.

Aber nicht bei uns, und nicht bei diesem

Liebhaber, denn davon wird man nicht satt, sondern süchtig.

Frau will mehr, und nicht weniger.

Ganz eng aneinander gekuschelt, und heute wieder nackt an nackt, schliefen wir ein.

*****

Josef war wohl wie immer früh wach gewesen, denn auch heute duftete es nach Kaffee, als ich wach wurde. Aber Josef lag ganz eng an mich gepresst hinter mir.

Wir tranken eine Tasse Kaffee, rauchten eine Zigarette, kuschelten, streichelten uns, bestiegen den Josef, tobten uns aus auf ihm, und schliefen wieder ein.

Diese Prozedur, wenn man sie so nennen darf, wiederholten wir etliche Male, ich zählte schon lange nicht mehr mit, was wir so taten.

Aber irgendwann waren wir wach, und es war einfach kein Schlaf mehr zu finden, so sehr wir uns auch anstrengten.

Es war schon Nachmittag, als wir das Bett endlich verließen. Aber keine Eile trieb uns.

Ständig sagten wir uns, dass wir uns andauernd besuchen wollten.

Das tat wir auch. Christine und ich waren nicht nur gleich am folgenden Wochenende wieder bei Josef, sondern auch das Nächstfolgende, das Darauffolgende und so weiter.

Jedermann kennt das Phänomen: Distanz ist auf Dauer hinderlich. Entweder man zieht zusammen, oder man lässt es.

Christine lernte einen Mann kennen, ich auch. So etwas bleibt nicht aus im Leben.

Aber wir wissen, wo wir Josef finden können, und falls wir ihn brauchen, werden wir ihn besuchen.

Aber nur zu zweit.

Der Fahrradunfall

Daja und Simone

2012

„Hier guck dir mal diese SMS an!"

Simone kramte nach ihrem Smartphone, suchte die entsprechende SMS, versuchte, nebenbei den Straßenverkehr im Auge zu behalten, und gab es mir.

Ich: „Das ist ja unglaublich!"
Simone: „Ich bin stinksauer!"
Ich: „Verständlich. Hat er dich sonst nicht *Schatzi* genannt?"
Simone: „Ja, stimmt. … Das ist mir noch gar nicht aufgefallen. Gib es mir noch mal."
Simone las vor: „*Simone. Habe gerade die Frau meines Lebens getroffen. Unsere Zeit ist vorbei. Kevin.*"

„Weißt du Daja?", sagte Simone, „ich bin noch nicht einmal traurig, sondern einfach nur enttäuscht, und maßlos wütend."
Ich: „Ich glaube, ich wäre todtraurig. Ich fand ihn nett."

Simone: „War er ja auch. Es kam aus heiterem Himmel."

Ich: „Heißt es nicht: *Wie* aus heiterem Himmel?"

Simone: „Ich glaube schon. Aber in diesem Fall kam es wirklich plötzlich, ganz ohne Vorwarnung."

Ich: „Meinst du, dass es vielleicht ein Fake sein könnte?"

Simone: „Du meinst ein Witz?"

Ich: „Stimmt! Darüber scherzt man einfach nicht. Nicht mal ansatzweise."

Simone: „Ich hoffe, dass ich diese Schnalle mal kennenlerne!"

Ich: „Und dann?"

Simone: „Ich werde ihr die Augen raus kratzen."

Ich: „Dadurch kommt Kevin auch nicht zurück."

Simone: „Du denkst, ich will ihn zurückhaben?"

Ich: „Willst du nicht?"

Simone: „Auf keinen Fall. Wer einmal soon Scheiß macht, dem kann man nicht mehr trauen."

Ich: „Du hast recht. … Vorsicht Simone!! Der Radfahrer!"

Krach.   Quietsch.   Klong.

„Simone, du hast ihn erwischt!"

„Ja, schrecklich!"

„Simone, was machen wir jetzt?"

„Weiß ich nicht, Daja. Wir müssen uns erst einmal um den Mann kümmern. Der steht ja gar nicht auf. Doch jetzt bewegt er sich. Gut, er lebt noch!"

Simone fuhr an den rechten Rand, wir stiegen so schnell es ging, aus, und rannten zu dem Radfahrer, halfen ihm auf, aber er wollte sitzen bleiben.

Ein paar Passanten waren stehengeblieben, ich nahm mein Telefon und rief die 112 an, danach die 110.

Wir hockten uns neben den Radfahrer. Sein Gesicht war blutig; sein Helm, den er zum Glück aufgehabt hatte, war zerbrochen.

„Der Rettungswagen ist schon unterwegs", sagte ich zu ihm.

„Danke", nuschelte er, konnte er nicht richtig sprechen?

Simone: „Es tut mir leid! Das wollte ich nicht."

„Danke", sagte er wieder, aber immer noch unverständlich."

Ich: „Haben sie Schmerzen?"

Der Radfahrer: „Mir geht es gut, danke."

Simone: „Es tut mir so leid. Ich war das."

Der Radfahrer lächelte Simone an: „Sie haben keine Schuld."

Simone: „Ich habe sie angefahren."

Der Radfahrer: „Ja?"

Ich: „Simone!, er hat eventuell eine Gehirnerschütterung."

Ich sah dem Mann in die Augen, und fragte: „Wenn sie mich ansehen, wie viele Frauen sehen sie dann?"

Der Radfahrer: „Verschwommen, aber schön."

Ich: „Aha! Da kommt schon der Rettungswagen. Gleich bekommen sie Hilfe."

Der Radfahrer: „Warum?"

Simone: „Weil ich sie angefahren habe. Sie sind verletzt."

Der Radfahrer: „Ja?"

Der Rettungswagen parkte, zwei Sanitäter kamen, fragten den Radfahrer verschiedene Dinge, und dann stand er doch auf, und verschwand mit den beiden im Wagen.

Die Polizei traf auch ein. Eine Polizistin und ein Polizist kamen zu uns, und wir folgten ihnen ins Einsatzfahrzeug.

Nachdem wir ihnen geschildert hatten, was passiert war, ging die Polizistin zu dem Rettungswagen, kam jedoch nach kurzer Zeit wieder zurück.

Als alles aufgenommen war, fragte ich die Polizistin: „Wir würden uns gern bei dem Radfahrer entschuldigen, wenn es ihm wieder etwas besser geht. Können sie uns sagen, in welche Klinik er kommt, und wie er heißt?"

Die Polizistin gab mir ihre Karte, und schrieb vorher auf die Rückseite, was ich wissen wollte. Ich nahm sie an mich, und las: Josef Majouli. Asklepios, St. Georg.

„Danke", bedankte ich mich, auch Simone bedankte sich.

„Ist er schwer verletzt?", fragte Simone.

Die Polizistin: „Das wird schon wieder. Gehirnerschütterung, aber keine Brüche. Er muss allerdings zwei oder drei Tage im Krankenhaus bleiben."

Simone: „Darf ich denn jetzt weiter Auto fahren?"

Der Polizist: „Ja, aber es wäre für sie besser, wenn ihre Begleiterin fahren würde. Haben sie auch einen Führerschein?", fragte er mich.

„Ja", antwortete ich.

Wir verabschiedeten uns, und gingen zu dem Rettungswagen, dessen Tür aufstand, aber wir sahen, dass wir im Augenblick nur stören würden, und verschwanden wieder.

Zurück im Wagen sagte ich zu Simone: „Die erste Stunde haben wir schon mal verpasst."

Simone: „Ja, es ist alles schrecklich."

„Kopf hoch", umarmte ich Simone, „wir werden das schon hinkriegen."

„Deinen Optimismus möchte ich manchmal haben. Ich hoffe, dass mein Vater mir nicht den Kopf abreißt."

„Willst du heute bei mir schlafen?"

Simone: „Das wäre gut, aber ich muss es trotzdem beichten."

Simone zitterte, guckte mit riesigen Augen nach vorn aus dem Fenster.

„Erst das mit Kevin, und jetzt hätte ich beinahe jemanden umgebracht. Es ist schrecklich!"

Mir fiel gerade nicht Aufbauendes ein, außerdem musste ich mich jetzt auf den Verkehr konzentrieren. Auch mein Führerschein war noch recht jung, und Fahrpraxis hatte ich noch erst wenig.

Der Schultag zog sich heute. Außerdem war es draußen kalt, diesig und ungemütlich, was alles zusammengenommen unsere Stimmung nicht aufheitern konnte.

Deshalb, und weil wir unser schlechtes Gewissen ein wenig erleichtern wollten, fuhr ich mit Simone gleich nach der Schule in das Krankenhaus, in dem wir auch ziemlich schnell den Herrn Majouli fanden.

Wir hatten eine Schachtel Pralinen dabei, und hofften dass er mittlerweile ansprechbar sein würde.

Gerade, als ich die Türklinke herunter drücken wollte, öffnete sich die Tür von selbst, und die Polizistin von heute morgen trat aus dem Zimmer.

„Hallo Frau Meier. Geht es ihm schon besser?"

„Hallo ihr beiden. Ja, ich glaube schon. Jedenfalls spricht er nicht mehr so undeutlich. Tschüss."

„Ja Tschüss", grüßten wir zurück, und betraten das Zimmer.

Herr Majouli sah noch nicht wirklich besser aus, außer dass er jetzt kunstvoll bandagiert war. Aber er lächelte sofort, als er uns sah.

„Erinnern sie sich an uns?", fragte Simone.

Herr Majouli: „Sie sind die beiden hübschen Frauen von heute morgen."

Simone: „Ich habe ihnen das eingebrockt. Ich war es, die sie angefahren hat."

Er lächelte: „Danke."

Ich: „Geht es ihnen besser?"

Herr Majouli: „Mir geht es blendend."

Simone: „Wie geht es ihnen wirklich?"

Herr Majouli: „Gut."

Simone: „Wir haben ihnen Pralinen mitgebracht."

Herr Majouli: „Oh danke. Das war aber nicht nötig."

Simone: „Ich mache mir große Vorwürfe."

Herr Majouli: „Das tut mir leid. Das brauchen sie nicht."

Simone hatte mittlerweile Tränen in den Augen.

Herr Majouli: „Bitte nicht weinen. Sie haben nichts Schlimmes getan."

Ich: „Ich bin mitschuldig. Wir waren kurz abgelenkt, und dann ist es passiert."

Herr Majouli: „Ich bin ihnen nicht böse. Wenn ich ihnen irgendwie helfen kann, lassen sie es mich bitte wissen."

Ich: „Sind sie sicher, dass es ihnen gut geht? Soll ich die Krankenschwester holen?"

Herr Majouli schüttelte mit dem Kopf: „Mir geht es wirklich gut. Machen sie sich um mich keine Sorgen."

Ich: „Sollen wir verschwinden, und ein andermal wieder kommen?"

Herr Majouli: „Ich hoffe, dass ich nicht den Eindruck mache, sie würden mich stören. Auf alle Fälle würde ich mich freuen, wenn wir uns wiedersehen."

Er kramte in der Schublade des Schränkchens, nahm eine Visitenkarte heraus, und gab sie Simone.

Herr Majouli: „Falls ich nicht mehr hier bin, finden sie mich dort. Sie sind immer willkommen."

217

Trotzdem verabschiedeten wir uns, wünschten ihm gute und schnelle Genesung, und verließen ihn.

„Ist dir aufgefallen, wie gut er aussieht?", fragte ich Simone.

Simone: „Ja! Und seine Hände. Die hätte ich gern mal berührt."

Ich: „Wenn die ganzen Pflaster wieder ab sind, muss er der Schwarm aller Frauen sein."

Simone: „So etwas in der Art. Und dass er mir gar nichts übel nimmt."

Ich: „Ja, seltsam."

Simone: „Ob er eine Freundin hat?"

Ich: „Eine? Wahrscheinlich sind es viele. Es wundert mich gar nicht, dass die Polizistin noch einmal hier war."

Simone: „Du meinst, es war nichts Dienstliches."

Ich: „Glaube ich kaum. Ich denke mal, sie hat sich schon ein Date von ihm geholt."

Simone: „Wahnsinn. Kann ich aber verstehen."

Ich: „Und dass er uns gar nicht böse ist. Jeder andere würde uns sofort verklagen wollen. Er hat dir sogar Hilfe angeboten."

Simone: „Stimmt. Meinst du, er ist so ein Gigolo."

Ich: „Also, sein Niveau ist auf alle Fälle höher. Ich finde ihn ziemlich nett."

Simone: „Also werden wir ihn noch mal besuchen?"

Ich: „Oder wir warten, bis er wieder Zuhause ist. Was steht denn auf seiner Visitenkarte?"

Simone holte sie aus ihrer Tasche, und studierte

sie, während ich das Auto fuhr.

„Er ist Künstler. Dieses Geschäft kenne ich! Da stand ich schon mal vor dem Schaufenster. Ein schicker Laden."

Ich: „Er hat ein Geschäft? Dann ist der Unfall für ihn bestimmt ein richtiges Unglück."

Simone: „Ja, so gesehen! … Also wenn mich einer anfährt, und mich so verletzt, wäre ich auf alle Fälle sauer. Wenn nicht noch mehr."

Ich: „Ja, seltsam. Komm, wir fahren mal an seinem Laden vorbei. Ich möchte ihn mir mal ansehen."

Simone: „Okay."

Wir hatten in der Nähe einen der seltenen Parkplätze ergattert, und standen jetzt vor seinem Geschäft.

„Alles dunkel, nur die Schaufensterbeleuchtung ist eingeschaltet. Er scheint keine Angestellten zu haben. Also ist es so, wie wir vermutet hatten."

Simone: „Ja. Dumm für ihn."

Ich: „Hier, guck mal, er wohnt hier auch. Hier ist ein Klingelschild."

Simone: „Drück mal drauf. Wenn sich jemand meldet, wissen wir, dass er entweder eine Freundin, oder eine Frau hat."

Minuten verstrichen, aber auch nach mehrmaligem Klingeln kam keine Antwort.

„Wir sollten morgen noch einmal im Krankenhaus vorbeischauen", sagte Simone.

„Dann möchtest du ihn noch mal sehen?"

„Du etwa nicht, Daja?"
„Doch gern, Simone. Komm!"

Simone kam mit zu mir.

Sie hatte schon oft bei mir geschlafen, und nicht nur, wenn so etwas passiert war, wie mit Kevin. Aber heute wollte ich, dass sie nicht allein in ihrer Wohnung sein sollte.

Wir kochten zusammen, bereiteten uns auf morgen vor und gingen bald schlafen. Es war ein anstrengender Tag gewesen.

Simones Vater hatte nicht so schlimm reagiert, wie sie befürchtet hatte. Er war der, der ihr das Auto bezahlt hatte, und er würde auch die Kosten tragen, die durch den Unfall entstehen würden. Sie war ziemlich erleichtert, dass alles in allem so glimpflich ausgegangen war.

Wenn wir uns gegenseitig besuchten, und über Nacht blieben, schliefen wir immer in einem Bett. So waren wir es mittlerweile gewohnt, und wir genossen unsere Nähe. Wir verstehen uns sehr gut.

*****

Heute fuhr Simone wieder mit ihrem Auto, sie meinte, sie müsste ihre Angst überwinden, und das ginge am besten, wenn sie sich ihr stellte. Das fand ich vernünftig, sagte ihr aber, dass ich das durchaus genossen hätte, auch ein wenig fahren zu dürfen.

„Dann sollten wir uns öfter mal abwechseln, Daja. Was hältst denn davon, wenn wir zusammenziehen?"

„Die Idee könnte von mir sein, Simone. Ja, das finde ich gut. Nur was ist, wenn ich mal einen Freund habe, und du nicht?"

„Ja, und was ist, wenn es umgekehrt ist?"

„Ja, was dann?", wollte ich wissen.

„Daja!, wir werden dann doch nicht nur ein Bett haben, sondern zwei, und das in zwei getrennten Zimmern."

„Aber wir würden doch hoffentlich ab und zu in einem Bett schlafen, oder?"

„Ja, auf alle Fälle. Du weißt, wie sehr ich dich mag."

„Ich dich auch, Simone. Also, wollen wir schon mal suchen? Nach einer Wohnung, meine ich."

„Daja, das eine Zimmer bei dir ist immer völlig ungenutzt. Hast du mal darüber nachgedacht? Ich könnte es nehmen."

„Das stimmt. Aber ist es dir nicht zu klein?"

„Daja, die meiste Zeit, werden wir in der Küche, oder im Wohnzimmer verbringen."

„Du hast recht, Simone. Aber wenn du das kleinere Zimmer nimmst, kannst du nicht die volle Hälfte Miete zahlen."

„Wieso denn nicht? Wie willst du es denn sonst aufteilen?"

„Du vierzig, ich sechzig Prozent."

„Kommt gar nicht in Frage! Ich ziehe bei dir ein, und werde die Hälfte bezahlen, basta. Keine Diskussion."

„Bist du sicher, Simone?"

„Ja! ... Übrigens habe ich eine Idee, wie wir uns bei Herrn Majouli entschuldigen können."

„Erzähl mal!"

„Es ist ganz einfach: Wir bereiten einen Auflauf vor, und bewirten ihn mit einem leckeren Essen. Einen Backofen wird er ja wohl haben."

„Das glaube ich auch. Die Idee ist genial. Ich kann mir sogar vorstellen, dass er dann für das Essen bezahlen will."

„Haha, das kann ich mir auch vorstellen. Er scheint entweder super nett zu sein, oder er spinnt ein bisschen."

„Simone, ich glaube, dass er super nett ist."

„Du hast wahrscheinlich recht, Daja. Zumindest hat er etwas, was mich fast schon ein bisschen rasend macht: Das gewisse Etwas. So etwas habe ich noch nie erlebt. Wir sollten uns eine Scheibe davon sichern."

„Hä? Wie meinst das denn?"

„Daja, hast du nicht gesagt, dass er wahrscheinlich der Schwarm der Frauen ist? Wir werden ihn niemals für uns allein haben. Aber ich will ihn unbedingt einmal ... du weißt schon."

„Was weiß ich, Simone?"

„Daja, wenn solche Typen, die so gut aussehen, auch noch nett sind, sind sie bestimmt Künstler der Liebe."

„Künstler der Liebe?"

„Daja! Wir müssen es einfach ausprobieren. Ich möchte mich von ihm verführen lassen."

„Simone, geht es dir gut? Kannst du dich daran

erinnern, wie fertig du noch gestern wegen Kevin warst? Und jetzt willst du schon mit dem Nächsten ins Bett hüpfen?"

„Ins Bett hüpfen! Ich glaube, dass Herr Majouli das viel galanter und subtiler macht."

„Simone, du steigerst dich in eine Fantasie hinein."

„Ja, das tue ich. Und hoffe, dass ich nicht enttäuscht werde."

„Das hoffe ich auch, Simone."

„Okay Daja! Nach der Schule fahren wir noch mal ins Krankenhaus."

„Gut."

Seltsamerweise verging der Schultag wie im Flug, vielleicht auch deshalb, weil wir mit unseren Gedanken meist gar nicht beim Lehrstoff waren.

Gleich danach waren wir schon auf dem Weg ins Krankenhaus.

Als wir das Zimmer betraten, fiel uns beiden sofort auf, dass schon jemand vor uns dagewesen war, denn ein Blumensträußchen stand auf dem Nachtschränkchen.

Aber auch wir hatten eines dabei.

Dieses Lächeln, mit dem er uns anstrahlte, als wir ins Zimmer kamen! Mich jedenfalls ließ es nicht kalt, sondern eher das Gegenteil. Simone hatte recht: Dies war kein Mann, dem frau widerstehen konnte.

Simone fing genauso an, wie gestern: „Können sie sich an uns erinnern?"

Sein Lächeln wurde noch gefährlicher, oder süßer.

„Sie sind die zwei wunderschönen Frauen, die mich schon einmal besucht haben?"

„Wissen sie denn noch, was wir gemacht haben?"

„Sie haben mir das Leben gerettet", grinste er.

Simone: „Dann hätten wir etwas gut bei ihnen, oder?"

Herr Majouli: „So sehe ich das auch. Sie haben beide mindestens einen Wunsch bei mir frei."

„Ein witziger Typ!", dachte ich, und fragte: „Und den dürften wir frei wählen?"

Herr Majouli: „Sonst wäre er wertlos."

Simone: „Jede von uns hat einen eigenen Wunsch?"

Herr Majouli nickte: „Das verspreche ich."

Ich: „Müssen wir uns sofort entscheiden?"

Herr Majouli schüttelte mit dem Kopf, und lächelte wieder.

Simone: „Haben sie einen Backofen?"

Jetzt guckte er skeptisch, nickte aber.

Simone: „Dann nehmen sie sich für Samstag nichts vor. Sind sie bis dahin wieder gesund? Wie geht es ihnen überhaupt?"

Herr Majouli: „Mir geht es blendend. Ich habe ihnen viel zu verdanken."

Ich: „Also sind sie bestimmt nicht böse auf uns?"

Jetzt lächelte er wieder: „Nein, bestimmt nicht."

Ich wollte es aber endlich wissen, was, oder ob,

er etwas im Schilde führte.

„Wieso reagieren sie so? Wir haben ihnen Schaden zugefügt."

Mit einem Handzeichen bat er uns, etwas näher zu kommen, und flüsterte: „Wussten sie nicht, dass der Anblick so schöner Frauen, wie sie es sind, heilsam ist?"

„Aha!", sagten wir beide.

Als er sich allerdings wieder zurücklehnte, musste er ein Stöhnen unterdrücken. Also hatte er doch Schmerzen.

Simone: „Das tut mir so leid."

Ich: „Mir auch."

Herr Majouli: „Bitte! Machen sie sich keine Sorgen. Männer fühlen keinen Schmerz."

Simone: „Das sieht man. Wie lange sind sie noch hier?"

Herr Majouli: „Morgen Vormittag kann ich verschwinden. Darf ich sie um etwas bitten?"

Simone: „Alles, was sie wollen."

Ich: „Ja, alles, was sie wollen."

Herr Majouli: „Dann wäre es schön, wenn wir uns nicht mehr siezen. Ich heiße Josef."

Simone: „Ich, Simone. Danke."

Ich: „Und ich, Daja. Auch danke."

Josef: „Freut mich sehr, Daja und Simone. Ich bin wirklich froh, das ich genau zu dem Zeitpunkt dort entlang gefahren bin."

Wir sahen, dass er doch ein wenig mit sich kämpfen musste, weil er Schmerzen hatte.

Simone und ich verständigten uns mit Blicken, und verabschiedeten uns.

Draußen sagte Simone: „Witzig. Ich glaube, dass er genau so ein Typ ist, wie ich denke. Es tut mir nur leid, dass ich ihn so verletzt habe."

Ich: „Ja, er hatte Schmerzen, das konnte er nur schwer verbergen. Simone, wusstest du, dass der Anblick schöner Frauen heilsam ist? Ob das auch andersherum geht?"

Simone: „Das ist Quatsch, war aber echt nett."

Ich: „Ich glaube, dass er recht hat. Wenn es dir schlecht geht, und du dir etwas Schönes anguckst …, ein Psychologe könnte es dir erklären."

Simone: „Du glaubst es?"

Ich: „Ja. Das hat etwas mit positivem Denken zu tun, denke ich. Aber wie er das gesagt hat, das ist mir schon ein bisschen unter die Haut gegangen."

Simone: „Es war auf alle Fälle ein schönes Kompliment. Er ist so ein Typ, der den Frauen sagt, wie gut sie aussehen. Dabei bin ich gar nicht so eine Schönheit. Aber wie er das sagt … das ist schon toll!"

Ich: „Ja wirklich. Schläfst du wieder bei mir?"

Simone: „Ja."

Simone blieb den Rest der Woche bei mir. Im Augenblick zog sie nichts in ihre Wohnung. Wir fuhren nur fast täglich dort vorbei, um Sachen für sie zu holen, oder auszutauschen. Waschen konnte sie bei mir.

Und mittlerweile, obwohl sie schon oft bei mir

gewesen war, wollte ich sie nicht mehr missen. Jemanden, der so nett ist, nachts neben sich im Bett zu haben, ist nicht nur beruhigend, es ist einfach schön.

Vielleicht lag es ja daran, dass wir im gleichen Bett schliefen, oder daran, dass es so gemütlich und kuschelig war.

Samstag.

Heute konnten wir länger schlafen. Kein Wecker klingelte, kein Wecker störte unsere Träume.

Ich war schon mehrmals wach gewesen, aber immer wieder eingeschlafen. Simone schien sich mit ihrem festen Griff um mich, an mir festzuhalten. Sie lag an meinem Rücken, alles war warm und gemütlich.

Ich drehte meinen Kopf nach hinten und sah in ihre glitzernden Augen.

„Weißt du Daja? Ich glaube Josef hat recht. Eben gerade, als du noch geschlafen hast, war ich auf – es hat übrigens geschneit – und als ich von der Toilette zurückkam, habe ich gesehen, wie schön du bist. Und jetzt bin ich geheilt."

„Von Kevin?"

„Ja. ... Übrigens!, weißt du eigentlich, wie gut du dich anfühlst?"

„Du denkst daran, mich als Kevin-Ersatz zu nehmen?", neckte ich sie grinsend.

„Daja, das war sogar ein bisschen ernsthaft. Ach ich weiß nicht!"

„Simone, meinst du mich, oder Frauen im Allgemeinen?"

„Dich natürlich."

„Aha. Und meinst du Liebe oder Sex."

„Ich glaube: Liebe."

„Aber eben sagtest du, ich würde mich gut anfühlen."

„Ja, und wie!", kicherte sie grinsend, und gab mir einfach einen Kuss.

Ich küsste sie zurück. Und schon lagen wir uns in unseren Armen. Aber wir trauten uns nicht, miteinander zu schmusen.

Ich bin nicht so schön schlank wie Simone, sondern fülliger, aber nicht dick. Alles an mir ist ein wenig kräftiger, aber ich komme damit klar, auch wenn das Schönheitsideal anders aussieht.

Ich finde, wir beide sehen recht gut aus, und ich bin froh, dass wir das beide so sehen, denn ich kenne genug Mädchen, die mit ihrem Äußeren so unzufrieden sind, dass sie über die schlimmsten Dinge nachdenken, wie zum Beispiel: OP an Brust, Nase, Ohren und so weiter.

Schrecklich!

„Simone, wenn du hier einziehst – das wirst du doch, oder?"

„Ganz sicher, Daja."

„Was meinst du?, brauchst du dann ein eigenes Bett?, oder werden wir immer hier zusammen schlafen?"

„Würde dir das gefallen Daja?"

„Ich glaube schon."

„Dann sind wir uns einig?"

„Worüber?"

„Na, dass wir jetzt ein Paar sind!, Daja."

„Nur zur Information: Willst du mich auch irgendwann heiraten?"

„Findest du das jetzt nicht übertrieben?"

„Ich will es nur ehrlich wissen."

„Daja, ich finde, dass das noch viel zu früh ist. Außerdem stehe ich immer noch auf Männer. Das Ganze ist nur so gekommen, weil es mit dir so wunderschön im Bett, und gemütlich ist. … Und natürlich weil ich dich über alles liebe."

„Ich dich auch. Also, keine Hochzeit!"

„Wir hatten ja noch nicht einmal Sex."

„Simone, wo wir jetzt so offen darüber sprechen, könntest du dir denn überhaupt Sex mit mir vorstellen?"

„Daja!, Frauen unter sich können gar keinen Sex haben."

„Wie meinst du das denn?"

„Na!, sie haben keinen Penis!"

„Du glaubst, das wäre die einzige Möglichkeit, Sex zu haben, indem frau sich einen Penis reinstecken lässt?"

„Ja, was sonst?"

„Simone, das ist armselig."

Ich küsste Simone ganz zart auf ihren Mund.

„Wie war das?", wollte ich wissen.

„Schön."

Jetzt schob ich ihr das Nachthemd etwas hoch,

229

und wollte ihr gerade auf die Brust küssen.

„Unterstehe dich!", sagte sie.

„Wieso nicht?", wollte ich wissen.

„Ich weiß nicht recht."

„Okay", sagte ich, „der Kuss auf den Mund hat im Grunde genommen auch schon etwas mit Sex zu tun."

„Ja?"

„Natürlich!", erwiderte ich. „Aber wenn du mich noch nicht einmal deine Brust küssen lässt, frage ich mich, wie das alles gemeint war."

„Ich weiß auch nicht."

„Hat Kevin dir mal die Brust geküsst?"

„Nein, er hat sie manchmal geknetet, wenn er erregt war."

„Aber das tut doch weh!"

„Ja. … Schön war es nicht."

„Simone, hat dir überhaupt schon mal jemand auf die Brust geküsst?"

„Nein."

„Dann weißt du doch gar nicht, ob es schön ist."

„Ja, so gesehen, stimmt das."

„Simone, hat dir schon mal jemand auf die Muschi geküsst?"

„Was?"

„Also?"

„Nein, natürlich nicht. So was macht man nicht!"

„Doch Simone. Gute Liebhaber sollen so etwas können."

„Aha. Demnach hast du Erfahrungen in dieser Hinsicht, aber noch keinen guten Liebhaber gehabt."

„Ja, leider ist es so."

„Ah! Daja. ... Langsam ahne ich, wo die Reise hingeht. Du willst mir klarmachen, dass Frauen unter sich, sich die Freuden geben könnten, die ihnen die Männer nicht geben wollen."

„Die guten Liebhaber würden das tun!"

„Was hast du immer mit deinen guten Liebhabern? Und woher weißt du von ihnen?"

„Aus einem Liebesroman."

„Bist du sicher, dass es nicht ein Erotikroman war?"

„Wie auch immer, es hörte sich fantastisch an."

„Da wurde beschrieben, wie ein Mann einer Frau auf die Muschi küsst?"

„Und noch mehr."

„Was denn zum Beispiel?"

„Simone, wenn ich das jetzt erzählen soll, würde ich rot anlaufen."

„Aber wir sind doch unter uns. Außerdem will ich es jetzt wissen."

„Okay", erwiderte ich, „der Held der Geschichte ist so einer, dem die Frauen einfach hinterher laufen. Er tut fast gar nichts, und hat trotzdem jeden Abend eine andere Geliebte. Dadurch wird er immer besser, was bedeutet, dass sich dies wiederum unter den Frauen herumspricht, und es immer mehr werden. Irgendwann bekommt er den Spitznamen: Ohnmachtsküsser, weil seine Küsse schreckliche Auswirkungen haben, nämlich dass die Frauen an nicht anderes mehr denken können, als dass sie auf ein neues Date mit dem Küsser hoffen."

„Aha. Aber bis jetzt hast du noch nicht erzählt, was genau er macht."

„Willst du das wirklich wissen? Denn bis jetzt konntest du dir noch nicht einmal vorstellen, dass frau da überhaupt geküsst wird."

„Los, erzähl schon!", grinste mich Simone an.

„Es gibt viele Arten. Willst du zuerst von dem intensivsten Kuss hören?"

„Ja, ich bin gespannt."

„Blöderweise wird die Geschichte immer aus der Perspektive des Küssers erzählt.

Also, stell dir vor: Die Frau ist wunderschön. Sie legt sich auf ein Sofa, und zieht ihren langen Rock hoch. Darunter hat sie nichts an. Der Küsser sieht das, und fasst sich kurz an seine Hose, um sein Riesending zu richten, weil er bei dem Anblick dieser prachtvollen Muschi einen Steifen kriegt. Aber er lässt seine Hose trotzdem an.

Dann kniet er sich vor die Frau, und steckt ihr einfach seine Zunge in die Muschi. Sie stöhnt so laut, dass er fast einen Erguss bekommt, aber tapfer weiter macht, und ihr noch den Kitzler leckt, bis sie ohnmächtig wird."

„Was? Und dann? Das fand ich nicht gut. Wo ist denn da die Romantik?"

„Simone, das fragst gerade du? Eben noch warst du davon ausgegangen, dass Sex ausschließlich mit dem Penis gemacht wird, und jetzt sagst du, dass das nicht gut war?"

„Ich wollte damit nur sagen, dass ich viel mehr … ach ich weiß auch nicht. Aber immerhin! Weißt du?, falls wir so etwas wirklich mal untereinander machen sollten, könnten wir das auf alle Fälle besser."

„Jetzt bin ich aber platt!"

„Aber Vorsicht Daja! Das ist keine Erlaubnis. Wage es ja nicht!, hörst du?"

„Wollen wir aufstehen?"

Wir bereiteten den Auflauf vor, zogen uns schicke Klamotten an, und waren kurz nach drei Uhr vor seinem Geschäft. Denn wir hatten vor, ihn zweifach zu beschenken: Erstens mit dem Auflauf, und einer Flasche Wein, und zweitens wollten wir uns bei ihm etwas kaufen, damit sein Verdienstausfall minimiert würde, den er durch den Krankenhausaufenthalt gehabt hatte. Natürlich mussten wir es uns leisten können, außerdem sollte es nicht irgendetwas sein, sondern es musste uns schon gefallen.

Als er uns in seinem Geschäft entgegenkam staunten wir beide: Er sah super schick aus, denn er hatte einen schwarzem Anzug an, mit weißem Hemd, roter Krawatte, und edlen schwarzen Schuhen.

Beinahe hätte ich: Herr Majouli gesagt, erinnerte mich aber gerade noch daran, dass wir uns jetzt duzten.

Was aber viel schlimmer war: Er nahm uns beide zusammen einfach in die Arme, und küsste uns, direkt auf unsere Lippen.

„Ich glaube, ich habe euch zwei Schönheiten schon einmal gesehen!", neckte er uns.

„Ja, wir haben dich angefahren", sagte Simone.

„Stimmt das?", fragte er.

Immer noch hielt er uns fest, und mir gefiel das ziemlich gut. Ich hätte ihn gern von mir aus geküsst, traute mich das aber nicht.

„Trinkt ihr Kaffee oder Tee?"

„Kaffee", sagte ich. „Dürfen wir uns ein wenig umsehen? Wir wollten mal gucken, ob wir etwas für uns bei dir finden."

„Ja", sagte er, ließ uns los, nahm uns unser Gepäck ab, und trug es nach hinten. Aber wir kamen auch erst einmal mit dorthin, denn wir hatten warme Sachen an, von denen wir uns erst einmal befreien mussten.

„Hier guck mal", sagte ich zu Simone.

Ich hatte eine Kette entdeckt, die mir gefiel.

„Ja, die könnte mir auch gefallen, aber ich will einen Ring, weißt du?"

„Was hältst du denn davon, wenn wir uns zwei gleiche Ringe kaufen", schlug ich vor, „sozusagen als Zeichen unserer Freundschaft."

„He, die Idee ist ja toll, Daja! Da bin ich noch gar nicht drauf gekommen. Ja, das machen wir."

Also guckten wir uns bei den Partnerringen um, und fanden gleich mehrere, die uns gefielen.

Ich suchte nach Josef, der immer noch in der Teeküche zu sein schien, und dort fand ich ihn auch.

„Josef, kannst du uns mal von da vorn ein paar

Ringe zeigen?"

„Ich komme", war seine Antwort.

Wir brauchten eine ganze Zeit lang, bis wir uns endlich entschieden hatten, die Ringgrößen gemessen hatten, und Josef sagte die ganze Zeit nicht viel dazu.

„Das sieht für dich bestimmt so aus", sagte ich, „als wären wir beide ein lesbisches Paar."

Simone sah mich entgeistert von der Seite an.

Josef: „Ihr irrt euch, wenn ihr denkt, dass ich das denke."

Ich: „Nein, wir sind ganz normal, aber Freundinnen."

Simone: „Und wirklich ganz normal!"

Josef: „Warum ist es euch so wichtig, dass ich das weiß?"

Simone: „Man kann nie wissen."

Ich: „Was denn?"

Simone flüsterte mir ins Ohr: „Ich wollte mich doch verführen lassen. ... Vielleicht."

Ich flüsterte zurück: „Ach so!", und sagte zu Josef: „Wir sind ganz normale Heteros mit ganz normalen Hoffnungen."

Josef kommentierte das gar nicht, grinste auch nicht etwa, sondern fragte: „Und warum habt ihr euch jetzt für das Günstigste entschieden?"

Simone: „Wir sind noch in der Ausbildung. Mehr ist nicht drin."

Josef: „Dann verratet mir trotzdem, was ihr genommen hättet, wenn der Preis keine Rolle gespielt hätte."

Wir zeigten auf ein Paar aus Palladium.

„Aha!", sagte Josef. „Eine gute Wahl. Ich mache euch diese dann. Sie sind in einer Woche fertig."

„Aber die sind uns zu teuer!", erwiderte ich.

Josef: „Ich schenke sie euch. Versprecht mir, darüber zu schweigen!"

Ich: „Was verlangst du dafür? Hast du irgendwelche Hintergedanken?"

Simone sah mich wieder entsetzt von der Seite an.

Josef: „Ganz bestimmt nicht."

Simone: „Aber wir hatten vor, dir mit dem Kauf eine Entschädigung zu leisten, sozusagen für deinen Verdienstausfall."

Josef: „Keine Widerrede bitte! Ihr könntet mich davon nicht mehr abbringen."

Ich schlug vor: „Wir könnten mit Sex bezahlen."

Simone: „Daja!, spinnst du?"

Josef: „Das habe ich nicht gehört!"

Ich: „Entschuldigung."

Josef: „Kommt, ihr beiden Hübschen. Wollen wir nach oben gehen? Vorher muss ich allerdings noch kurz aufräumen."

Ich: „Sollen wir helfen?"

Josef kam nun hinter seinem Verkaufstresen hervor, umarmte uns beide kurz, und gab uns jeder einen Kuss. Wieder auf die Lippen.

„Nein, braucht ihr nicht. Ich bin gleich fertig. Es dauert nicht lange."

Während Josef aufräumte, sah Simone mich scharf an: „Das war ja echt der Hammer! Aber ich wollte es auch vorschlagen. Also mach dir nicht draus. Ich fand das sogar mutig."

Ich: „Ehrlich? Du bist nicht etwa sauer, oder so?"

Simone: „Nein. Aber vielleicht kriegen wir ihn nicht beim ersten Mal rum. Wir müssen es vielleicht etwas subtiler anfangen."

Ich: „Aha. Hast du schon eine Plan?"

Simone: „Leider nein."

Gerade hatte Josef uns seine Wohnung gezeigt: Todschick. Wir waren begeistert. Ich fand alles toll.

Aber nun saßen wir in der Küche, an dem großen Tisch, und warteten auf den Auflauf, der noch eine halbe Stunde im Backofen sein musste.

Wir tranken den Kaffee, zu dem wir unten im Geschäft nicht gekommen waren.

„Ihr dürft hier überall rauchen."

„Gut zu wissen", sagte ich, und steckte mir auch gleich eine an. Simone auch.

Ich: „Bist du immer noch froh darüber, dass wir dich angefahren haben?"

Josef: „Ja, sonst wärt ihr jetzt nicht hier."

Simone: „Wer bezahlt dir deinen Schaden?"

Josef: „Deine Versicherung."

Simone: „Stimmt ja. Und du bist wirklich nicht böse auf uns?"

Josef: „Dann wärt ihr auch nicht hier."

Simone: „Ach ja, stimmt. ... Wie könnte man dich verführen?"

„Jetzt wird es spannend", dachte ich, und stierte

Josef genauso an, wie es Simone auch tat.

„Das tut ihr schon", antwortete Josef ganz schlicht.

Jetzt waren wir beide baff, hatten wir etwas übersehen, oder taten wir es wirklich?

„Aber da wir nun schon so offen davon reden", sagte Josef, „gibt es Wünsche, die ich euch erfüllen soll, oder kann?"

Ich: „Jedenfalls nicht das Übliche."

Simone sah mich fragend an. Ich zog eine Braue hoch.

Josef: „Aber ihr könntet darüber nicht sprechen?"

Ich: „Wir könnten es versuchen. Warte mal!"

Ich stand auf, ging zu Simone, und wir unterhielten uns flüsternd.

Ich: „Wir hätten darüber besser vorher geredet. Was wollen wir von ihm? Er scheint bereit zu sein."

Simone: „Vielleicht solltest du ihn fragen, ob er so ein guter Liebhaber ist, wie aus deinem Buch."

Ich: „Der Ohnmachtsküsser?"

Simone: „Ja, zum Beispiel. Du hast mich ein bisschen neugierig gemacht."

Ich: „Noch etwas?"

Simone: „Wir müssen wissen, wie wir das zu dritt hinkriegen. Das macht mir ein wenig Sorge."

Ich: „Dir ist aber klar, dass ich dir dann vielleicht mal unbeabsichtigt an deine Brust fasse, oder?"

Simone: „Mach dir keine Sorgen, das wird schon gehen."

Ich: „Okay."

Josef grinste nicht etwa, sondern guckte einfach nur abwartend. Immerhin besprachen wir hier wichtige Dinge. Und ich hatte den Eindruck, dass er uns ernst nahm.

Also war ich jetzt die Sprecherin, und fing an: „Ich habe so ein Buch gelesen. ... Ach ne!, so geht es nicht. Was wir von dir wissen wollen, Josef: Bist du ein guter Liebhaber?"

Josef: „Erwartet ihr darauf eine ernsthafte Antwort?"

Ich: „Eigentlich schon."

Josef: „Jeder Mann würde das von sich selbst behaupten, also halte ich mich da besser raus."

Ich: „Blöd, was machen wir jetzt?"

Josef: „Ihr habt doch eben etwas besprochen."

Ich: „Ja, haben wir."

Josef: „Darf ich euch mal etwas fragen?"

Simone: „Ja, mach mal!"

Josef: „Habt ihr beide euch schon mal gegenseitig nackt gesehen?"

Ich: „Nur bedingt. Aber wir haben schon öfter im gleichen Bett geschlafen."

Josef: „Wenn ich ehrlich zu euch sein darf, dann würde ich vorschlagen, dass ihr das erst einmal unter euch richtig klären solltet. Stellt euch einfach ein paar Situationen vor, und wie ihr damit umgehen würdet."

Simone: „Eigentlich haben wir das schon. Willst du uns etwa wieder wegschicken?"

Josef: „Nein, das fände ich schade."

Ich: „Ich bin zu allem bereit."

Simone: „Gut!, ich dann auch."

Josef: „Okay. Eigentlich sollte das ja romantisch ablaufen, aber das werden wir hinkriegen. Aber nun euer Wunsch, oder eure Wünsche ..."

Ich: „Hast du schon mal ...? Ja, also ..."

Simone: „Daja will wissen, ob du schon mal eine Muschi geküsst hast."

Jetzt guckte ich sie von der Seite an. Mutig!

Josef: „Ja."

Simone: „Und macht es dir Spaß?"

Josef: „Ich bin davon ganz begeistert."

Simone: „Dann wäre das unser Wunsch Nummer eins."

Josef: „Dafür möchte ich mich dann noch etwas frisch machen, und vor allem rasieren."

Ich: „Unten herum?"

Josef: „Ehe es jetzt zu Missverständnissen kommt: Im Intimbereich sollte man sich nicht rasieren. Es tut weh, und entzündet sich nur. Wenn dann die Härchen nachwachsen, tut es wieder weh."

Simone: „Aha. Aber sieht es nicht schicker aus?"

Josef: „Nein."

Ich: „Und wofür willst du dich jetzt rasieren? Ich finde, deine Stoppeln sehen männlich aus."

Josef: „Fasst mal darüber, wenn ihr wollt. Daran könntet ihr euch verletzen."

Ich stand auf, ging zu Josef, und strich vorsichtig über seine Wange. Ja, schrecklich!

„Autsch!, das hätte ich nicht gedacht", sagte ich.

Simone fühlte auch mal, gab Josef vorsichtig einen Kuss, und sagte: „Du hast recht. Es erinnert mich an Schmirgelpapier."

Josef: „Was haltet ihr davon, wenn wir erst einmal ganz gemütlich essen, denn ihr habt euch so viel Mühe mit dem Auflauf gemacht. Das möchte ich gern genießen. Danach rasiere ich mich, und anschließend probieren wir drei bei einer gemeinsamen Dusche einmal aus, ob wir, beziehungsweise ihr beide, miteinander zusammen zurechtkommt."

Simone und ich guckten uns an. Noch nicht einmal über so etwas hatten wir gesprochen. Wir waren nicht im geringsten vorbereitet.

„Ja, okay", sagte Simone schnell, woran ich merkte, dass es nicht okay war. Ich stand wieder auf, und wir unterhielten uns ein weiteres Mal flüsternd.

„Was hast du für Bedenken?", fragte ich.

Simone: „Gar keine."

Ich: „Ich hatte aber eben den Eindruck. Wollen wir die Sache lieber abblasen?"

Simone: „Auf keinen Fall!"

Ich: „Verschieben?"

Simone: „Auch nicht."

Ich: „Was dann?"

Simone: „Ich bin hin und her gerissen."

Ich: „Zwischen was denn?"

Simone: „Das sagt man so. … Lass es uns einfach machen. Ich finde ihn so hinreißend."

Ich: „Aber ich werde auch dabei sein."

Simone: „Wir hätten das mit dem Duschen Zuhause schon mal ausprobieren sollen."

Ich: „Haben wir aber nicht. Wir könnten ihn fragen, ob wir beide zusammen vor ihm duschen können, dann wissen wir, ob es gehen wird."

Simone: „Das sähe ziemlich komisch aus. Josef könnte mich für zimperlich halten."

Ich: „Er hat dafür bestimmt Verständnis."

Simone: „Ich möchte von dir mal wissen: Könntest du mich denn anfassen?"

Ich: „Ja."

Simone: „Wo denn?"

Ich: „Wo du willst."

Simone: „Aha. Auch am Po?"

Ich: „Simone! Wir haben uns schon mal am Po angefasst."

Simone: „Ja, stimmt. … Also, die Idee, dass wir beide vorher schon mal mit dem Duschen anfangen, finde ich gut. Und Josef kommt dann nach dem Rasieren dazu."

Ich: „Okay. … Sicher?"

Simone nickte.

Ich setzte mich wieder.

Simone: „Ich finde es gut, dass du so geduldig bist."

Josef: „Und ich finde es gut, dass ihr hier seid."

Simone: „Ja, das finden wir auch toll. Du hast recht, wir hätten vielleicht vorher über das eine oder das andere sprechen sollen. … Wenn du dich rasierst, duschen wir schon mal, und du kommst dann nach."

Josef: „Gut. Ich finde euch beide richtig süß."

Josef stand auf und guckte in den Backofen.

„Was meint ihr?", fragte Josef. „Sieht ganz gut aus, oder?"

„Wir können ja mal probieren", schlug Simone vor.

Simone nahm die Backform heraus, und wir beiden befanden den Auflauf für fertig.

Josef deckte schon den Tisch, öffnete die Flasche Wein, und goss uns jedem ein Glas voll ein. Ich tat den Auflauf auf, Josef zündete ein paar Kerzen an. Es duftete lecker, und ich merkte, dass ich richtig Appetit hatte.

„Das habt ihr wirklich wundervoll gemacht. Danke."

„Simone hatte die gute Idee mit dem Auflauf."

Josef: „Normalerweise sagt jetzt der Beschenkte: Das war doch nicht nötig. Aber ich sage: Auf die beiden schönsten Mädchen; danke, dass ihr mich angefahren habt! Sonst wäre ich niemals in den Genuss eines solch leckeren Abendessens gekommen."

Wir hoben die Gläser, und prosteten uns zu.

„Auf dich, Josef!", sagte ich.

„Ja, auf dich, Josef!", kam auch von Simone.

Das Essen war richtig lecker, und Josef lobte uns noch etliche Male.

Ich allerdings war ein wenig aufgeregt wegen dem, was danach passieren sollte, und ich sah es

Simone an, dass es bei ihr auch so war.

„Wie gehen wir denn jetzt vor?", wollte Simone wissen.

Josef: „Wenn es euch unangenehm ist, oder ihr Zweifel an mir habt, können wir jetzt sagen: Das ist ein schöner Abend, wenn der Wein leer, und das Essen aufgegessen ist, trennen wir uns wieder."

Simone: „Du vergisst, dass wir schon einen Plan hatten. Ich wollte wissen, wo ziehen wir uns aus, hast du Handtücher und eine Zahnbürste für uns, und so weiter."

Josef: „Wir können uns im Schlafzimmer ausziehen, und ihr bekommt Bademäntel. Handtücher und Zahnbürsten zeige ich euch im Bad."

Jetzt lächelte er wieder dieses gefährliche Lächeln, stand auf, ging zuerst zu Simone, gab ihr einen Kuss, wandte sich um, und küsste auch mich. Dann nahm er uns beide an den Händen, so dass wir von selbst aufstanden, und führte uns ins Schlafzimmer.

Dort gab er uns die versprochenen Bademäntel, zeigte uns, wo wir unsere Kleidung ablegen konnten, und begann bei sich selbst mit dem Jackett.

Noch ein wenig unschlüssig guckten wir ihm zu, achteten ganz gebannt auf jede seiner Bewegungen, und wachten erst auf, als Josef nur noch einen Slip anhatte, den er jetzt abstreifte.

Überall waren noch die Spuren des Unfalls, aber

der Körper!, und nun zum Schluss, das, was so lange in seiner Hose geschlummert hatte!

Ich jedenfalls war so fasziniert, dass ich gerade merkte, wie mein Mund offenstand, als ich ihn beinahe bewusst zumachte.

So nackt, wie er war, verschwand er, und ließ uns allein.

„Hast du das gesehen?", fragte Simone.

„Das war ja kaum zu *über*sehen! Junge! So was habe ich noch nie …, hättest du das gedacht? Und diese Muskeln! Ich fass es nicht!"

Simone: „Los, beeilen wir uns, ich will ihm beim Rasieren zugucken."

Ich: „Ja, gute Idee."

Wir machten so schnell wie wir konnten, und als wir nichts mehr anhatten, sagte Simone: „Ist dir klar, dass wir uns das erste Mal völlig nackt sehen? Und das noch nicht einmal Zuhause?"

„Ja. Du siehst gut aus."

„Du aber auch."

Sie berührte mich, nahm meine Hand, und wir besahen uns in dem großen Spiegel.

„Toll!, finde ich."

„Ja, finde ich auch", gab ich zurück.

Simone: „Brauchen wir die Bademäntel?"

Ich: „Nein. Los komm!"

Josef stand genauso nackt, wie er eben verschwunden war, nun vor dem Waschbecken, und rasierte sich den Schaum ab.

Er lächelte uns im Spiegel zu, konnte aber wohl nicht sprechen, wegen des Schaumes, den er sonst in den Mund bekommen hätte.

Simone und ich hielten uns immer noch an den Händen, und standen nun neben Josef. Ich wollte ihn unbedingt berühren, traute mich aber nicht.

Aber dann verselbständigte sich meine freie Hand, und lag plötzlich auf Josefs Po. Beinahe hätte ich sie wieder zurückgezogen, wenn ich nicht gesehen hätte, dass Simone das Gleiche tat.

Josefs Penis zuckte, und stand auf.

„Oh! Waren *wir* das? Der ist aber schreckhaft."

„Hihi, das kann man wohl sagen", kam von Simone.

Ich musste an den Roman denken: Der Ohnmachtsküsser wurde auch mit einem riesigen Penis beschrieben. Aber so einen einmal zu sehen! „Ich würde ihn gern mal anfassen", dachte ich.

Ich flüsterte zu Simone: „Traust du dich, ihn mal anzufassen?"

„Soll ich?", flüsterte sie zurück. „Aber nur, wenn du das auch machst."

„Okay!", sagte ich, streckte meine Hand vor, und fuhr mit einem Finger an dem Penis entlang.

Zack! Und da stand er fast senkrecht. Er war noch größer geworden. Simone machte es mir nach. Sie war sogar noch mutiger: Sie umgriff ihn.

Ich ging auf die andere Seite, hielt mich an Josefs Hüfte fest, und fasste von hier aus Josefs Penis an. Simone blieb dort, wo sie stand, und hielt sich auch an Josefs Hüfte fest, aber immer noch den Blick gebannt, auf den Penis gerichtet.

Jetzt erst merkten wir wohl - jedenfalls ich - dass wir Josefs Taille umarmten. Er fühlte sich richtig gut an. Ich war total begeistert.

Und nun war wohl so eine Art Hemmschwelle eingestürzt, denn wir fingen an, den Josef zu erkunden: Wir befühlten seine Muskeln, strichen über seine Haut, und registrierten gar nicht, dass Josef seine Rasur beendete, sich den restlichen Schaum abwischte, und uns beide umarmte.

Ja, das merkten wir plötzlich. Ich erwartete, das er nun sagen würde: Da staunt ihr wohl, oder? Er sagte aber: „Ihr zwei Schönheiten!, ich bin so froh, dass ihr mich gerade noch erwischt habt. Eine Sekunde früher oder später, und es wäre nicht geschehen. Da habe ich aber richtig Glück gehabt!"

Ich: „Du bist ein Witzbold. Das ist ja alles echt!"

Simone: „Du könntest Modemodel sein. Echt irre!"

Josef: „Soll ich hier warten, bis ihr eine Zeit lang geduscht habt? Ihr könnt mich dann rufen."

Simone: „Ach!, das wäre aber schade!"

Ich wollte mich da raus halten, denn für mich sah ich kein Problem.

„Komm mit!", sagte Simone. „Ich möchte dich gern einseifen."

Josef: „Was ist mit Daja?"

Simone: „Die möchte ich auch einseifen."

Ich: „Sicher?"

Simone nickte strahlend: „Ja. Kommt!"

Der Josef fühlte sich wunderbar an, und er ließ sich alles gefallen. Wir seiften ihn gemeinsam ein, strichen über seine seifig, rutschige Haut, fassten alles an, besonders natürlich seinen Penis, mit dem spielten wir regelrecht. Ja, das war so ein richtiges Spielzeug, ein Spielzeug für große Mädchen.

Und so langsam stellte ich mir vor, diesen Penis mit meiner Muschi zu verschlingen. In Gedanken liefen bei mir schon Pläne, was ich zuerst, und was ich danach machen wollte.

Bis mir auffiel, dass Simone mich immer noch nicht eingeseift hatte. Also fing *ich* damit an. Großzügig verteilte ich Cremeseife auf ihrem Körper, und Josef unterstützte mich dabei. Und endlich fing auch sie damit an, bis wir uns alle gegenseitig massierten.

Herrlich! Wie ein Spiel. Ja, war es nicht so eine Art Spiel?, mit dem wir Vorbehalte, und vielleicht auch Ängste abbauten?

Mittlerweile waren wir im Dunst fast verschwunden, so lange hatten wir unter der Dusche gespielt. Wir waren in unseren gegenseitigen Erkundungen völlig versunken gewesen, und Josef schien es nicht anders gegangen zu sein.

Abtrocknen allein reichte nicht aus, wir mussten uns auch die Haare trocknen. Zum Glück hatte Josef mehrere Föhns.

Simone tuschelte schon wieder leise mit mir, und sagte dann zu Josef: „Wir gehen schon mal vor, und du kommst eine Minute später."

Josef: „Okay."

Im Schlafzimmer fragte Simone: „Darf ich zu erst?"

Ich: „Gut, was soll ich machen?"

Ich sollte mich ans Kopfteil setzen, Simone setzte sich zwischen meine Beine, und ich sollte sie einfach so halten. Ich staunte über sie, denn nun musste ich die nackte Simone anfassen. Sie schlug noch schnell die Bettdecke über uns, und dann kam Josef auch schon.

Als er nah genug war, schlug Simone die Decke zurück, rief wie im Zirkus: „Tatah!", und Josef grinste.

Mit den Worten: „Sehr mutig, Simone!", kam er uns entgegen, und küsste Simone auf ihren Bauch, und ich sah alles, was er danach tat, fast wie in der ersten Reihe.

Wir wechselten, nun saß ich zwischen Simones Beinen.

Wieder musste ich an den Roman über den Ohnmachtsküsser denken. Auch wenn vieles dort aus einer ganz anderen Perspektive, und vor allem von einem Mann beschrieben wurde, hatte der Autor mit so manchem recht gehabt.

Aber nun wollte ich meine eigenen Erfahrungen sammeln. Meine Hoffnungen wurden weit übertroffen.

Wir wechselten noch einmal, weil Simone sagte, dass es ihr beim ersten Mal nicht gelungen wäre, zu entspannen. Mir war es beim ersten Mal genauso ergangen. Wir waren immer noch nicht richtig locker.

Mir gelang es von Mal zu Mal besser, und ich war jedenfalls Josef dankbar, dass es ihm gar nichts auszumachen schien.

Aber nun wollte ich endlich Bekanntschaft mit seinem Penis machen. Und auch hier war es so, dass wir uns zu hektisch benahmen.

Schließlich legten wir uns rechts und links in Josefs Arme, und rauchten.

Und dann gelang uns so etwas wie ein routiniertes Genießen.

Ich sah Simone zu, lag währenddessen in Josefs Arm, oder sie tat das Gleiche, wenn ich gerade auf seinem Penis auf und ab ritt.

Eigentlich schon wirklich verrückt: Meine Freundin fährt einen Mann an, und der ist froh darüber, und jetzt vernaschen wir ihn. Und zwar wir beide zusammen, und ganz natürlich, ohne dass der dieser Vorschlag von ihm kam.

Gerade war ich wieder dran. Ich sah in Simones Augen, dass sie mittlerweile völlig entspannt war, und fragte mich, wann sie endlich bei mir einziehen wollte.

„Josef?", fragte ich mitten in meinem Ritt.

„Würdest du uns beim Umzug helfen?"

Josef: „Klar."

„Ehrlich? Es ist auch nicht besonders viel, oder Simone?"

Simone: „Meinst du etwa meinen Umzug zu dir?"

Ich: „Ja. Wir könnten Josef auf diese Art bezahlen."

Simone: „He!, die Idee ist gut. Josef, würde es dir an einem Montag passen?, da hast du doch dein Geschäft geschlossen."

„Ja, und das ist die einzige Art der Bezahlung, die ich von euch annehmen würde", grinste er dazu.

An dem Montag, nachdem wir unsere schicken Ringe aus Palladium abgeholt hatten, half Josef uns, das heißt eigentlich: Simone, bei dem Umzug.

Wir bezahlten natürlich für den Umzug und die Ringe, und hatten die Gelegenheit, Josef in unserem eigenen Bett zu vernaschen.

Herrlich! Eine echte Einweihung im mehrfachen Sinn.

Simone und ich besuchen Josef oft. Und wir beide genießen es mittlerweile sehr, zusammen in einem Bett zu schlafen, und das jede Nacht.

Trotzdem sind wir hetero geblieben, nur dass Simone keine Angst mehr davor hat, mich auch mal an Stellen anzufassen, wo sich zwei normale Freundinnen eigentlich sonst nicht berühren.

Der Fahrradunfall

Kathrin Meier

Dienstag, 12. Februar, 2012
Sieben Uhr dreiundvierzig.

„Zentrale.
Unfall Erlenkamp, Einmündung Mundsburger
Damm. PKW kollidiert mit Fahrrad, ein Verletzter,
Notarzt schon da. ...Wer übernimmt?"

„Sabine! Frank und ich sind in der Nähe. Wir übernehmen."
„Okay Kathrin. Sag mal, können wir uns nachher zum Mittag in der Kantine treffen?"
„Ja, bis dann, Sabine."

Frank sah mich fragend von der Seite an. Ich zuckte nur mit den Schultern. Wir waren schon auf dem Weg zum Unfallort.

Eine leider fast alltägliche Sache. Ein Radfahrer war von einem Auto angefahren worden. Aber in diesem Fall war es glimpflich für den jungen Mann ausgegangen. Er lebte, seine Verletzungen hielten sich in Grenzen. Zu seinem Glück hatte er einen Helm getragen. Ich sprach nur ganz kurz mit ihm, während er gerade verarztet wurde.

Ich nahm seine Personalien auf, fragte den Sanitäter, in welches Krankenhaus sie ihn bringen würden, und ging wieder zu Frank, der die beiden Frauen im VW-Bus befragte.

Hier sah der Fall für die Fahrerin nicht so gut aus. Die beiden jungen Frauen hatten sich während der Fahrt so intensiv unterhalten, dass die Fahrerin abgelenkt gewesen war, und dadurch in der Einmündung der Straße einen querenden Radfahrer übersehen hatte, so dass er, seiner Vorfahrt beraubt, über sein Rad geschleudert wurde, über die Fahrbahn rutschte, und mit dem Kopf gegen ein Verkehrsschild geprallt war.

Ich hatte mir den Fahrradhelm zeigen lassen. Dieser war bei dem Aufprall zerbrochen.

Emotionen sind bei uns eigentlich ausgeschlossen. Aber abgesehen von den offensichtlichen Verletzungen, konnte ich erkennen, dass es ein hübscher Mann war, der hier Glück im Unglück gehabt hatte, und ich war froh darüber, dass er zu seiner eigenen Sicherheit einen Helm und die entsprechenden Handschuhe getragen hatte.

Denn so würden die Wunden ihn nicht zu sehr entstellen.

Der Fall lag hier ganz klar: Die Fahrerin des PKW hatte die Vorfahrt missachtet, jemanden zu Schaden gebracht, und war dummerweise noch in der Probezeit ihres Führerscheines.

Das Rennrad des jungen Mannes war meiner Meinung nach ein Totalschaden. Ich lud es hinten in unser Einsatzfahrzeug, und während Frank, mein Partner, sich noch weiter mit den beiden jungen Frauen beschäftigte, ging ich nochmal zu dem Rettungswagen.

„Herr Majouli, ihr Fahrrad nehmen wir mit auf die Wache."

Ich gab ihm meine Karte, die er mit seinen verbundenen Händen entgegennahm.

„Sie können es irgendwann bei uns abholen."

„Ist es sehr kaputt?", nuschelte er.

„Ja, leider. Wie geht es ihnen?"

„Gut!", nuschelte er mich lächelnd an.

Am liebsten hätte ich ihn gleich gefragt, ob ich ihn mal besuchen sollte, oder ob er mit mir ausgehen wollte. Oder hätte er vielleicht Zeit für ein richtiges Rendezvous?

„Haben sie Kopfschmerzen?"

„Ein bisschen", lächelte er wieder.

„Sehen sie doppelt?"

„Ja", grinste er, stöhnte aber leicht.

„Wir müssen weiter. Ich wünsche ihnen gute Genesung, Herr Majouli."

Gerade wollte er etwas sagen, guckte aber stattdessen auf meine Karte, und sagte dann: „Danke Frau Meier."

Mittags traf ich mich mit Sabine in der Kantine. Sie wollte mich einfach nur mal sehen, nichts weiter. Wir verabredeten uns für Samstag, um einmal zusammen auszugehen.

Auf unserer Nachmittagstour kamen wir in die Nähe des Krankenhauses in St. Georg.

„Frank, ich muss den Radfahrer von heute morgen noch kurz etwas fragen. Fahr doch mal an dem Krankenhaus vorbei."

„Soll ich mitkommen?"

„Nein, brauchst du nicht. Es dauert nicht lange."

Frank ist einige Jahre älter, denkt schon an seine Rente, und ist ein gutmütiger Typ, der keine Fragen stellt. Mit ihm bin ich am liebsten auf Streife.

Das Zimmer, in dem Herr Majouli lag, fand ich sofort, klopfte, und trat ein.

„Hallo Frau Meier!", begrüßte er mich breit lächelnd.

„Hallo Herr Majouli! Wie geht ihnen?"

„Bestens. Schön, sie zu sehen."

„Danke. Haben sie noch Schmerzen?"

„Hatte ich welche?"

„Sehen sie noch doppelt?"

„Nein, diesmal sehe ich nur sie, … allein."

„Ich wollte nur sehen, ob es ihnen gut geht."

„Danke Frau Meier, geht es *ihnen* denn gut?"

„Wer weiß?"

„Dann möchte sie irgendwann etwas aufmuntern."

„Okay."

„Frau Meier?"

„Ja, Herr Majouli?"

„Ich habe noch nie in meinem Leben eine so

schöne Polizistin wie sie gesehen."

„Haben sie vorher denn überhaupt schon welche gesehen?"

„Wer weiß?"

„Werden wir uns wiedersehen?"

„Das hoffe ich sehr, Frau Meier."

Als ich das Zimmer verließ, kamen gerade die beiden jungen Frauen von heute morgen, die in den Unfall verwickelt waren.

Ich stieg zu Frank in den Wagen, und wir fuhren wieder ab.

*****

Am nächsten Tag war ich mit Stefan unterwegs. Er hätte sich ziemlich gewundert, und vor allem Fragen gestellt, deshalb konnte ich erst nach Dienstschluss im Krankenhaus vorbeischauen.

Diesmal hatte ich sogar ein Blumensträußchen dabei, und schon als ich die Zimmertür öffnete, fing Herr Majouli an, zu strahlen.

„Hallo Frau Meier, schön, sie zu sehen!"

„Sie freuen sich ja so, Herr Majouli."

„Ja, weil sie hier sind. Bitte nennen sie mich Josef."

„Josef, hier ein paar Blümchen für dich. Ich heiße Kathrin."

„Danke Kathrin."

Ich zog mir einen Stuhl heran, und setzte mich.

„Kathrin, du bist noch schöner als gestern. Wie geht es dir?"

„Och, na ja. Aber danke für das Kompliment. Wie geht es dir denn?"

„Bestens."

„Wirklich? Hast du noch Schmerzen?"

Er lächelte breit: „Männer haben keine Schmerzen."

„Aha. Jetzt mal ehrlich: Wie lange musst du noch hier bleiben?"

„Morgen Vormittag verschwinde ich."

„Ich weiß, wo ich dich finden kann."

„Kathrin, ich hoffe, dass du mich auch wirklich suchst."

„Verlass dich drauf, Josef. Du wolltest mich ein bisschen aufmuntern. Das sehe ich als ein Versprechen."

„Das ist es auch. Ich freue mich schon darauf."

„Wie wirst du es anstellen?"

„Kathrin, lass dich ein wenig überraschen. Ich küsse zum Beispiel gern."

„Beherrscht du denn verschiedene Küsse?"

Josef zwinkerte mit einem Auge, und sah dabei aus, wie ein süßer Schelm: „Das solltest du vielleicht herausfinden."

„Wirst du denn morgen schon wieder arbeiten?"

„Zumindest werde ich meinen Laden öffnen. Mein Fahrrad hole ich wohl am Samstag ab. Ist das in Ordnung?"

„Auf alle Fälle. Du kannst es auch auf nächste Woche verschieben. Bei uns ist es sicher."

„Haha! Der war gut. Trotzdem, ich liebe mein Rennrad. Es hat noch einen Stahlrahmen, und wird irgendwann wertvoll sein."

„Josef, passt es dir lieber morgen, oder übermorgen? Am Samstag habe ich schon etwas vor."

„Kathrin!, wenn du kommst, bist du da, und ganz besonders herzlich willkommen."

„Aha. Verstehe", sagte ich, und dachte: „Das heißt, dass da mehrere Frauen sind, und er sich nicht festlegen will."

„Soll ich irgendetwas mitbringen?"

„Nur dich."

„Okay. Geht es dir denn wirklich schon besser?"

„Du hast recht Kathrin. Wenn ich mal ehrlich sein soll, wäre es übermorgen vielleicht besser."

Diesmal wagte ich es, beugte mich zu ihm, und gab ihm einen Kuss. Er lächelte.

„Das war sehr schön Kathrin, danke."

„Ich werde da sein. Ich brauche nämlich etwas Trost."

„Kathrin!"

„Ja?"

„Du bist eine sehr schöne Frau. Wirklich wunderschön."

„Danke Josef. Ich freu mich schon."

„Ich denke an dich."

Endlich Freitag!

Am liebsten wäre doch schon gestern zu Josef gefahren. Aber endlich war er mal ehrlich gewesen, und hatte indirekt zugegeben, dass er noch Schmerzen gehabt hatte.

Um halb sechs betrat ich sein Geschäft, weil ich mich bei ihm noch ein wenig umsehen wollte, bevor er sein Geschäft schloss.

„Hallo du Schöne!", begrüßte er mich.

„Danke, du siehst auch besser aus. Und im Anzug, mit Krawatte! Sehr schick!"

Wir umarmten uns.

Oh, tat das gut!

Er schien ein kräftiger Mann zu sein, obwohl er so schmächtig aussah. Ich war gespannt auf später, wenn ich ihn hoffentlich ohne Kleidung sehen würde.

Wir standen lange dort, in unserer Umarmung, und von mir aus hätte sie ewig dauern dürfen. Ob wir später auch richtig kuscheln würden? Oder ob er nur das Normale drauf hatte? Hoffentlich nicht! Aber solche Dinge kann frau vorher schlecht fragen.

Wir küssten uns, obwohl man von der Straße hier hineinsehen konnte.

Josef bot mir einen Kaffee an, doch ich lehnte ab. Vielleicht später. Ganz sicher später!

„Ich wollte mich noch ein wenig umsehen, wenn ich schon mal hier bin."

„Dann möchte ich dich dabei nicht stören", war seine Antwort. Irgendwie war er hier in seinem Geschäft anders, als im Krankenhaus, oder an dem Tag, als ich ihn nach dem Unfall kennengelernt hatte. Geschäftsmäßiger vielleicht. Vielleicht war es aber auch der Anzug, den er trug.

„Hast du diese ganzen Dinge selbst gemacht?"
Er nickte, als ob es ihm unangenehm wäre.
Bescheidenheit?

Ich fand einen Ring, der mir gefiel. Josef nahm ihn aus der Vitrine, und ich probierte ihn auf. Er passte sogar. Aber ich war noch unschlüssig, und sah mich noch weiter um.
Nein!, der sollte es sein.
„Josef, den möchte ich haben."
„Möchtest du ihn gleich aufbehalten, oder soll ich ihn für dich einpacken?"
„Das Erste", sagte ich, und hatte schon meine Bankkarte in der Hand.
„Kathrin, ich nehme kein Geld von dir!"
„Was dann?"
„Sieh es als den Auftakt zur Aufmunterung."
„Ein Geschenk?"
„Ein Balsam für die Seele."

Das war süß, und traf mich gleich mitten ins Herz. Josef sah, dass ich eine Träne im Auge hatte, kam um seinen Verkaufstresen herum geeilt, und nahm mich sofort in seine Arme. Aber er sagte nichts weiter, sondern hielt mich einfach nur fest.

Herrlich!, einfach nur einmal richtig gedrückt zu werden, ohne Eile, ohne Forderung. Schön! Es tat mir richtig gut.

„Kathrin?, ich schließe nur mal eben den Laden, dann können wir nach oben gehen. In Ordnung?"

Ich nickte, schniefte etwas, wir küssten uns, und er zeigte mir eine Couch, wo ich derweil warten, und rauchen konnte.

Nach einer Weile, kam er zu mir, beugte sich zu mir herunter: „Kathrin, du Schöne!", gab mir einen Kuss, sagte: „Leg deine Arme um meinen Hals!", was ich auch tat.

Er hob mich einfach an, und trug mich durch seine Werkstatt, eine Treppe nach oben, und wir waren in seiner Wohnung.

Immer noch auf seinem Arm, zeigte er mir seine Wohnung, und setzte mich im Wohnzimmer auf der riesigen Couch vorsichtig ab.

„He Josef! Das hätte ich nicht erwartet. Darf ich mir nachher mal deine Muskeln ansehen? Du siehst so schmächtig aus. Wie hast du das eben gemacht."

„Was denn?"

Vor uns standen schon Kaffee und Kuchen. Josef hatte alles vorbereitet.

Josef nahm mich einfach wieder hoch, und setzte sich mit mir auf seinem Schoß auf die Couch, streichelte mich, und hielt mich einfach fest.

Auch das wieder, tat so gut!

Es hatte nichts Drängendes. Es war beruhigend, schön, gemütlich. Ich schloss meine Augen, rollte mich zusammen, und war ein bisschen versucht, an meinem Daumen zu lutschen.

Auf-dem-Schoß-gehalten-werden, wann hatte ich das zum letzten Mal genießen dürfen? Ich glaube, da war ich noch ein kleines Mädchen gewesen. Wie alt war ich damals, als ich auf dem Schoß meines Vaters saß – zum vielleicht letzten Mal? Zehn?, oder neun?

Das hier nun tat so unendlich gut. Ich öffnete ein Auge, und sah den Ring an meinem Finger. Den Ring, den ich gerade geschenkt bekommen hatte.

Ein seltsamer Typ!, dieser Josef. *Männer fühlen keinen Schmerz* – hatte er das so gesagt?, oder anders?

Und wie konnte er so kräftig sein, dass er mich ohne Probleme hierher getragen hatte? Ich würde dieser Sache nachher nachgehen.

„Josef?"
„Mmh?"
„Danke. Das tut richtig gut."
„Mir auch Kathrin."

Ich weiß nicht, wie lange ich auf seinem Schoß lag, denn ich glaube, ich bin sogar eingenickt gewesen. Und das auch noch gleich bei meinem ersten Date. Aber es war nichts Peinliches. Es war gemütlich, aufbauend, stärkte mich, machte mir Mut, und vor allem: Ich musste nicht funktionieren.

Das war es, was mich im Augenblick am meisten belastete: Im Dienst musste ich funktionieren, durfte mir keine Fehler leisten, musste mich gegenüber den anderen behaupten, durfte keine Schwäche zeigen.

Ja: Niemand nahm mich einmal auf seinen Schoß. Kein einziger. Wie hatte dieser Josef das gewusst? Wie hatte er geahnt, dass ich genau das brauchte? Ich hatte es ja noch nicht einmal selbst gewusst!

Es tat einfach gut. Ja, vielleicht sogar mehr als das. Ich durfte mich fallen lassen. Herrlich!

Normalerweise ist das erste Date Stress. Du denkst, dein Gegenüber würde von dir erwarten … ja, was alles?

Du musst genau in das Bild dieses Mannes passen.

Du guckst, ob dein Make-Up perfekt ist.

Kein Härchen, wo keines hingehört.

Riechst du gut?

Auch aus dem Mund?

Hast du dich perfekt gewaschen?

Letztendlich: Guckt er sich vielleicht deine Muschi an? Und wie sieht sie aus, wenn er das tut?

Wie findet er dich überhaupt?

Steht er auf blond, brünett oder schwarz?

Lange Haare, kurze Haare, glatt, gewellt, lockig?

Mag er vielleicht rote Fingernägel, oder ist er ein Naturbursche?

Mag er wilden Sex?

Kann er küssen?

Mag er Unterwürfigkeit, oder findet er das abstoßend?

Will er zu allem gefragt werden?

Was ist, wenn du schwitzt?

Was ist, wenn du einschläfst?

Was alles verlangt er von dir, ohne es zu sagen?

Hier liege ich nun bei meinem ersten Date, auf dem Schoß des Mannes, und war sogar kurz eingeschlafen. Und ich bin mir sicher, dass Josef das völlig in Ordnung findet.

Ich bewegte mich, und erst dann merkte ich, dass Josef sich nun auch regte.

„Na du Schöne! Hättest du Lust auf einen Kaffee? Vielleicht ein Stück Kuchen?"

„Nur, wenn ich auf deinem Schoß bleiben darf."

„Ich könnte dich auch füttern. Aber auch das ist in dieser Haltung wenig sinnvoll. Möchtest du lieber so liegen bleiben?"

„Ja, noch einen Augenblick. Es ist so schön."

„Ich genieße es auch, Kathrin. Du fühlst dich gut an."

„Danke. Habe ich richtig geschlafen?"

„Möglich. Hast du denn geträumt?"

„Josef, ich bin froh, wenn ich mich nicht an meine Träume erinnern kann. Denn meistens träume ich von den Folgen der Unfälle, die ich täglich sehe. Und deiner war einer der glimpflichen Art."

„Oh Kathrin, das ist ja schrecklich."

„Leider."

„Schön, dass du hier bist."

„Ja, danke Josef."

Ich setzte mich auf, auch wenn es mir schwer fiel, denn es war so schön. Aber ich setzte mich ganz dicht an ihn, so dicht es nur ging.

Josef goss uns Kaffee ein, tat uns Kuchen auf. Ich hielt mich mit einer Hand an seinem Bein fest, so, als ob wir uns schon seit einer Ewigkeit kennen würden. Mit der anderen Hand aß und trank ich, und Josef umarmte mich an der Taille.

„Du bist ein lieber Kerl, Josef."

„Ja?"

Ich zeigte auf meinen Ring.

„Danke Josef. Was verlangst du wirklich dafür?"

„Was meinst du damit?"

„Kein Mann verschenkt etwas ohne Hintergedanken. Also, was soll ich dafür tun? Immerhin habe ich den Ring schon angenommen."

„Kathrin! Ich habe ihn dir geschenkt, aber ich ahne, was du meinst. Glaubst du nicht an meine edlen Gedanken?"

„Es würde mein Weltbild durcheinander bringen, und es ist schwer zu verstehen."

„Aha. Und davon bist du nicht abzubringen?"

„Das hört sich jetzt an, als ob du in Gedanken einen Plan schmiedest, und dir auf diese Art eine Erlaubnis ausstellen lässt. Willst du mich in dein Bett zerren?"

„Nein."

„Nein? Warum nicht?"

„Wäre das nicht etwas zu langweilig?"

„Irgendwie schon. Also sag endlich, was du dir von mir wünscht!"

„Ich möchte dich küssen!"

„Dann war das mit dem Küssen ernstgemeint?"

„Überall."

„Überall? Wo noch?"

„Deine Muschi!"

„Du willst meine Muschi küssen?"

„Kathrin, ich hatte gehofft, das nicht so plump sagen zu müssen."

„He Josef! Willst du das wirklich?"

„Es ist meine Sehnsucht."

„Deine Sehnsucht ist es, eine Muschi zu küssen?"

„Ja leider."

„He Josef, das ist doch toll! Ich könnte öfter mal vorbeikommen, wenn dir das so viel Spaß macht. Okay, ich muss mich mal kurz beruhigen. Also, was muss ich machen?"

„Zunächst einmal möchte ich mich rasieren."

„Darf ich zugucken?"

„Komm mit!"

„Warte!"

„Ja?"

„Warum willst du dich rasieren?"

„Um dir nicht wehzutun. Die Bartstoppeln!"

„Ach so. Kannst du mir mal einen ganz kleinen Vorgeschmack geben. Wirklich nur winzig. Weißt du, ich träume schon so lange davon."

„Ehrlich?"

Ich hatte meine Jeans schon zur Hälfte runter gezogen, aber die Schuhe waren im Weg. Beinahe wäre ich umgefallen, aber Josef half mir. Dann setzte ich mich wieder auf die Couch, Josef ging vor mir in die Hocke, und besah sich meine Muschi.

Zunächst wusste ich nicht, ob es mir nun unangenehm war oder nicht. Aber ich fand mich mutig, als ich meine Beine richtig weit öffnete.

„Kathrin, du bist wunderschön! Wunderschön!", flüsterte er andächtig, und tat erst nichts anderes als nur zu gucken.

Ich schloss meine Augen, und spürte diesen warmen, zarten Kuss, wie etwas von oben nach unten fuhr, und wie meine gesamte Muschi warm wurde.

So schön hatte ich es mir nicht vorgestellt. Herrlich!

Josef zog sich im Schlafzimmer aus, und ich stand daneben, hatte selbst keine Hosen mehr an, aber konnte einfach nicht glauben, was ich da sah.

„Josef!", sagte ich und trat näher an ihn heran.

Mehr bekam ich im Augenblick nicht raus. Dann zog ich mir meine restlichen Klamotten auch noch aus, und wir gingen ins Bad.

Während er sich rasierte, stand ich daneben, und guckte ihm zu. Doch bevor er sich einschäumte, musste er es noch einmal loswerden: „Kathrin, du bist wunderschön."

„Dass du gut aussiehst, weißt du ja bestimmt auch. Diese Muskeln, Josef. Irre. Wo trainierst du?"

Leider konnte er schon nicht mehr sprechen, sonst hätte er Schaum in den Mund bekommen.

Also waren Fragen jetzt zwecklos.

Wir putzten uns noch unsere Zähne, wuschen uns noch einmal, und gingen ins Schlafzimmer.

Schon, als ich vor ihm auf dem Bett lag, spreizte ich erwartungsvoll meine Beine, und er küsste mir so voller Hingebung meine Muschi, dass ich beinahe geweint hätte, so schön war es.

Wieso konnten andere Männer das nicht auch?

Es ist einfach nur schön.

Es ist intim, und unübertrefflich süß!

Ich wollte es gleich mehrmals, aber jetzt befürchtete ich, dass er dafür vielleicht doch endlich eine Gegenleistung erwartete, nämlich, dass ich ihm einen blase, da stehe ich nicht so drauf.

Trotzdem fragte ich: „Josef, willst du, dass ich dir nun einen blase?"

„Nein."

Okay, ich wollte der Sache auch nicht nachgehen, sonst hätte er es sich eventuell anders überlegt. Er legte sich neben mich, und wir kuschelten uns zusammen. Ganz eng aneinander.

Kuscheln.

Sich berühren, ohne etwas tun zu müssen. Herrlich!

Und wieder schlief ich ein.

Ich lag vor ihm, er an meinem Rücken, und ich sackte einfach ab.

Und weg war ich.

„Josef, es tut mir so leid, dass ich schon wieder eingeschlafen bin", guckte ich über meine Schulter nach hinten.

„Eine so schöne Frau wie du, Kathrin, sollte sich nicht entschuldigen. Wann hat so ein unscheinbarer Mann, wie ich, schon einmal die Gelegenheit, die schönste Polizistin neben sich liegen zu haben. Das ist etwas ganz Besonderes."

„Sind das Unfallfolgen, oder bist du immer so?", neckte ich ihn.

„Du wirst immer schöner, Kathrin."

„Danke."

Er streichelte mich. Ganz sanft, und vorsichtig.

Und ganz plötzlich verspürte ich Lust auf Sex. Seine Hände hatten das ausgelöst, seine Berührungen, und das Wissen, dass neben mir ein so schöner Mann lag.

So stieg ich einfach auf, führte mir seinen Penis ein, und war erstaunt, wie gut der sich anfühlte. Ich verkniff mir allerdings die Frage danach, wie viele Frauen diesen schon bewundert hatten, obwohl mich die Antwort brennend interessierte.

„Ich nehme die Pille."

„Aha, und ich bin sterilisiert."

„Aber du kannst trotzdem, oder?"

„Kathrin, das einzige, was ich nicht kann, ist Kinder zeugen, sonst funktioniert alles bestens."

„Oh, entschuldige bitte. Wahrscheinlich bin ich gerade so tiefenentspannt. Also, wenn du willst, darfst du."

„Kathrin, du bestimmst den Zeitpunkt."

270

„Ist das so?"

Ich bewegte mich gleichmäßig, es fühlte sich himmlisch an. Nebenbei entdeckte ich seine Muskeln, bewunderte, und betastete sie, wurde schneller, intensiver, wieder ruhiger. Und immer hoch und wieder runter.

„Jetzt!", dachte ich. „Ach so! Muss ich etwas sagen?"

„Muss ich etwas sagen?"

„Ja, wenn du willst."

„Dann jetzt."

„Halte deinen süßen Po etwas hoch."

Das tat ich. Er musste sich ja bewegen können.

Josef drückte sich einmal gegen mich, zog meinen Po mit nach unten. Und dann spürte ich den warmen Strom. Herrlich, und fast unendlich. Sein Gesicht bekam einen Glanz, Josef strahlte, und ich dachte: „So, jetzt habe ich ihn auch ein wenig glücklich gemacht."

So blieb ich einen Augenblick liegen, genoss das angenehme Gefühl, bis es mir auslief.

Wir betupften uns gegenseitig, ruhten eine Weile, und wiederholten das Ganze noch einmal, und noch einmal, und noch einmal.

Irre!

„Komm, lass uns etwas essen!"

Josef bestellte Chinesisch, und wir aßen gleich im Bett, tranken danach Kaffee, ich rauchte.

Und dann ließ ich mir meine Muschi wieder verwöhnen – auf Vorrat, nämlich viele, viele Male. Und weil ich am Samstag keinen Dienst hatte, blieb ich gleich über Nacht.

Ich besuchte Josef oft, besonders, wenn ich es nötig hatte, einmal auszuruhen, oder mich nach Auf-dem-Schoß-gehalten-werden sehnte.

Er macht das so schön.

Nele und Klara

2012

„Lass uns mal kurz bei Daja vorbeischauen!"
„Bei deiner Schwester?", fragte Klara.
„Ich habe nur eine Schwester, die so heißt."
„Deswegen musst du doch nicht gleich … Das weiß ich doch, Nele. Okay."

„Du hast einen Schlüssel zu ihrer Wohnung?", fragte Klara.
„Ja, wie man sieht! Sei leise, ich will sie überraschen!"
„Gut. Ich bin mucksmäuschenstill."

Es war nicht abgeschlossen, also war Daja wirklich Zuhause. Alle Türen standen auf, nur das Schlafzimmer war zu, und außerdem hörten wir leise Stimmen, und Gestöhne.
„Wir sollten wieder verschwinden", flüsterte mir Klara zu.
„Lass uns erst mal gucken, mit wem sie da offensichtlich im Bett ist", flüsterte ich genau so leise zurück.
„Ich will das gar nicht wissen!", flüsterte wieder Klara.
Aber ich guckte schon durch das Schlüsselloch, und winkte Klara heran, sie sollte auch mal

durchsehen. Sie aber hielt sich sofort eine Hand vor den Mund.

„Komm!, verschwinden wir!", flüsterte sie wieder so leise, wie es nur ging.

Ich: „Warte, ich will wissen, wer das ist!"

Ich erkannte Simone, und noch einen Mann. Daja und Simone wechselten sich auf dem Mann ab, und jetzt beugte er sich zu Daja herunter, und vergrub sein Gesicht zwischen ihren Beinen.

Unglaublich!

Ich gab Klara ein Zeichen, auch noch einmal zu gucken. Und als sie durch das Schlüsselloch sah, bemerkte ich, wie sie ihre Augen aufriss. Auch sie konnte es wohl kaum glauben.

Wieder war ich dran mit Gucken, und diesmal konnte ich einen Blick auf den Mann erhaschen.

„Wahnsinn!", dachte ich, und winkte Klara noch einmal zu.

Als sie genug gesehen hatte, und auch ich der Meinung war, dass es ausreichte, verschwanden wir so leise, wie es nur ging, und zogen die Tür ohne Geräusch hinter uns zu.

Schon im Treppenhaus fingen wir an, wieder normal laut zu reden.

Klara: „Der helle Wahnsinn!"

Ich: „Ja, unglaublich!"

Ich musste das Gesehene erst einmal verdauen.

Wir traten auf die Straße. Auf der anderen Seite

gab es eine Bäckerei, in der man auch sitzen, und einen Kaffee trinken konnte.

Fast automatisch gingen wir dort rüber, und als hätten wir beide - wie es bei uns oft ist - die gleiche Idee, suchten wir uns einen Fensterplatz, bestellten uns jede eine Tasse Kaffee und starrten aus dem Fenster nach draußen.

„Nele, ich habe noch nie so ein großes Ding gesehen."
„Wie viele hast du denn schon gesehen?"
„Weiß ich nicht. Und du?"
„Weiß ich auch nicht."

Die Wahrheit war, dass wir beide erst sechzehn waren, und eigentlich gar keine sexuellen Erfahrungen hatten, geschweige denn, schon viele Penisse gesehen hatten. Und wenn ich ganz ehrlich bin, war es erst einer, nämlich der von Jonas.

Aber diese Freundschaft war vorbei, ehe sie richtig angefangen hatte, weil Jonas ein Ekel war, und nur damit angeben wollte, dass er sowohl mir, als auch Klara, unbedingt seinen Penis zeigen wollte.

Er hatte Klara und mich sogar aufgefordert, ihn mal anzufassen. Nur hatte er nicht damit gerechnet, dass zwei Mädchen zusammen sich auch wehren konnten.

Klara hatte ihm eine Backpfeife gegeben, ich hatte ihn getreten, und zwar genau dorthin. Seitdem machte er einen großen Bogen um uns beide, und wahrscheinlich hatte es sich in unserer Klasse unter den Jungen herumgesprochen. Jedenfalls hatten Klara und ich seitdem Ruhe vor den Jungen. Wir wurden von keinem belästigt.

Rein theoretisch wussten wir Bescheid, nur heute waren wir das erste Mal Zeugen eines echten Liebesaktes gewesen.

„Wie geht es dir?", wollte ich von Klara wissen.

„Ganz gut, und dir?"

„Ich fand, er hat einen sehr schönen Körper."

„Das stimmt, Nele. Allein diese Muskeln! Das fand ich schon toll."

„Ich wusste gar nicht, dass sich zwei Frauen einen Mann teilen können."

„Ich auch nicht. Trotzdem hatte es etwas Liebevolles."

„Das muss ich auch zugeben, Klara."

„Nele, wir könnten ihn erpressen, und sagen, wenn er bei uns das Gleiche tut, schweigen wir."

Ich: „Die Idee ist im Prinzip gut, außer, dass er sagen wird, dass er nichts Unrechtes getan hat, weil Daja und Simone alt genug sind."

Klara: „Ja, du hast wahrscheinlich recht. Aber dieser Kuss!, wie er deine Schwester zwischen den Beinen geküsst hat! So etwas möchte ich später auch mal erleben. Ich hoffe, dass ich auch mal einen Freund habe, dem so was gefällt."

Ich: „Ja, da könnte man schon ins Träumen kommen. Also bist du nicht schockiert, oder so?"

Klara: „Nein. Du etwa?"

Ich: „Nein. Es ist eher so, dass ich das auch mal will."

Klara: „Aber keiner unserer Jungen wird zu so was jemals fähig sein."

Ich: „Du hast wahrscheinlich recht. He!!, da kommt er! Lass ihn uns verfolgen."

Klara: „Hoffentlich ist zu Fuß hier."

Wir sprangen auf, und waren froh, dass wir den Kaffee schon bezahlt hatten.

Der Mann – wie auch immer er hieß – sah selbst beim normalen Gehen gut aus. Wir hofften, dass er uns nicht bemerkte, und ließen einen großen Abstand zwischen ihm und uns.

Nach fast einer halben Stunde verschwand er in einem Hauseingang neben einem Geschäft, dem gegenüber sich ein kleines Café befand, in dem wir beide uns wieder einen Fensterplatz suchten, und uns auch diesmal einen Kaffee bestellten.

Dann passierte nichts mehr, außer dass im hinteren Teil des Geschäftes Licht anging.

Wir blieben so lange, bis unser Kaffee ausgetrunken war, und guckten uns dann die Klingelschilder des Hauses an, in dem der Mann verschwunden war. Klara fiel auf, dass der Name Josef Majouli sowohl auf einem der Schilder, als auch über dem Geschäft stand.

„He!, du bist echt schlau, Klara."

„Danke, Nele. Aber eigentlich sagt das noch nichts aus. Es könnte auch ein anderer sein."

Ich: „Stimmt leider. Also was machen wir?"

Wir guckten in das Schaufenster, und sahen an den Öffnungszeiten, dass das Geschäft heute geschlossen war; heute war Montag.

„Wir könnten morgen Nachmittag mal hier in das Geschäft gehen, und wenn der Mann hinter dem Tresen steht, wissen wir, wer er ist."

Ich: „Würdest du ihn denn wiedererkennen?"

Klara: „Ja. Du denn nicht?"

Ich: „Doch. Was machen wir, wenn er es ist?"

Klara: „Dann wissen wir es!"

Ich: „Du bist ein Witzbold, hihi! Aber was machen wir mit unserem Wissen?"

Klara: „Also erpressen können wir ihn nicht."

Ich: „Nein."

Klara: „Ich finde, wir sollten noch keine Pläne machen, solange wir nichts Genaues wissen."

Ich: „Eigentlich hast du recht."

Am folgenden Tag machten wir uns gleich nach der Schule auf den Weg, und standen gerade wieder vor dem Geschäft.

Klara: „Wollen wir wirklich reingehen? Ich bin ziemlich aufgeregt."

Ich: „Ich auch. Wir tun so, als würden wir uns ein Paar Ohrstecker kaufen wollen. Und wenn wir sie ausprobiert haben, sagen wir, dass wir es uns noch einmal überlegen wollen."

Klara: „Dann hast du ja doch einen Plan! So könnten wir es machen."

Drinnen kam uns genau der Mann entgegen, den wir gestern in Dajas Wohnung gesehen, und den wir später verfolgt hatten. Er lächelte uns breit, und sehr lieb an, und fragte, was er für uns tun könnte.

Wir sagten, dass wir für uns ein Paar Ohrstecker suchten, und uns erst einmal umsehen wollten. Der Mann zeigte uns kurz, wo wir sie finden würden, wir sollten dann einfach nach ihm rufen.

Noch nie vorher waren Klara und ich in einem so edlen Geschäft gewesen. Trotzdem fanden wir etwas, was sogar wir noch hätten bezahlen können. Aber das war ja nicht unser Plan. Wir hatten einfach gar keinen.

Eigentlich waren wir nur hier, weil uns irgendetwas zu diesem Mann zog. Und zumindest ich hatte den unterschwelligen Wunsch, ihn näher kennenzulernen. Doch wenn er merken sollte, dass ich, oder wir beide noch so jung waren, würde er sofort einen Rückzieher machen.

Als wir wussten, was wir uns zeigen lassen wollten, riefen wir in den hinteren Teil des Geschäftes: „Hallo? Haben sie Zeit für uns?"

Und als ob er nur darauf gewartet hatte, war er auch schon da. Wie aus dem Nichts heraus, stand er plötzlich da. Ich hätte mich beinahe erschrocken.

Und wieder war ich auf unerklärliche Weise von seiner Erscheinung eingenommen, und fast ein wenig gehemmt. Immerhin waren wir sehr jung.

Wir zeigten ihm, was wir uns gern einmal

ansehen wollten. Er nahm die Ohrstecker aus den Vitrinen heraus, und wies auf einen Spiegel, vor dem wir sie anprobieren konnten.

Schade, dass unser Plan vorsah, sie nicht mitzunehmen. Sie waren nur ein Vorwand, mehr nicht. Aber die, die ich mir ausgesucht hatte, hätte ich so gern für mich gehabt. Klara schien es ähnlich zu gehen.

Aber einhundert Euro sind viel Geld, das hatten wir eigentlich gar nicht.

„Dürfen wir es uns noch einmal überlegen?", fragte ich.

Klara: „Ich würde auch gern noch einmal darüber nachdenken."

Der Mann: „Gefallen sie ihnen denn grundsätzlich?"

„Oh ja!", sagte ich.

„Mir auch", sagte Klara.

„Okay", sagte nun der Mann, ging mit den Ohrsteckern zum Verkaufstresen, packte sie ein, und reichte sie uns: „Ich finde, das, was sie gestern gemacht haben, war eine meisterliche Detektivarbeit. Das muss auf alle Fälle belohnt werden. Ich schenke sie ihnen. Aber sie müssen mir sagen, warum sie mich verfolgt haben."

„Oh, dabei haben wir so aufgepasst", kam von mir.

Klara hatte es einfach die Sprache verschlagen.

„Oder können sie darüber nicht reden?", fragte er.

Ich: „Ich weiß nicht."

Der Mann: „War es ein Auftrag?"

„Nein", stotterte ich beinahe. Ich wusste nicht, ob ich die Wahrheit sagen durfte.

„Ich heiße Josef", sagte der Mann, und reichte zuerst mir, dann Klara seine Hand.

„Ich heiße Nele."

„Und ich heiße Klara."

„Gut, Nele und Klara. Ich schenke euch die Ohrstecker trotzdem."

„Danke", sagte ich, auch Klara bedankte sich.

Josef: „Ich möchte, dass ihr mich wieder besucht, wenn ihr darüber sprechen könnt. Oder Moment!... Darf ich fragen, wie alt ihr seid?"

Jetzt mussten wir Farbe bekennen.

Leider.

Schade.

Klara: „Wir sind beide sechzehn."

Josef: „Aha."

Ich: „Und ich bin die Schwester von Daja."

Josef: „Oh! Also steckt mehr dahinter, als ich vermutet hatte. Hat Daja Schwierigkeiten wegen mir? Haben dich deine Eltern geschickt?"

„Nein, es ist ganz anders."

„Aber es ist zu schwierig, darüber zu sprechen?", fragte Josef.

„Gestern, bevor wir dich verfolgt haben, waren wir beide in Dajas Wohnung. Ich habe einen Schlüssel zu ihrer Wohnung. Und wir beide haben durch das Schlüsselloch ins Schlafzimmer geguckt."

„Auweia! Und ihr habt alles gesehen?", fragte er.

„Ja", sagte ich, Klara nickte.

Josef: „Das tut mir leid. Seid ihr sehr geschockt?"

Klara: „Ich weiß nicht. Ich jedenfalls fand es irgendwie gut."

Jetzt guckte ich sie etwas entgeistert an.

Wie konnte sie auf einmal sagen, dass sie das gut fand? Oder fand ich es auch gut?

Klara: „Ich weiß nur, dass ich das auch irgendwann will."

„Spinnt sie?", dachte ich.

Flirtete sie etwa schon mit ihm? Ich versuchte, sie böse und vorwurfsvoll mit Blicken in ihre Schranken zu weisen, aber sie wich meinem Blick aus, und reagierte nicht.

Josef: „Was machen wir jetzt? Ihr seid zu jung."

Das Gespräch verlief auf einmal anders, als ich erwartet hätte, denn ich war ausgeschlossen, ich musste mich sofort daran beteiligen, sonst war ich raus aus der Sache.

Ich: „Ich fand das auch gut."

Josef: „Kommt mal mit, ihr beide. Trinkt ihr Kaffee oder Tee?"

Ich: „Ich nehme einen Tee. Könnten jetzt nicht Daja oder Simone hier auftauchen?"

Klara: „Ich auch, bitte."

Wie sie sich vordrängte!

Josef: „Nein, heute nicht. Also Tee für beide."

Josef zeigte uns eine Couch, auf der wir es uns gemütlich machen konnten, währenddessen er den Tee zubereitete.

„Was war denn das eben?", wollte ich von Klara wissen.

„Ich finde ihn halt toll!"

„Ich doch auch, aber deshalb musst du dich doch nicht vordrängeln!"

Klara: „Reg dich ab! Du hast doch gesehen, dass er auch zwei auf einmal bedienen kann."

Ich: „Klara!, das wird er nicht machen. Er würde Schwierigkeiten bekommen. Wir sind viel zu jung."

Klara: „Na und? Aber irgendwann nicht mehr. Ich will ihn mir warmhalten."

Ich: „Du bist ja toll! Und was soll ich machen?"

Klara: „Du könntest es genauso machen: Denk an die Zukunft."

Ich: „Du bist eine echt gute Freundin!, weißt du das?"

Klara: „Klar, weiß ich das. Im Grunde denkst du auch so, und ärgerst dich jetzt nur, weil ich mich so schnell entschieden habe."

Ich: „Und du denkst, dass, wenn wir alt genug sind, wir ihn uns teilen?"

Klara: „Warum denn nicht? Komm, gib dir einen Ruck."

Ich: „Okay. Was meinst du, wie lange wir warten müssen?"

Klara: „Weiß ich leider nicht. Auf alle Fälle so lange, bis deine Schwester nicht mehr mit ihm zusammen ist."

Ich: „Das stimmt auch wieder. Ich glaube, das könnte ich sonst nicht."

Klara: „Aha, also machst du dir auch schon deine Gedanken."

Josef kam mit dem Tee, goss uns beiden ein, machte eine Dose mit Keksen auf, und forderte uns auf, uns zu bedienen.

„Ihr beiden seid die süßesten Mädchen, die ich je gesehen habe. Toll, dass ihr hier seid."

Klara: „Wirklich?"

Schon wieder preschte sie vor. Ich durfte den Anschluss nicht verpassen.

Ich: „Danke für das liebe Kompliment, Josef."

Jetzt guckte Klara *mich* etwas schräg an.

Josef: „Darf ich euch beiden mal einen Tipp als Außenstehender geben?"

Ich: „Ja bitte!"

Josef: „Ihr seid doch Freundinnen, oder?"

Ich: „Ja, beste Freundinnen sogar."

Klara: „Ja, das stimmt."

Josef: „Dann sollte es zwischen euch keine Konkurrenz geben. Ihr solltet euch sehr gern haben."

Ich: „Aber das tun wir!"

Josef: „Ja, das glaube ich auch."

So!, jetzt saßen wir hier, und wussten nicht, wie es weitergehen sollte.

Josef: „Dann habt ihr beide mich also nackt

gesehen!"

Das war eine Feststellung. Er schien zu überlegen, denn er hatte es noch nicht einmal laut gesagt.

Klara: „Und zumindest ich hätte Lust, dich noch mal so zu sehen."

Josef: „Pscht. So einfach geht das nicht. Ihr solltet achtzehn sein. Außerdem, stellt euch mal vor, ihr wärt an Dajas, oder Simones Stelle. Das würde euch gar nicht gefallen, oder? Ich finde, wir sollten darüber ganz offen sprechen, denn ich glaube, ihr wisst genau, worum es hier geht. Kommt wieder, wenn ihr alt genug seid!"

Ich: „Oh! Aber wir könnten dich doch besuchen! So, wie jetzt zum Beispiel."

Klara: „Ja, können wir das nicht so machen?"

Plötzlich stand Klara auf, und küsste Josef.

Ich wollte ihr den Punkt abjagen, und machte es genauso.

Josef: „Junge, Junge! Das ist schon gefährlich, was ihr hier macht! Wenn ihr nicht so süß wärt, würde ich euch rausschmeißen."

Klara: „Aber das wirst du doch nicht tun, oder?"

Auch ich sah ihn etwas ängstlich an. Wahrscheinlich hatte er ja recht.

Ich: „Wie alt bist du denn?"

Josef: „Einunddreißig. Ich hätte euch noch nicht einmal hier zu dem Tee einladen sollen!"

Ich: „Aber wir könnten dich doch einfach nur ab

285

und zu besuchen."

Josef: „Wann werdet ihr denn siebzehn?"

Klara: „Macht das denn einen Unterschied?"

Josef: „Ich weiß es auch nicht."

Ich: „Im Mai, am sechzehnten."

Klara: „Und ich auch im Mai, am neunzehnten."

Josef: „Also seid ihr in einem guten Jahr achtzehn. Wartet so lange!"

Ich: „Oh!"

Klara: „Das ist brutal!"

Klara sprang noch einmal schnell auf, und küsste Josef wieder. Er wehrte sich nicht. Also sprang ich auch schnell auf, und küsste ihn auch.

Josef sah etwas verdattert aus, Klara hatte auf einmal ihr Smartphone in der Hand, und schien etwas zu suchen.

Josef: „Was hast du jetzt vor?"

Klara: „Warte!, ich lese nur etwas."

Josef: „Aber keine Fotos von mir!"

Klara: „Keine Angst! … Hier! Hier steht es: Ab vierzehn darf man Sex haben, wenn er einvernehmlich ist. Ab sechzehn stellt es gar kein Problem mehr dar, außer man wird dazu gezwungen. Also das Opfer ist."

Ich: „He!"

Mehr bekam ich nicht heraus. Wieso war Klara so schlau?, und wieso bin ich nicht darauf gekommen? Sie hatte einfach im Internet nachgesehen, und konnte Josef jetzt widerlegen.

Klara: „Also stimmt das nicht ganz, was du da

eben gesagt hast."

Josef: „Zeig mal! ... Ach ich könnte ja selbst nachsehen. Augenblick."

Er stand auf, und verschwand.

Ich: „Was hast du vor?"

Klara: „Ich will ihn davon überzeugen, dass das nicht stimmt. Außerdem will ich nicht so lange warten, bis deine Schwester mit ihm Schluss macht."

Ich. „Wieso sollte sie mit ihm Schluss machen?"

Klara: „Soll sie ja gar nicht! Sie soll nur nichts von uns wissen."

Ich: „Und wie willst du ihn rumkriegen?"

Klara: „Warts ab."

Ich: „He, du sollst mich einweihen, damit ich mitmachen kann!"

Klara winkte mich heran, und wir tuschelten leise miteinander.

„Okay!", lobte ich sie. „Wie schnell kriegst du das hin?"

„Ich weiß nicht, ich habs ja noch nie gemacht."

Josef kam mit seinem Laptop, wir klopften auf den Platz zwischen uns auf der Couch, und er setzte sich automatisch, und ohne nachzudenken, genau zwischen uns.

Ganz vertieft las er mehrere Artikel zu dem Thema, nickte ab und zu, murmelte, dass wir wohl recht hätten, und dass er das so noch gar nicht gesehen hatte.

Als wir meinten, er wüsste nun genug, nahm ich ihm seinen Computer ab, faltete ihn zu, und legte ihn vorsichtig auf den Tisch vor uns.

Klara küsste ihn, blinzelte mir zu, ich übernahm, und zu zweit, öffneten wir schnell seinen Reißverschluss. Griffen beide in die Hose, suchten, und hatten seinen Penis in unseren Händen, der auch sofort auf uns reagierte, und anfing zu wachsen.

Josef stöhnte auf, wehrte sich jedoch nicht richtig, sondern umarmte uns beide, während wir ihm seinen Penis massierten.

Wirklich ein tolles Ding!

Ich war ganz begeistert, beugte mich herunter und küsste diesen. Klara tat das auch.

Aber nun endlich erwachte Josef: „Mädchen! Spinnt ihr? Was macht ihr denn da? Soll ich euch rausschmeißen?"

Das klang ein wenig halbherzig, war aber wohl trotzdem so gemeint.

„Würdest du das wirklich machen?", fragte Klara.

„Ja, würdest du das? Oder ist das etwa nicht schön? Sei ehrlich! Los!, sei ehrlich!"

Plötzlich wehrte er sich, nahm seinen Penis, steckte ihn, obwohl er viel zu groß war, zurück in seine Hose, verschloss sie, schlug uns symbolisch auf die Finger, und stand auf.

„Was fällt euch denn ein? So geht das doch nicht!"

„Wie *denn*?", wollten wir wissen.

Er kniete sich vor uns auf die Erde, und sah uns hilfesuchend an.

„Wisst ihr eigentlich, wie süß ihr seid? Mann!, was soll ich denn jetzt mit euch machen?"

Klara: „Du könntest uns so einen herrlichen Kuss zwischen die Beine geben."

Ich: „Ja, das wäre doch ein Anfang. Wir können absolut schweigen."

Josef: „Da bin ich mir aber nicht ganz sicher."

Klara: „Wir tun nichts Verbotenes."

Josef: „Stimmt irgendwie."

Auf einmal ertönte die Türglocke. Automatisch sah ich auf meine Uhr, warum weiß ich nicht: Es war schon nach vier Uhr Nachmittag.

„Kundschaft! Ich bin so schnell, wie ich kann, wieder bei euch. Macht bitte keinen Unsinn!"

„Wir sind doch keine Kinder!", erwiderte ich.

„He, das war schon ziemlich gut, oder?", fragte Klara, als Josef weg war.

„Ja, Spitze. Immerhin hatten wir sein Ding jetzt mal in der Hand."

„Der hat ein irres Gewicht. Macht er dir keine Angst?"

Ich: „Nein. Hast du gesehen, wie viel Mühe es macht, ihn wieder in die Hose zurück zu tun?"

Klara: „Wir müssen ihm einen Namen geben. Es ist bestimmt der Größte hier in Hamburg."

„Vielleicht", erwiderte ich gedankenverloren.

Klara: „An was denkst du?"

Ich: „An Kondome."

Klara: „Oh ja. Soll ich schnell losrennen, und welche holen?"

Ich: „Du glaubst doch nicht, dass es dazu kommen wird! Stell dir vor, wenn dann gerade Kundschaft kommt. Das möchte selbst ich nicht, und du auch nicht."

Klara: „Er wollte uns rausschmeißen! Hihi!"

Ich: „Ja! Hihi."

Klara: „He!, wir sind ein gutes Team."

„Stimmt!", gab ich Klara einen Kuss.

Klara: „Meinst du, dass wir ihn noch ganz rumkriegen?"

Ich: „Bestimmt! Männer sind so einfach ..., sagt zumindest meine Mutter. Und sie hat eigentlich immer recht."

Klara: „Meinst du, dass sein ganzes Blut aus dem Kopf eben im Penis war? Da geht bestimmt ne Menge rein."

„Das glaube ich auch", antwortete ich wieder gedankenverloren.

Ich: „Also mein Entschluss steht fest: Irgendwann will ich den in meiner Muschi haben. Es soll der Erste sein."

Klara: „Die Idee könnte von mir sein. Aber bei diesen Muskeln müssen wir behutsam sein. Er könnte sich wehren. Hihi."

Ich: „Ja, wir brauchen einen Plan."

Josef kam zurück, gerade hatten wir wieder die Türglocke gehört.

Leider nahm er diesmal gegenüber von uns

Platz.

„Was soll ich nun mit euch beiden machen?"

Ich: „Du könntest erst mir, und danach Klara, die Muschi küssen."

Josef: „Bitte!, ja? Bleibt mal ernst!"

Klara: „Josef, weißt du eigentlich, dass du der süßeste Mann ganz Hamburgs bist?"

Josef: „Woher willst du das denn wissen? Oh, Entschuldigung! Ich bekomme nur selten Komplimente. Danke Klara."

Klara: „Oh bitte, gern geschehen! Wir machen dir ein Angebot, das du niemals ausschlagen kannst."

Jetzt war ich aber selbst gespannt. Ich hing an Klaras Lippen, denn mittlerweile war ich von ihrer Schläue fasziniert.

Josef: „Ja, was denn?"

Klara: „Du bekommst die sehr seltene Chance, zwei jungfräuliche Muschis zu küssen."

An seinem Gesichtsausdruck sah ich, dass wir ihn hatten. Welcher Mann könnte da schon widerstehen? Klara war wirklich schlau. Warum war ich nicht darauf gekommen?

Ich wollte Klara für ihre super Idee loben, aber erst einmal abwarten, was Josef nun sagen würde.

Aber er schien mit sich zu kämpfen; es kam nichts.

Also sprangen wir beide auf, und setzten uns wieder neben ihn, diesmal allerdings auf die Lehnen des Sessels, was nicht so komfortabel war.

Wir bedeckten ihn mit Küssen, und hofften, auf diese Art Erfolg zu haben.

„Los, Josef, gib dir endlich einen Ruck. Wir könnten dich auch zwingen. Wenn du es allerdings freiwillig machst, ist es viel schöner. Besonders für uns."

Josef: „Ja, das glaube ich."

Pause. Stille.

Ich hoffte inständig, dass gerade jetzt keine Kundschaft kommen würde.

Denn nun griff ich zur äußersten Waffe, stand schnell auf, stellte mich vor ihn, zog noch schneller meine Jeans nach unten, und zeigte ihm mein behaartes Dreieck. Klara sah es, und machte es mir schnell nach.

Ich weiß nicht warum, denn wir kannten Josef ja noch nicht: Aber er beugte sich vor, und küsste uns beide erst auf den Bauch, ging tiefer, und zumindest ich spürte, wie sich etwas in Richtung meiner Muschi vorwagte.

Prickelnd! Absolut, und äußerst himmlisch!

Später erfuhren wir, dass Muschi-Küssen, so etwas wie ein Hobby von Josef ist. Er kann einfach nicht widerstehen. Also hatte ich instinktiv das Richtige getan.

Und noch etwas erfuhren wir fast nebenbei, nämlich dass er lenkbar war. Er gehorcht Befehlen.

Solange wir ihm einfach sagten, was er zu tun hatte, tat er es.

Einmal, nur ein einziges Mal wollten wir es richtig haben. Also legten wir beide uns ohne Hosen auf die Couch, und Josef leckte mir wirklich meine Muschi, Klaras auch. Selbstverständlich haben wir uns dafür auf dem Gästeklo schnell ein wenig frisch gemacht.

Absolut herrlich!
Doch so langsam mussten wir wieder los.
„Josef!, am nächsten Montag nimmst du dir bitte nichts vor", sagte ich, und Klara nickte dazu, „wir kommen gleich nach der Schule, okay?"
„Ja, okay. Ihr habt mich überzeugt."
„Toll!", sagte Klara.
Ich dagegen hätte jetzt gern gesagt, dass ich ihn liebte, nur ahnte ich, dass das nicht ging.

Wir gaben ihm beide einen lieblichen Kuss, und verschwanden.

*****

Ich: „Wahnsinn, oder?"
Wir waren gerade auf dem Weg zur U-Bahn.
Klara: „Bei mir kribbelts immer noch. Ich hätte niemals gedacht, dass so etwas so schön sein kann. Junge!, ich hoffe nur, dass wir nicht süchtig

293

werden."

Ich: „Das hoffe ich auch."

Am nächsten Montag fiel es uns beiden schwer, uns auf den Unterricht zu konzentrieren. Wir dachten nur an Josef, ob er wirklich Zeit für uns haben, oder ob er es sich vielleicht anders überlegt haben würde.

Wir machten uns Sorgen, wir machten Pläne, überlegten, wie es werden, was er alles mit uns machen würde. Aber heute hatten wir zumindest an Kondome gedacht.

Nur, hatte ein guter Liebhaber so etwas nicht sowieso in irgendeinem Schränkchen?

Klara und ich konnten uns vorstellen, dass es auch für Josef, der mit Sicherheit schon viele Frauen gehabt hatte, ein Erlebnis sein würde, gleich zwei Jungfrauen nacheinander zu vernaschen.

„Nele, bist du aufgeregt?"

„Weißt du eigentlich, wie oft wir uns beide diese Frage heute schon gestellt haben?"

„Uns kann gar nichts passieren, ich habe absolutes Vertrauen zu ihm. Er wird das so schön machen!"

„Klara, wenn jemand beim Muschilecken schon so zärtlich ist, kann gar nichts schiefgehen."

Der Laden war dunkel, also klingelten wir in seiner Wohnung.

Ein strahlender Josef, mit einem zuckersüßen Lächeln empfing uns, und genau so hatte ich mir den Empfang bei einem Liebhaber vorgestellt. Er nahm uns beide zusammen in seine kräftigen Arme, und hielt uns minutenlang fest, als hätte er nicht nur auf uns gewartet, sondern uns sogar vermisst.

Vielleicht hätten wir uns zwischendurch mal melden sollen!

„Du freust dich ja so, Josef!", sagte ich, Klara grinste.

„Merkt man das?", kam von ihm.

„Ein bisschen, ja", sagte Klara.

Erst einmal zeigte Josef uns seine Wohnung. Wir fanden alles toll, ganz egal, was er uns zeigte.

Ich: „Wo werden wir es tun?"

Josef: „Es sollte ein gemütlicher Ort sein, entweder das Wohnzimmer, oder das Schlafzimmer."

Klara: „Ich bin für das Schlafzimmer."

Ich: „Okay, ich auch."

Gerade zeigte er uns die Küche. Dort war ein Buffet aufgebaut.

„Erwartest du nach uns noch Gäste?", wollte ich wissen.

Josef: „Nein, das ist für uns drei."

Klara: „Du hast extra für uns so einen Aufwand gemacht?"

Josef: „Ich finde, dass es für uns alle so eine Art Fest ist, oder? Und das sollten wir richtig feiern."

Ich: „Ich könnte mich glatt in dich verlieben!"

Klara: „Ich auch! Ich hätte niemals gedacht, dass du so was für uns machen würdest."

Ich: „Guck mal Klara! Sogar alle möglichen Sorten von Nachtisch. Echt alles, was das Herz begehrt."

Klara: „Ja, wirklich. Josef, du bist ein echter Schatz."

Josef: „Schön, wie ihr euch freuen könnt."

Ich: „Wie wirst du vorgehen?"

Josef: „So, dass ihr euch absolut wohlfühlt. Raucht ihr schon?"

Jetzt fühlte ich mich ertappt, Klara wohl auch. Wir nickten nur.

„Dann dürft ihr hier überall rauchen, falls ihr wollt. Wie viel Zeit habt ihr heute denn?"

Ich: „Ich habe gesagt, dass ich so zwischen zehn und halb elf Zuhause bin."

Klara: „Ich auch."

Josef: „Schön, dann können wir es uns wirklich gemütlich machen. Ich bezahle euch ein Frauentaxi."

Er hatte wohl an alles gedacht. Das fand ich sehr gut.

Josef nahm uns wieder in die Arme, das beruhigte mich, denn ich war immer noch aufgeregt.

„Ihr beiden Süßen!", sagte er, und ich empfand eine Geborgenheit in seinen Armen, die mir richtig gut tat.

„Dann schlage ich vor, dass wir uns im Schlafzimmer ausziehen, und zusammen duschen. Was haltet ihr davon."

Ich: „Der Vorschlag könnte von mir sein."

Klara: „Oder von mir."

Überall war es angenehm warm. Wir konnten barfuß laufen, auch der Fußboden war warm. Aber überall lag auch dichter Teppich, was das schöne Gefühl noch einmal verstärkte.

Jetzt war mir das gemeinsame Ausziehen, obwohl ich es erwartet hatte, beinahe unangenehm, aber als wir damit anfingen, verflog dieses Gefühl, weil ich neugierig war.

Über so etwas hatten Klara und ich gar nicht gesprochen, und für uns beide war es das erste Mal, dass wir beide uns nackt sahen. Und deshalb musterten wir uns beide auch etwas verstohlen.

Aber da war schon Josef zwischen uns, und der war die eigentliche Attraktion. Wieder nahm er uns in seine Arme.

Von einem nackten Mann umarmt zu werden, ist erst einmal seltsam. Auch daran hatten wir nicht gedacht. Bloß hatte ich jetzt gar keine Zeit, dieses Gefühl zu deuten, oder darüber nachzudenken, denn Josef ging kurz in die Hocke, griff mir, und auch Klara, unter unsere Pos, forderte uns auf, uns an seinem Hals festzuhalten, und trug uns wie kleine Kinder ins Bad.

„He, das ist toll. Dann sind deine Muskeln echt!"

Er setzte uns vor dem Waschbecken ab, gab uns Zahnbürsten, und gemeinsam putzten wir uns erst die Zähne, und gingen dann in die Dusche.

„Habt ihr beide euch schon einmal nackt

gesehen?", wollte Josef wissen.

Klara: „Nein. Letzten Montag, das war so eine Premiere. Aber ganz nackt, so wie jetzt, noch nicht."

Josef: „Ist es euch unangenehm?"

Ich dachte darüber nach: „Nein, mir nicht, ich mag Klara ziemlich."

Klara: „Ich finde es auch gut."

Tja, und beim gegenseitigen Einseifen merkten wir, dass da doch wesentlich mehr war, als wir vorher gedacht hatten, denn wir mussten uns auch anfassen.

Aber den Josef anzufassen, das war schon ein Erlebnis! Überall diese harten Muskeln! Ich, und auch Klara, staunten, fühlten, staunten noch mehr!

Jetzt durften wir Josefs Penis anfassen, sogar ein bisschen spielerisch daran herumfummeln, was wir auch sehr verträumt taten.

Aber je näher das Schlafzimmer, oder das, was dort hoffentlich gleich geschehen sollte, rückte, desto nervöser wurde ich. Auch Klara konnte ich es ansehen.

Wir wollten raus aus der Dusche.

Josef bemerkte unsere Nervosität.

Gerade trockneten wir uns ab.

„Wollen wir hier lieber abbrechen, und uns einfach in die Küche setzen, etwas essen, und danach zieht ihr wieder eurer Wege?"

„Nichts da!", sagte ich.

Klara: „Du hast wohl keine Ahnung, wie fest der

Entschluss einer Frau sein kann, oder?"

Jetzt guckte ich ein wenig baff.

Klara: „Hihi."

Ich: „Ja, wir ziehen das durch."

Klara: „Trägst du uns wieder?"

Josef: „Ja. Natürlich … gern."

Wir klammerten uns an seinem Hals fest, er hob uns hoch, und trug uns ins Schlafzimmer.

Auf einmal war ich wieder nervös, besonders als ich auf den Penis sah.

„Josef, hast du nicht ein paar Tipps für uns?"

Klara: „Ja, das fänd ich auch toll."

Josef setzte sich an das Kopfteil des Bettes.

„Kommt mal her, ihr beiden, und legt euch erst einmal links und rechts zu mir."

Was wir auch taten. Denn offensichtlich wollte er uns erst mal beruhigen. Josef griff hinter sich, stellte einen Aschenbecher auf seinen Bauch, legte Feuerzeug und Zigaretten dazu, und forderte uns auf, uns zu bedienen.

Irgendwie fanden wir das gut. Wir lagen einfach nur nackt da, und nichts geschah. Und außerdem rauchten wir, obwohl wir viel zu jung dafür waren.

Während wir rauchten, und in den Aschenbecher auf seinem Bauch aschten, hielt er uns umarmt, aber nicht wirklich fest, und wir sahen auf dieses Riesending, was da vor uns lag.

Ich weiß nicht!, er war doch ein wenig groß.

Trotzdem imposant.

Aber es war gemütlich, weil Josef diese ruhige, sanfte Ausstrahlung hat, und er unheimlich lieb ist. Jedenfalls fing er an, zu reden.

„Vergesst mal alle wilden Geschichten vom ersten Mal. Fast jeder Angeber hat noch etwas dazu gedichtet, und das Meiste stimmt gar nicht."

„Nein?"

„Aber es kann doch wehtun, oder?"

„Wenn das der Fall wäre, hätten die meisten Frauen nach dem ersten Mal aufgehört."

„Aha."

„In eurem Fall finde ich es gut, dass ihr zu zweit seid, denn dann könnt ihr voneinander abgucken, euch beobachten, und genießen. Denn darum sollte es gehen, um das Genießen. Wenn ihr merkt, dass es nicht geht, machen wir ein andermal weiter, aber wir wollen nichts erzwingen. Es soll Spaß machen, und ihr soll Spaß haben."

„Wir haben auch Kondome mit."

„Ich bin sterilisiert, ihr braucht keine. Ihr wollt doch ein möglichst realistisches Erlebnis, oder?"

„Ja, schon."

„Habt ihr euch geeinigt, wer von euch beiden anfängt?"

„Klara soll anfangen", sagte ich.

Josef: „Okay, Klara, aber lass dir Zeit. Vergesst vielleicht einfach, dass ich anwesend bin. Setzt euch auf meinen Bauch, auf meinen Mund, verwöhnt euch selbst, indem ihr mich einfach benutzt, als wäre ich eine Puppe. Und zur Not hätte ich auch Gleitcreme da."

Die Idee fand ich gut.

Wir lösten uns aus der Umarmung, krabbelten herum, und fingen damit an, erst einmal den Penis zu untersuchen.

Ich nahm ihn in meine Hand, guckte Klara fragend an, sie nahm ihn, und straffte die Haut: Da kam schon die Eichel zum Vorschein, aber der Penis insgesamt war auch ziemlich gewachsen.

Irre!

Wirklich imposant.

Ich fand ihn toll, und meine Scheu schwand wirklich ein wenig.

Klara gab ihm einen Kuss, reichte ihn mir, ich verstand die Aufforderung, und küsste ihn auch. Nun streichelten wir ihn einfach. Ich leckte daran: Irgendwie gut, und vor allem: verboten.

„So! Genug gespielt", erklärte Klara, „ich wills jetzt versuchen."

Ich lag schon wieder in Josefs Armen.

„Dann setz dich mit deiner Muschi so", sagte Josef, „dass du auf ihm erst einmal hin und her rutscht, bis alles schön schlüpfrig ist. Dann dürfte alles von allein gehen."

So machte sie es; ich fand das interessant.

„He, er ist drin! Juchhu!"

„He, klasse Klara. Wie fühlt es sich an?"

Sie ritt vor uns auf und ab, und strahlte uns an.

„Toll, finde ich."

„Schmerzen?", fragte Josef.

„Nö, du etwa?"

„Witzig!", kam von Josef.

„Sag mal, wie es sich anfühlt!", wollte ich wissen.

Klara: „Komm! Machs selber."

Ich wollte mich noch ein wenig davor drücken: „Ich dachte, du willst noch ein bisschen weitermachen."

Klara: „Erst du, dann ich gleich wieder. Es ist toll!"

Sie stand auf, legte sich in Josefs Arme, und ich probierte es genau so: Ein höchst irres Gefühl.

Ich werde es niemals vergessen, vor allem deshalb, weil mich Josef so lieb ansah. Ich glaube, das half mir.

Ein bisschen tat es doch weh. Aber das gab sich schnell. Ich wollte es unbedingt, und nun konnte ich endlich mitreden.

Ich konnte jetzt behaupten, bei meinem ersten Mal, den absolut schönsten und größten Penis gehabt zu haben. Irgendwie machte mich das stolz.

Wir wechselten ein paar mal, und entschlossen uns, jetzt das Buffet zu testen.

Wir saßen tatsächlich nackt in der Küche und aßen: Irre und toll.

Wir waren begeistert.

Klara: „He Josef! Wir sind jetzt Frauen."

Josef: „Und ganz besonders süße."

Ich: „Ich finde, du hast uns gut geholfen. Ich hatte

vorher ein bisschen Angst."

Klara: „Ich auch. Echt lecker!"

Josef: „Ihr seid auch ziemlich lecker."

Ich: „Ja?"

Klara: „Josef? Was würdest du jetzt sagen, wenn wir behaupten würden, dass wir erst dreizehn sind?"

Er verschluckte sich, und bekam einen Hustenanfall. Sofort sprangen wir auf, und versuchten, ihm zu helfen, aber er wehrte ab.

Josef: „Stimmt das?"

Ich: „Nein, Klara macht so was manchmal. Sie ist ein Spaßvogel."

Klara: „Tschuldigung, gehts wieder?"

Josef: „Ja, schon gut. Also wie alt seid ihr wirklich? Die Wahrheit bitte, sonst kommt ihr nie wieder hier her."

Ich: „Ehrlich! Wir sind beide sechzehn, so, wie wir es gesagt hatten."

Josef: „Wirklich?"

Klara: „Ja, wirklich."

Josef: „Okay, weiter essen!"

Klara: „Ay, ay Captain."

Ich: „Wieso bist du so gut drauf?"

Klara: „Ich kann jetzt ein bisschen angeben."

Josef: „Leute, versprecht mir, dass ihr es nicht jedem erzählt. Unsere Freundschaft könnte darunter leiden. Oder sagt wenigstens nicht meinen Namen."

Klara: „Wieso hast du sone Angst?"

Ich: „Klara!, ich finde, Josef hat recht."

Klara: „Hat er auch. Ich freue mich nur so."

Ich: „Wollen wir dann weitermachen?"

Klara: „Diesmal fängst du an, Nele."

Und diesmal ließ ich mir erst mal meine Muschi verwöhnen, und danach genoss ich seinen Penis. Wir wechselten uns ein paar mal ab, danach wieder Buffet, und noch einmal von vorn, angefangen mit Muschi lecken.

Aber ich glaube, insgeheim wollten wir den Josef ein wenig fordern, denn in unseren Augen war er zwar kein alter Mann, aber eben doch einer der älteren Generation. Doppelt so alt, wie wir.

Er ließ sich nur nicht unterkriegen. Ein bisschen verdankten wir ihm ja auch.

Wir, Klara und ich, kamen ab und zu vorbei. Ich hätte gern einmal eine Nacht mit ihm verbracht, nur war das in unserem Alter nicht möglich. Uns fiel einfach keine gute Ausrede ein.

Ich hätte meinen Eltern zwar sagen können, dass ich bei Klara schlafen würde, und sie hätte sagen können, dass sie bei mir wäre, aber wir sind beide keine Lügnerinnen.

Erst ein halbes Jahr später fand ich einen Jungen, der mir gefiel, Klara auch. Aber diese Muschisache konnten weder Klara noch ich unseren Freunden beibringen.

Schade, wirklich sehr schade.

Aus diesem Grund träume ich oft von Josef.

*****

Wird fortgesetzt.